在其他的世界

科幻小说与人类想象

IN OTHER WORLDS

SF AND THE HUMAN IMAGINATION

上海译文出版社

[加] 玛格丽特·阿特伍德 —— 著　蔡希苑 吴厚平 —— 译

献给

厄休拉·K.勒奎恩

目录

献章五篇

附　录

前　言

我已五十三岁，自十岁开始写作，希望能一直写到八十岁。[1]

——奥克塔维娅·E. 巴特勒

《在其他的世界》并非一部科幻小说的名录，也不是相关的严肃理论或者发展史著作。它也不是有关科幻小说的专题论文，书中既无定义，也无详尽的分析，更遑论权威正典。此外，这本文集也不是什么虔诚学究或者官方卫士发表的关于专门知识的文章。它只是本人，即“我”，以读者和作者的双重身份，就一生中与某种、多种文学形式及其分支形式间的关系进行的深入梳理。

说“一生”，是因为我幼年时小试笔墨写下的拙作便满可以冠之以“SF”[2]。与大多数孩子一样，无论他们比我年幼抑或年长，我也是个未知世界的发明者。那些经我发明的世界，虽说简陋处正如不满十岁的孩童的世界，却分毫不像现世的地

1. 奥克塔维娅·E. 巴特勒的这句话出自她的小说《播种者的比喻》书后的作者介绍。——原注（以下注释如无注明皆为原注。）
2. 科幻小说（Science Fiction）的首字母。——译注

球——而这几乎是科幻小说最显著的特点。我不怎么喜欢《迪克和简》(*Dick and Jane*)[1]，因为它正常得无法再正常的形象丝毫不能引起我的兴趣。土星才更对我的胃口，甚或其他更为出格的场景。某种程度上，相比于史博特和泡芙[2]，吃人的多头海怪更适合我。

就像亡灵以不同的身份回转人世，我们最初的爱好，也会以各种不同的形式在日后重现，模仿华兹华斯的说法便是“三岁爱好，欢喜到老”。今日，我已成年，很高兴自己想起早年写的三部小说《使女的故事》《羚羊与秧鸡》和《洪水之年》——没有一部会被归类为社会现实主义小说。常有人问我：“这三部书是科幻小说吗？”甚至有些时候，他们也并不向我委婉问证，便直接下了定论——“我”就是个愚蠢的废物、势利小人、文学体裁的叛徒。这些书明摆着是和《一九八四》一样的“科幻小说”，却左躲右闪地不肯承认这个术语。不论我说什么，都无济于事。我只能反诘，难道《一九八四》和《火星编年史》(*The Martian Chronicles*)一样科幻吗？我会回答：不一样，差别大着呢。

这主要取决于回答者在术语上的偏好，或者他的文类体系的构建方式。回想起2008年的一天，我与一位比我小许多的年轻人谈论科幻小说——此前，《新科学家》[3]杂志采访时，曾问我

---

1. 《迪克和简》是1940年代的学生系列读物。
2. 史博特（Spot）和泡芙（Puff）系《迪克和简》的主人公驯养的宠物。——编注
3. 《新科学家》一文刊出时间是2008年11月18日，刊登在“一种文类的未来”栏目中。

科幻小说是否过时了——我猛然意识到自己无法回答这个问题，因为我再也不确定“科幻小说”究竟指的是什么。这个术语是篱笆围栏么？可将“是”与“否”内外相隔得明明白白？还是说，它仅是书店的理架便利贴，好让员工能半对半错地将就着把书归类？又或，最多只能帮店员把书排置得好多卖些钱？假使在书外套上裁剪得毫厘不爽的黑色或银色书皮，再印上喷薄的火焰、五彩的星球，是不是这样一来，一本科幻小说就成了？如果换成龙和人头狮身蝎尾怪，背景里加上火山、蘑菇云、长着触角的植物或者让人忆起荷兰画家希罗尼穆斯·博斯的图案，又当如何呢？科幻小说里一定要有真实的科学吗？还是说一张很熨帖的书皮就足够了呢？所有这些问题，我也没有定论。

这位比我年轻许多的小友，不妨称他兰迪（这确实是他的名字），虽然也给不出一个“确定的、不容争辩的”科幻小说的定义，但是只要他读到科幻小说或者类似的小说，就能立即辨认出来。正如我在《新科学家》一文中提到的：“对于兰迪——我觉得他极具代表性——科幻小说中应该有其他的星球，上面也许还住着龙。科幻小说的内容是超现实的，不同于阿姨家的‘桌转灵’或者会吱吱叫的东西，而是各种变形生物，红眼珠、没瞳孔的人，会占据人的身体的各类用具。”我会把盗尸者这类角色归于科幻小说（只要他们来自外星球而不是什么民俗传说），还有冷面机器人和胳肢窝下钻出的脑袋等等，而将寻常的恶魔、通灵物件、吸血鬼和狼人都摒弃于科幻小说之外，因为后者在文学上源头繁芜，门类庞杂，自成一系。

也正如我在《新科学家》一文的报告中所指出的那样，于兰迪而言，科幻小说理所当然要有飞船、疯子科学家和错得离谱的实验。普通的恐怖故事，比如电锯谋杀犯之类，根本算不上。我俩都觉得，这色人物在大街上走走或许就能碰上一个，而那些在大街上铁定碰不到的物什，便给自己加分不少。在判断是不是科幻小说时，兰迪的部分依据就是有无外太空景观、套没套仿皮的或银色的书皮。这恰好佐证了我关于书本外套形象的推测并非完全不着边际。我的一位朋友的孩子曾说“凡看上去像牛奶、尝起来像牛奶的就是牛奶”。依此，凡看着像科幻小说、读着像科幻小说的味儿的就是科幻小说了。

然而，多多少少，确实存在这样的情形：封面误导了读者。我最早平装出版的两部小说《可以吃的女人》和《浮现》，书皮皆以粉色为底，上印形态各异的金色涡卷，以及许多椭圆形图框，框中画着一男一女的头像剪影，状似情侣依依。天知道有多少读者拾起这样一部书的时候，满心希望它是一本哈利昆式的浪漫滑稽剧，又或是一部完美模仿哈利昆风格的故事书。到最后，却发现书中甚至连个婚礼也没有，无奈含泪丢下。

另一个例子是苏联。1989 年，“墙”[1] 才被推倒，色情文学就如洪水漫过当年那道阻隔。此前，色情文学一直被摒弃于文

1. 这个“Wall”指的就是柏林墙。

学之外，将大道让给层出不穷的新版经典，以及那些“苦口婆心为君益”的作品。然而禁果反会激起欲望，每个人都读够了托尔斯泰。于是，忽然之间，严肃作品的出版商们都陷入窘迫无助之境。《强盗新娘》就这样出现在当年的苏维埃阵营国家，它的封面被人们描述成——说得客气，是“诱人的”；说得不客气，使人见之犹如置身“欧洲富豪名流圈中荡妇的盛宴的现场”。不知道有多少男人，躲在雨衣下，一边买下那书皮上抢眼地印着身着黑色绸缎紧身装、模样丰满诱人的泽尼亚的《强盗新娘》，一边期待着能窝在一个避人的背角，对着书享受温暖的自慰时刻。可最终却一边咒骂一边将它重新拿箔纸包紧摔进垃圾箱里。为什么咒骂呢？我们只能揣测，是因为书里的泽尼亚从不向外人展现她的魅惑。

尽管纯属无心，但两次皆因封面设计及其暗示的文类信息而误导读者，使我绝不愿类似的事情再次发生。倘若能够做到，我宁愿将书里的太空生物摆在我的小书亭内出售——它们可是我儿时的心爱之物。然而，因为我没法将他们变成活生生的存在，所以我也不希望哄骗读者，让他们在书中发疯般地寻找——异种蜥蜴人到底在哪里？——因为这必败兴而归。

* * *

至于我想探明自己同科幻小说世界及各种异世间的关系的

心愿则完全起于一件事。2009年，我出版了《洪水之年》，探讨另一种“异世”——处于某种未来的地球——的系列小说中的第二部。（我之所以很谨慎地采用“处于某种未来的地球”，而不是“处于那种未来的地球”表达，是因为“未来”杳邈难卜，于此刻起，从现在始，有无数条通往“未来”的路，每一条都前往不同的方向。）

科幻小说、奇幻文体之王厄休拉·K.勒奎恩对《洪水之年》及其姊妹篇《羚羊与秧鸡》做过一番评论。[1] 当年，《卫报》上便刊载了厄休拉的这篇评论文。文首一段便激起了好一场关于紧身衣和外星人群体的轩然大波。此后没有哪一次公众朗读会上我能够免受听众的质询，他们甚至以一种饱受伤害的语调质问：你为什么背弃科幻小说这一术语？就好像我把自己的孩子卖到盐矿上去了。

勒奎恩引发了轩然大波的话是这么写的：

> 依我看来，《使女的故事》《羚羊与秧鸡》以及这本才出版的《洪水之年》都为我们展示了科幻小说诸多行事功能中的一项：那就是用想象的方式，从现实的趋势出发，半预测半嘲讽地探讨一个处于不远的将来的世界。可惜的是，玛格丽特·阿特伍德并不乐见自己的书被称作“科幻

---

1. 厄休拉·K.勒奎恩的评论刊登在2009年8月29日的《卫报》上。

小说”。尤其在她近期出版的一本优秀的散文集《移动的目标》中，阿特伍德说她创作的小说中描写的一切都是有可能发生的，或者在历史上已然发生过。它们不可能是科幻小说。因为科幻小说仅指那些当下没有可能的事情。如此随心所欲给出的限制性定义似乎专为使她本人的小说免于被降至一个为循规蹈矩的读者、评论员以及获奖作家都退避三舍的作品等级中去。她不愿意让文学偏执狂将她的作品打入“文学隔离区”的冷宫中。

然而，这份动机，乃是他人强加于我的，绝不是我想要另辟专名的真实原因。(如果获奖是我的最高企望，而写此类书又没有任何利益保障，那么我本该尽力回避这样的题材的作品才是。) 在我看来，“科幻小说”所指称的，应该是自 H. G. 威尔斯的《星球大战》一脉传承的小说。俱是一些讲述头上长角的入侵者或装在铁罐里被射到地球上的血食火星人的小说——但这些故事实在没可能发生。反之，于我而言，“推想小说”(Speculative Fiction) 则意味着那些与儒勒·加布里埃尔·凡尔纳早期的小说情节相仿、充斥着潜水艇和热气球的冒险小说。这一类小说描述的故事则是有可能发生的，只不过在作者创作之期未成实际而已。我本人其实更愿意把我的小说归于第二类：没有火星人的一类。当然，有一点我必须及早澄清：这并非因为我讨厌火星人，而是我力有不逮，不善驾驭这种形象。无论我怎样构思火星人的形象，只怕最终只能将他写成又笨又丑的样子。

2010年秋，与勒奎恩一次公开辩论[1]之后，我终于明白勒奎恩所言之“科幻小说”乃是关于可能发生的事情的预测，对于那些根本不可能发生的小说，她将其归作“幻想小说”（fantasy）。因此，对于她——自然对于我也一样——恐龙只应出现在“幻想小说”之中，而像电影《星球大战》，或是系列电视剧《星际迷航》[2]中的许多分集，还有玛丽·雪莱的《弗兰肯斯坦》，依我所见，都应该划归勒奎恩所认定的“科幻小说”范畴。因为“科幻小说”的作者有充分的理由相信：在现实中，电确有可能让死尸复活。而《星球大战》又该如何呢？彼时，人们不但相信智能生物也许都住在火星上，并且相信在可以想见的未来，人们能享受太空旅行。凭此为据，这部书或亦可纳入勒奎恩划定的“科幻小说”一类，至少可以将部分内容划入。一言以蔽之，勒奎恩之谓的“科幻小说”即是我眼中的“推想小说”，而她所指的“科幻小说”与我所谓的“科学小说”倒有几分交叠。现在，这一切多少明确了些。倘若论及文学体裁，各文体间的界限则越发没有区分力，因为各体裁之特征于界线内外穿梭，忽内忽外，丝毫不显忸怩胶柱。

术语破常规的假借、文学基因的互换、体裁间的融合在

---

1. 与勒奎恩的公开辩论是在俄勒冈州波特兰市，2010年9月23日，属于波特兰艺术与讲座系列之一。
2. 《星际迷航》：一部很长的太空系列片。

科幻小说的世界屡见不鲜——尽管并不是严格意义上的科幻小说——已有很长的历史了。例如：1989年，科幻小说元老布鲁斯·斯特林在那篇名为《滑流》(Slipstream)[1]的文章中对当时的科幻小说之风气倍加谴责，批评科幻小说的作者和出版商将它变成了一个“类型”——“一个自我保持的商业权力结构，并且还很走运地占据了一块传统的国家领地：书架上的一片天地。”“类型，”斯特林写道，“与‘文类’相去甚远”，“文类是由内在统一性联合成的文章谱系，有一以贯之的美学特征，是一组概念的指导方针。它甚至也可以是一种理念，只要你愿意这么想。”

斯特林对他的术语滑流做了如下定义——据我揣测，他如此命名乃是利用了严格意义上的科幻小说所产生的“气流”：

> ……我想要描述我眼中这一新生的，未及成为“类型”的“文类”。它绝不是“类型”，甚至连科幻小说“文类”也算不上，却是当代的一种写作类型，与共有现实相抵牾的写作方法。它有时是幻想的，有时还是超现实的，间或还具有预测性特征。然而这些性质又都不那么绝对。“滑流小说”既无意激起人们的好奇心，也不想以经典科幻小说的态度对未来做系统的推断。相反，它只是一种让你产生

1. 布鲁斯·斯特林(Bruce Sterling)的文章《滑流》最初发表在1989年7月号《科幻小说眼》(第五期)。

新鲜感的写作手法。如果你碰巧还是一个有某种敏感识别力的读者，那么这种写作手法，甚至可以让你感觉出二十世纪末的生活是怎样一种情境。

斯特林还为我们列出了一张“滑流小说”的清单，其内容范围之广令人吃惊。其中有些作品甚至出自公认的“严肃”作家之手，从凯西·阿克、马丁·艾米斯，到萨尔曼·鲁西迪、萨拉马戈，连库尔特·冯内古特也包括在内。他们的共同点在于他们所描述的故事类型都是没有真正发生过的事情。在更早一点的时期，这些“滑流小说”大都归在“旅者奇闻”之类——也即比如希罗多德笔下的独腿人、巨型蚂蚁以及中世纪关于独角兽、恐龙、美人鱼的种种传说这类故事。到了后来，“滑流小说”又出现在了其他精彩怪诞故事的故事集中，比如：《少年的魔法号角》(*Des Knaben Wunderhorn*)[1]。再晚些时候在M. R. 詹姆斯或H. P. 洛夫克拉夫特编辑的分类文集中也出现了“难以置信的惊险小说”，甚至连R. L. 史蒂文森的分类小说集之中也能偶尔觅见它的踪影了。

然而，有一点我们可以确信，所有这些都源自同一眼深泉：这些想象出来的世界都在某个远离我们日常世界的地方，在另外一个时间、另外一个空间、穿过门廊，我们或者一脚踏入幽灵的

1. 《少年的魔法号角》是一本德国民俗风情素材集，出版时间是从1805年至1808年。

世界，或是站在了被那道门槛隔开的已知与未知世界的另一侧。科幻小说、推想小说、剑和魔法奇幻、滑流小说，所有这些小说也许都可以安置在“奇异故事”（wonder tale）这柄大伞之下吧。

*　*　*

本书共有三大部分。第一部分“在其他的世界”，算得上是自传式的题材。一共三章内容，俱源出2010年秋我在佐治亚州埃默里大学做的埃尔曼系列讲座。第一章，“飞翔的兔子”讲述了我孩童时期与科幻小说和超级英雄结下的渊源。并且，对这些超级英雄的特征，如紧身服、超脱世俗的出身、双重身份、飞翔的本领从根源上进行了一些思考。第二章，“燃烧的灌木丛”首先围绕着我大学本科时期对古代神话故事产生的兴趣展开。这些神话故事不但在时间上要早于科幻小说，而且在形式上引领科幻小说自成一道。继而又探讨了现实主义小说与其他类型小说的区别，以及两者的相对优劣。

第三章，“差劲的制图学”在一定程度上基于我当年未完成的博士论文。我的博士论文研究的是以“超自然传奇故事”为主题，所收集到的十九世纪、二十世纪早期的小说。激发我的研究兴趣的是故事中的女性、她们居住的王国，以及华兹华斯和达尔文两人所分别代表的决然相悖的自然观。对这些内容的探讨也让我渐渐深入到对乌托邦和反乌托邦的关系的考察，这是维多利亚时期非现实主义者和坚持以他们自己的传统方式写作的人们最爱的主题。“差劲的制图学”是对迄今为止我个人创作的延续了这些文学传统的三部小说的回顾。

第二部分“其他的评议”，收录了我经年所作的关于科幻小说的文章。一些是评论，一些是导读，还有一些原本是广播用的讲稿。那么我为什么要特别选择这几部小说来写？也许你很想知道其中的缘故。然而，并不是我选择了它们。真正的原因是：每当有人请我对这些小说说点什么，我总是无法拒绝。

第三部分“献章五篇”，是我创作的五篇微型科幻小说。全部选自我在过去几十年创作的小说。每一篇都吸收了科幻小说文体中明确可辨的文化基因。前四篇可独立成篇。只有最后一篇《Aa'A 星球上的桃子女人》截取自我的小说《盲刺客》。小说的一个主要人物是一位职业撰稿人，在被称为科幻小说黄金时代的头些年里，专为一本流行科幻小说杂志撰稿。

这些就是本书的内容。尽管稍嫌繁杂，全是关于我在人生各个身份阶段与科幻小说间的故事。覆盖了自少儿、学生、大学教师、评论家、时事评论员，直至最后成长为一位作家的几十年里，我与科幻小说间的起落转行、彼此互动的经历。

* * *

但是这一切都来自哪里？读、写、结缘，甚或是在广阔的奇思妙创的海洋上更为猛烈的风暴？每个读者之于作者都有相同的问题：你的灵感是什么？是什么让你产生写下这些文字的念头？“因为它就在那里”“我也不清楚是什么驱使我这么做”，这样的解释永远也无法让他们满足。他们想要明确详细的答案。

因此，我决定这样说试试：

1944年到1945年，我还是个孩子，住在苏圣玛丽城的一幢简陋的老房子里。那时，我喜欢早早地起床，趁大家还未睁眼醒来，爬上古旧却宽敞的阁楼。在这一片唯我独享的洞天福地里，用“万能工匠”[1]里的一大堆木棒和线轴搭出各式各样的小房子，以及许多奇形怪状的似人非人的家伙。虽然，我当时真正希望拼装出来的是包装盒上印着的风车房，但时逢战乱，想要凑齐缺少的零部件根本没有可能。

有人曾说：每个成年人从事的行当是对幼年时渴望却无法拥有的遗憾的补偿。我不清楚是否如此。然而，假若当年我真的拼成功了那座风车房，我还会当作家吗？我会成为科幻小说作家吗？我们谁也无法给出答案。但是它们倒也不失为一种推测。

同时，尽管形式截然不同，此处倒真有一座风车房。愿你能享受到它带来的愉悦，一如我当年所享受的快乐。

1. “万能工匠”（Tinkertoy）是乐高组装玩具的前身。

在其他的世界:
科幻小说与人类想象

飞翔的兔子：遥远空间的外来居民

这孩子已升到半空了，凭借翅膀浮着。尽管他没有像鸟儿一样来回拍打翅膀，但这翅膀悬在他的头顶上方，好似已稳稳地把他吊起，而不用耗费他自身半点气力。

——爱德华·鲍沃尔·利顿《即临之族》[1]

我已经讲过萨满和民间故事中的英雄，也讲过"负性质"——它能变化成"轻盈"并且使任何愿望在"飞行"中神奇地得到满足。

——伊塔洛·卡尔维诺《新千年文学备忘录》

那些未被我们带入意识的，就在我们的生活中投射为

---

1. 鲍沃尔·利顿《即临之族》(*The Coming Race*，1871）向人们展示了一个人类的超级种群：居于深穴之内，利用一种内部带电的生物体"维利"(vril）获取能量。("维利"还被用来为一种牛肉汁命名，即"保维利"牛肉汁。)这种人依靠"维利之翅"四处飞行，并表现出超常智力。他们的女人比男人更健壮、高大，因此，男人不得不善待女人，以免女人飞跑了。

命运。[1]

——卡尔·荣格

从很小的时候起，我便闯入了那个早年间被大众贴上“科幻小说”标签的现代神奇故事的世界。我的年少时光大多在加拿大北部的林区度过，和家人一起于林中守着年复一年的春去夏归，秋尽冬回。那段时间里，我接触文化机构以及艺术品的机会真是少之又少，因为当时不但没有日用电器、暖气炉、抽水马桶、学校、杂货店，甚至连电视也没有。收音机里只有一个俄罗斯的短波电台。没有影院，没有剧院，更没有公共图书馆。不过，书却很多，从科学教材到侦探小说，林林总总。尽管当中有些书可能并不适合儿童，倒也从未有人告诫我这本不许读，那本不能看。

因为没人有时间专门为我朗读，我很早就学会独立阅读了，因此小小年纪便能看懂连环漫画。报纸上刊载的连环漫画又叫滑稽人物故事。其中相当一部分虽然颇为夸张，却一点也不滑稽。比如《特里与海盗》(*Terry and the Pirates*)中有一名唤作“龙夫人”的蛇蝎美人，使一根极长的烟斗。还有一部分超现实得让人觉得匪夷所思，比如《小孤女安妮》(*Little Orphan Anniè*)——她的眼睛在哪里呢？这些连环漫画在我那幼小的头

1. 荣格的话摘自《遇见阴影：人类天性中黑暗面的隐藏力量》(艾布拉姆斯和茨威格，1991)。

脑里种下许多疑问，好些至今未能解答。魔术师曼德拉[1]在催眠状态下手舞足蹈时到底发生了什么？为什么雪花公主[2]走动时要在耳朵上挂花椰菜？如果不是花椰菜，又该是什么？

我不仅仅阅读漫画故事，也早早提笔创作了，并且还画了不少画：绘画和阅读是山林孩子的主要娱乐方式，尤其在雨天。当然，彼时我的所作所画和自然主义一点边也沾不上。我想这一点我和其他的孩子一样。因为一个不满八岁的孩子只对会说话的动物、恐龙、巨人，以及这种或那种会飞的人形生物——仙女、天使或者外星人之类的话题兴趣浓厚，可以叽叽喳喳说个不停，但是对于探讨什么温馨的室内设计或者乡村风景实在没有兴趣。“画花”是学校惯常教授的内容，不外乎郁金香、黄水仙之类。而我们真正想画的却更接近维纳斯捕蝇草，当然尺寸要大上许多，还有被吞了一半的耷拉在外面的胳膊和腿。

近来，我再次翻阅了一遍我的少儿时代的作品，或者更确切地说，是保留至今的那个年龄阶段的部分作品。与此期间，亦重温了自己早年非自然主义的写作癖好。当然，我所说的“少儿时代的作品”不是指威廉·布莱克或约翰·济慈在少年时期创作的老气横秋的诗歌，而是二十世纪四十年代中期，我尚在髫龄时做的写作尝试。[3]所有的故事都围绕着我的超级英

1. 据说魔术师曼德拉是史上第一位连环漫画超级英雄。但他的催眠手势却来自卡利加里博士和马布斯博士。（他们俩是讲述邪恶催眠术的两部同名电影里的恶棍。）

2. 雪花公主是连环漫画《坎画》（*Steve Canyon*）中的人物。

3. 这本少年读物现被收藏于多伦多大学费舍尔（Fisher）图书馆。

雄——会飞的兔子。它们的名字是“蓝邦尼”“白邦尼”，以现实生活中名字很普通的玩具兔为原型。这些玩具兔凭借古老的动力技术——“人工抛升”——时不时在空中飞一下。时隔不久，这对柔弱的英雄兔转变成两名硬汉，一个改叫“钢铁邦尼”，另一个改叫“疯狂邦尼”，以更加传统的超级英雄的方式飞行——借助斗篷。他们的不同之处是，钢铁邦尼的斗篷上的图案是条纹，而疯狂邦尼的斗篷图案是圆点，就此而言，十分清晰。

事实上，我的超级英雄兔的形象是基于对哥哥的天才想象的苍白模仿。是哥哥先于我发明了会飞的兔子——来自外星球的飞翔的兔子。他的兔子拥有各式的交通工具，配备许多先进技术设备——例如，宇宙飞船、太空飞机、武器库等等，应有尽有。它们不但与邪恶的天敌狐狸做斗争，并且与机器人、吃人的植物及凶残的野兽交战。那些兔子居住的星球的名字叫“邦尼之国”，而我的兔子则居住在一个更加神秘的地方——“恶作剧之国”。究竟是什么促使我起这样一个名字呢？

在“恶作剧之国”居住的兔子生活得无拘无束、自由自在。乘着热气球四处飘游——这在二战期间实在可梦不可得。所以我对它们十分着迷。并且，我恰好又读过《绿野仙踪》，书中的巫师乘坐一个由巨型热气球拉动的大篮子，眨眼工夫就升入半空，从人们的视野中消失。因此，我不仅让我的兔子们，也让兔子的宠物猫们能够依样升上天空。这是因为家中不许养猫，偏我又十分想要一只猫，所以假想我的兔子们养了许多的宠物猫。这些兔子只吃蛋卷冰激凌——战时及战后物资匮乏的年月里，十分珍贵又吸引人的食物。它们还会各种花样的技巧，特别是能凭借斗篷在空中旋出种种姿势。尽管这些兔子偶尔会邪气地笑着扣动手枪扳机，一时对射击热情万丈，一时又对追逐罪犯兴味十足，再不然就是忙于拯救世界，但在绝大多数情况下，它们似乎只想开心，捉弄人类。

而我和哥哥不过两个小屁孩，是从何处知道会飞的斗篷、超能力和外星球等概念？一部分乃因为当时朴素的超人连环漫画，比如从当年最红的闪电侠连环漫画中，我们知道了太空行走和机器人，从超人和神奇队长连环漫画中，知道了额外的力量和超能力，以及利用斗篷飞行。蝙蝠侠，虽是凡夫俗子，也没有神奇斗篷（大概因为斗篷会妨碍他攀爬建筑物），却与神奇队长和超人一样，有个弱小的、虚幻的第二身份作为掩护。（神奇队长其实就是比利·巴特森，乳臭未干的报道新闻的青年；超人的掩护身份是个戴眼镜的记者；蝙蝠侠就是布鲁斯·韦恩，有钱的花花公子，整日叼着香烟四处游荡。）

它们与《绿野仙踪》、希腊神话以及我们手头的关于太阳系的一本小册子一道构成了我们的核心创意的源泉。尽管有关太阳系的书本身还是十分严肃的，但有一点得说明，那时候人们对太阳系各大行星的认识依旧有限，人们仍旧认为太阳系有可能住着外星生命。在我们的书里，通常就是长着独眼和三指掌，不怀好意的人形外来生物；或者长着剃刀般锋利牙齿的，有各种阴暗卑鄙习性、好开膛破肚的动物；或者也可以是能对人放电或用毒气毒死人的鱼；又或者是长着毒刺或毒花瓣、有鞭子一样的触须的、消化能力极快的植物。因为父亲是昆虫学家、多才多艺的自然主义者，我们可以很方便地获得丰足的科学图像，比如：显微镜下的池塘生物的图片。也许正是这些图片激发了我们对火星人、金星人、海王星人以及土星人的相貌的各种想象。

对于掩护身份，我注意到我的兔子们几乎都不需要：因为当时我们本就人小年幼，自己就能扮作比利·巴特森。而且我想，对那时的我们而言，将自己那孩童的自我意识投射在会飞的兔子上，足称得上是双重人格。

但是，滑稽故事连载主创关于超级英雄的奇思妙想又从哪里冒出来的呢？现在，我也十分好奇了。既然不能无中生有[1]，那么究竟谁才是超级英雄的始祖？事实上，还真的存在这么一个重要的基因库，比如：超人来自氪星，在某种程度上，三十年代的那本从头到尾都是K、Z、Y、X、Q之类古怪字母的科幻小说中的那个小孩也是来自外星球。

神奇队长口中那个充满魔力的咒语“SHAZAM”是由众多古老神灵和一个经典形象的名字的首字母缩写而成，他们是：所罗门、赫拉克勒斯、阿特拉斯、宙斯、阿喀琉斯和墨丘利。

1. 原文为拉丁语：Ex nihilo nihil fit。——编注

因此，在某种程度上，可以这么说，我们的神奇队长是顺着希腊神话的源流来到我们身边的。我们知道，神奇队长的导师、巫师肖扎姆（Shazamo）曾是喀耳刻（《奥德赛》中能够把人变成猪的魔女）的朋友。因此，我想神奇队长的创作者小时候读的书和我小时候读的应该相差无几。（神奇女侠的创作方法应该与其同出一辙，不过她与女神狄安娜[1]——那位身背银弓、正派典雅的女猎手渊源颇深。狄安娜女神手中的银弓弦肯定化作了神奇女侠手中的霸气索套。在神奇女侠的早年生活中，也即四十年代的连环漫画中，神奇女侠的另一个自我，狄安娜·普林斯，只要被她心爱的人史蒂夫·特雷沃亲吻就会开始颤抖，能量丧失殆尽，因为贞洁是原始女神的属性之一。）

另一方面，蝙蝠侠依赖技术横空出世。可惜其本质，乃一介凡人，生命终究有限，不无遗憾。但是他有许多机械装置和小零碎，可以助他对战邪恶。因此，当代杂志中和蝙蝠侠联系最紧密的并非《诡丽幻谭》（*Weird Tales*），而是《大众机械》（*Popular Mechanics*）。从风格与装饰的角度讲，蝙蝠侠还是最具未来主义气质的英雄：哥谭市第一次出现在书中时，便一展其大气的风格，明艳的装饰艺术的感染力。

神话传说、关于外星球的科幻小说、现代技术，三者珠联璧合。尽管初见之下，神话故事成于远古，似与超现代格格不

1. 狄安娜：罗马神话中的月亮女神，贞洁、善射，与飞禽走兽关系亲密。

入，但是我们在神奇女侠、神奇队长故事中读到的内容却丝毫不令人感到突兀。

事实上，几乎所有早期连环漫画中那些耀眼的英雄，连同我那些除了耳朵和尾巴之外与超级英雄血脉相连的飞兔都根源于文学与文化史，甚至根源于人类心灵本身。

其他的世界

那么其他的世界和外来生物又源自哪里？为什么小孩子总对床下心怀畏惧，认为除了拖鞋之外，床下还有令他们恐惧的东西？这个床下怪物的原型是从史前一直遗留至今的吗？史前时代的人类是穴居老虎或者其他动物捕食的猎物。为什么孩子们会相信无生命的东西如勺子、石头，更别提那毛茸茸的泰迪熊玩具了——都与人一样有思想，对自己心怀善念或歹意？这三个问题相互联系吗？

孩子们从另一种存在角度看问题的能力最近引起了生物学家的广泛注意。其中最值得一提的是法兰斯·德·瓦尔（Frans de Waal）的《移情年代》(*The Age of Empathy*)[1]。人们过去常常以为只有人类能从另一个生物的角度想象生活。但事情并非如此，大象可以做到，黑猩猩（不是猴子）也能做到。我们推

1. 法兰斯·德·瓦尔，《移情年代：大自然给更好的社会的一课》(2010)。

测凡有“自我”意识的动物都有这一能力。一种验证的方法就是“照镜子”。动物看着镜子中的映象能意识到那就是自己吗？人们为大象安排了一次精妙的实验——在大象的面前摆一面镜子，大小同大象的身材相当。而后，先在象头的一侧涂上可见的标识，另一侧涂上不可见的标识以排除触觉因素。倘若大象看见反射成像上的标记后用鼻子触碰头上的真实标识，则表明大象一定清楚镜子里的这个“象”就是自己了。当然，在意识到这个映象就是自己之前，大象常常会先往镜子后面张望，就像人类的小孩子一样。

如果能在脑中勾勒或想象自己的模样，你就能同样在头脑中勾勒或想象一个非自身的存在物的模样。同理，你还能想象这样一个非自我的存在物如何观察世界，一个将你也包括在其中的世界，而你正可以置身此世界之外观察自身。在这个存在物看来，你也许是一位备受他人珍视爱护的人，又或是一位日后可以交往的朋友，甚至还有可能只是一顿可口的晚餐，一个势不两立的敌人。孩子们在想象床下情景时，其实就是在想象床下那个看不见的生物所意识到的世界——猎物的世界。告诉小孩子们他们看上去很美味可口，肯定不是什么好主意。小猫无论怎样活泼可爱，没有移情能力，对这样的描述自然置之不理，可是小查理们没准会吓疯了。

H. G. 威尔斯的《星球大战》更为精彩的创新便是清楚地向我们展示了微不足道的人类在智力远超人类的神一样的外星生物

眼中的样子。从那时起，我们就一直听着这样的故事，如莎士比亚所描述的，虽然他所思考的神明距离人类比火星人近些："我们之于神明，如同苍蝇之于顽童。他们毁灭我们只为消遣。"[1]

* * *

住着怪物的其他非人类世界在人类的各种文学作品和神话故事中不胜枚举。我曾推测，包括孩子构想出的从未见诸出版的梦幻园在内，这世上想象出的地方比真实存在的地方要多得多。不论是我们死后要去的地方（好也罢，坏也罢），还是诸神与邪恶力量之家，抑或是已经消失的文明、远在一个星系之外的诸星球，它们有一个共同点：不在此时，不在此处。天涯海角之外，鸿蒙初开之前，渺茫不明的幽秘境界——"未来"才是它们的处所，甚至还有可能就在我们栖身的时空之中，掩藏着另一个它们可以存在的维度。依照惯例，其他的生物可以从某个地方倏然闯进，造访我们的起居室，但是他们也不能将他们所由从出的世界完完整整地一路拽进我们的世界。然而，另一方面，我们却可以穿越橱柜或虫洞，最终到达他们的王国。可见，一切和外来生物相遇发生的故事无一例外地需要"旅行"，非"进"即"出"。不是某些"人"或"动物"从"那儿"来到

1. 莎士比亚的话摘自《李尔王》第四幕第一场，32—34。

“这儿”，就是我们从“这儿”到“那儿”。大门、门道、关口和机车——仔细想想——如同远古神话中描绘的一样，处处是洞穴入口和燃着熊熊火焰的马车。

我们于幼年就具备构思“想象之地”的能力了，尽管它们不似晚餐桌上的猪排那么实在。首先，我们很小的时候，事物只要脱离我们的视线，就会脱离我们的脑海：我们没有看到的就是消失了，然后，忽然又出现了。等到一段时间过后，我们才醒悟滚落在窗帘后的橡皮鸭依旧在某个地方，而不是从此消失。

一旦我们认定东西是去了另一个地方而不是就此湮灭，这观念便再难以动摇。“发现东西本来好好地在这儿，却突然不见”的经历也许就是“来世”“心灵传动”等诸多概念的发端。斯科蒂（《星际迷航》）用光束将人传送上飞船的本领是受到我们小时候玩的藏东西、躲猫猫的游戏中一直没有消失的橡皮鸭的启发吧？过世的爷爷真的在幽灵世界里飘浮，想要联系我们吗？而等到有一天，我们也会像爷爷一样飘来飘去吧，因为我们实在弄不清楚自己身在何处？逝去的人一定是去了某个地方，而不是待在坟墓里。他们一定去过埃及，给自己的灵魂称重；或者穿过种满常春花的草地，或者升上天化为星星；再或者进入一个叫作天堂的实实在在的地方。如今，他们也许还能前往氪星或者所有外星人去过的地方。种满常春花的草地、氪星，[1]

1. “种满常春花的草地”在希腊神话中的阴间，氪星是超人的故乡。

会是同一处地方吗?

进入其他的世界的一个方法是沿着文学的传承轨迹蹁跹前行，从美索不达米亚的地狱一路走到埃及的来世，从冥王星之王国、基督教的天堂地狱、托马斯·摩尔笔下的乌托邦到慧骃国诸岛、莫洛博士的人魔岛，最终到达X星球、格森星和凯龙星。“其他的世界”在许多文化中都存在过，它们可以回溯到许多彼此独立的文学、文化谱系中。人类创造出种种其他的世界的癖好之本质属性会是人类的想象力吗，这种想象力会通过大脑边缘系统和新皮质，像移情能力一样发挥作用吗?

服装道具

从前，超能人类都像天使一样披着斗篷，或者像恶魔一样一丝不挂。但是在二十世纪，超能人类的服饰有了更相近的初始样板：紧身上衣和泳装，华丽的腰带，及膝高筒靴。这套装束极可能取自古香古色的二十世纪初马戏团的服装，尤其是马戏团表演走钢丝者或大力士的戏服。(正因为这个有趣的循环，国际摔跤联盟的巨星们今时今日的着装与连环漫画中的角色颇有几分相似。这些连环漫画中的英雄的衣服件件鲜亮，可以显出六块腹肌，使人联想起更早期的肌肉发达的杂耍艺人。)

斗篷这一装扮，也许来自形象设计者理应比较熟稔的前拉斐尔派艺术突出的骑士形象，当然也可能更直接一些，出自舞台魔术师的形象，甚至还有可能径向黑白电影《德古拉》中扮演吸血鬼德古拉的贝拉·卢戈西（Bela Lugosi）借取造型。尽管那时的吸血鬼还是邪恶的、浑身散发着难闻的气味，而不是今时经过演变后的模样——在太阳光下闪闪发光[1]，是爱的年轻梦想。在古老的民间传说中还有一种隐形衣，它在威尔斯的小说《隐形人》(*Invisible Man*）中以现代科学发现的形式出现，在《哈利·波特》系列中仍以原始的魔法的形式重现，在威廉·吉布森的《神经漫游者》中摇身一变成为一种伪装保护材料。但在二十世纪四十年代的超级英雄连环漫画中，没有一位拥有隐身斗篷[2]。这也许是因为隐形人实在太难画了。(我们最接近隐形的可能是神奇女侠的透明直升机，用虚线表现。)

面具不是超级英雄的必需品。不论是超人还是神奇队长都不需要这样的身份掩饰物，因为他们每一位都已有个完整的躯壳得以藏身。比如：克拉克·肯特，能在电话间卸去记者的行头之后，立即像被扔进水里的干凝胶圣诞老人一样，眨眼间膨胀成一个大块头的肌肉男。只不过，作者对这一项能力从未详细解说。蝙蝠侠的面具大概来源于假面喜剧的服装传统，或者像艾凡赫一样隐姓埋名的骑士的装束；甚至可能来自更加罪恶的源头，例如歌剧魅影，或者说方托马斯（Fantómas）——一位诞生于世纪之交的戴着面具的法兰西天才魔鬼；当然也可能

---

1. 闪闪发光的吸血鬼在斯蒂芬妮·梅尔的《暮光之城》系列中可以找到。
2. 隐身斗篷是民间故事中的特色物件，参见《格林童话》。

只是来自连环漫画中的标准面具强盗。而蝙蝠侠乃一介凡胎，无法变身，因此他显然需要面具。

服装道具——或曰特别的衣服和徽章——历史悠久。在我们熟悉的各种典礼上，例如大学的毕业典礼上，你就需要戴着软兜帽或檐边帽，手上再捧着一个卷轴出席，有了这两样，你就改头换面，成为另外一个与之前截然不同的你。在教皇的就职典礼上，新教皇将被套上“渔夫戒指”，在信众的眼中，这枚新饰物会赋予新教皇“强大只属于佩戴这个象征物之一人”的精神力量（几千年以来，戒指中蕴藏了种种殊异的力量，看看《一千零一夜》中的魔戒，以及理查德·瓦格纳的《尼伯龙根的指环》系列和 J. R. R. 托尔金笔下与前者有着千丝万缕的联系的《魔戒》，它们都汲取了更久远的文化传统）。在加冕典礼上，有魔力的物品就是王冠和权杖——它们代表着王权，就像国王一度被当作王国的象征。时代越往前推，所佩戴的或所持有的物件的意义就越重大。在神主时代，例如古埃及、古苏美尔，无论男女，他们与服装、徽章融为一体：你即角色，这个角色是外观，是装饰，人住在角色里，而不只是裹在衣服下。

想想我们所了解的最古老的诗歌——《美索不达米亚的轮回》吧，它又称作《伊南娜下冥界》(Inanna's Journey to Hell)。生命女神伊南娜下到冥界去找姐姐死亡女神厄里斯奇格。在下到冥界的途中，为了自我保护，伊南娜身上戴着、手中拿着数量多得惊人的护身符和法宝：特殊的便鞋、七枚徽章、沙漠皇冠、女王的假发、枝条、珠宝、两只胸针、金戒指、面妆用品还有一件象征主权的披风。但是根据冥界的法律，伊南娜必须放弃所有的东西，因为法典规定任何人都不允许携带任何东西。当所有用来保护她的法器被剥除得干干净净，伊南娜立时赤条条得无遮无挡，死在冥界，被挂在钉子上。每个阿喀琉斯都有一个脚踝，一个易受攻击的软肋；每个超人都会遭遇一块氪石，一种能对抗特殊能力的力量。

美索不达米亚传说的结局皆大欢喜。伊南娜是生育和繁衍之神，让她永留死亡国度也是一种灾难。可是没有一个凡人能够被送入冥界，为伊南娜带去生命之水，让她复活。因为凡人入冥必死无疑。为此，水神和智慧神恩基（Enkil）用自己的甲垢捏出两个不受肉体凡胎之困的泥物，并将它们送下冥界。可以这么说，这两个泥人赋予了我们灵感，让我们想象出石魔的原型——那座会变活的雕像，并最终制造出了机器人。尽管这首诗并没有清楚地告诉我们伊南娜在回到人间的途中是否将自己的法器悉数收回，但其实这根本毋庸置疑，因为在诗的后半段，伊南娜又戴上了那顶象征权威的皇冠。

然而，专用服饰、护身符和高高在上的权力，三者间的纽带究竟比美索不达米亚的传说还要古老多少？答案是要古老得多。旧石器时代洞穴壁画中极罕见的人物画中就有一部分实际上只能算半人半兽像：人们认为他们这些萨满通过披毛戴角，能够使自己成为半人半兽——能同野兽思想相通，确定野兽的行踪，甚至要求它们将自身献给饥肠辘辘的族人。

正是这些服装道具连同与之紧密相关的仪式使萨满神秘的力量具象为一种实在。狩猎人萨满与族人住在一起，而不是住在宫殿或寺庙，大多数情况下，他们和其他人一样过着平常的生活。一旦情势需要，他们就把自己变成充满魔力的另一个自我，服务全族。有一部描写澳大利亚原住民的电影《十只独木船》(*Ten Canoes*)，以原初形态的原住民文化为背景，其中就有类似的情节。当人们需要萨满施行法术，他便走到树丛的后面，等到他再次现身时，已然全身覆彩，准备施法。萨满是个有双重身份的人：普通的自己和另外一个拥有各种非凡能力的、能在有形的和无形的世界间游走的人。那些专门的装饰就像神奇队长的衣物，在观众的眼中标志着他进入了一个转换后的状态。

双重身份

超级英雄们之双重身份的历史可谓源远流长。但是最近的先祖大概出现在连环漫画问世前不久。

在十九世纪的小说中，替身的数量和他们在歌剧与芭蕾舞剧中的数目一样多得数不清。《天鹅湖》中的黑白天鹅公主，史蒂文森笔下的杰基尔医生和他那个矮小、年轻、毛发浓密的替身——下贱的海德先生，王尔德笔下的道林·格雷和他那幅病恹恹的、堕落的画像，爱伦·坡笔下的威廉·威尔逊和他那整天奚落别人的双胞胎兄弟，他们都是文学中最著名的替身典范。有人推断，这样的善恶共生至少在真实的人类生活中多少是有根可寻的。比如：乔纳森·威尔德[1]除了当捕贼队队长，还过着另一种不为人知的生活——罪行的幕后策划者。再比如爱丁堡执事布罗迪，一名受人尊重的绅士，人们相信正是他的夜半罪行给予史蒂文森以创作灵感。

但这些都是邪恶的替身。至于作为强大、正直的英雄的外表形象出现在众人面前的替身——那些以柔弱、轻佻的“他我”——更确切地说，如同克拉克·肯特是超人的替身——让我们觉得自己更像在注视着“红花侠”[2]——白天是优柔寡断的花花公子，晚上则是意志如钢铁般的拯救者。甚至在大仲马笔下的基督山伯爵也有几个化名，包括扮作古怪的英国贵族，赏善惩恶。夏洛克·福尔摩斯，聪明绝顶的线索追踪者和罪犯猎人，同时也是伪装的泰斗，常常假扮成与自己相去甚远的角色：虚弱、慈祥、年迈的牧师，没有客人的马车夫等等。

除了假扮成“正常”的其他人之外，这位二十世纪四十年代的超级英雄也被安排了一两位强大的敌手。卡尔·荣格坦承，他的“心灵地图”多是以文学、艺术为基础。他的“阴影”理

---

1. 我第一次读到乔纳森·威尔德的双重身份是在哈里森·安斯沃思的小说《杰克·雪柏德》（*Jack Sheppard*，1840）之中。
2. “红花侠”是奥希兹女男爵（Baroness Orczy）1903 年创作的戏剧和据此改编的小说中的英雄。

论，即人的阴暗面理论与《霍夫曼的故事》[1]以及我之前提到过的任一“双重身份”故事有许多共通之处。生活分裂、不停卷入神魔之战的连环漫画人物很可能表现出荣格心理特征。事实上，蝙蝠侠就是这样一个可供研究的几近完美的典型。

蝙蝠侠有三大劲敌，在荣格学说的拥趸眼中，俱是布鲁斯·韦恩的心理投射。韦恩必须接受并与他们妥协。（用布莱克的术语，这两个男性敌人被解释为萦绕在他心头的恐惧，而女性劲敌则是布鲁斯的内在精神的“外在表现”[Emanation]。）对于布鲁斯而言，女性元素是与他本人相悖的——坚定的独身主义者的生命里不需要路易斯·莱恩这样多愁善感的好姑娘。但是和他冲突不断的妖柔而魅惑的猫女定是布鲁斯的荣格的“暗黑灵魂”（dark anima）的形象投射：连小孩子都看得出布鲁斯和猫女的感情纠缠不清。

以险恶的扑克牌中的小丑形象示人的、残酷成性的“小丑”是蝙蝠侠的荣格阴影——他对衣着打扮及笑话的爱好越发透着邪气。还有另外一个阴影恶棍——企鹅人——穿一身能让人想起从前穿鞋罩、叼烟斗、戴高帽的资本家的卡通形象的衣服。他的普通身份的化名甚至可分成三个响亮的组成部分，属于凭空捏造出的、相当自命不凡的、阔老爷似的英文名字：奥斯瓦德·切斯特菲尔德·科波特。这企鹅便是花花公子布鲁斯·韦

1.《霍夫曼的故事》是奥芬巴赫创作的歌剧（1881）中的人物。其中，所有的恶棍都由同一位歌者扮演。

恩那“富豪”的一面变得让人讨厌时的样子。

神奇男孩罗宾（Robin）是布鲁斯的护卫。布鲁斯是同性恋吗？这一点无须怀疑。依我们神话学思想家的观点看，罗宾就是自然元素精灵，像莎士比亚笔下的帕克和爱丽尔。注意，罗宾本是鸟儿的名字，而这个名字又将他与天空联系在了一起。故事中罗宾的作用就是帮助仁慈的魔术大师——蝙蝠侠完成他的计划。然而，在荣格学说的信徒眼中，罗宾只不过是像小飞侠彼得·潘一样永远长不大的，代表着生活在布鲁斯·韦恩心中倍感压抑的孩子。我们应该记得布鲁斯的亲生父母在他很小的时候就已经遇害身故了，这段经历阻碍了布鲁斯感情的健康成长。

一旦认真研究，你会发现连环漫画中的超级英雄们终究是些“稻草人”，至多稍改头换面而已。透过霍夫曼派的神奇眼睛观察，这些超级英雄与荣格本人都可以被视作同一部神话故事的一部分。

但在小孩子的眼中（小孩子是这类书的主要读者），罗宾就是我们自己——倘若我们也有面具和斗篷，我们也会穿上，然后隐在谁也辨不出的假身之内到处撒欢。当然如果晚上能推迟睡觉，并因此获得首肯，得允参与我们天真地以为只属于成人世界的事情就更美妙了。

飞　翔

蝙蝠侠不能真正飞翔，这多少影响到我们对蝙蝠侠的好感。

因为有图为证，飞翔是我——当时的小小超人卡通迷——最痴爱的超人特质。在我自己创作的“恶作剧之国”中，几乎一切都是借风而动。我究竟为什么如此痴迷飞来飞去的生活呢？细细琢磨，为什么超级英雄创作者们同样痴迷于此呢？

对飞翔的钟爱似乎十分普遍。我最近认识了一位“超级英雄”——尽管个头矮小——名叫“肾脏男孩”（Kidney Boy）。我是在“推特”上发现他的，受他的名字的启发，我提出要为他设计一套装备，包括特殊能量和魔法咒语。在现实生活中，“肾脏男孩”有些书呆子气，是一位肾脏专家或者说肾科医生。他告诉我，很希望自己会魔法，如此可以为肾透析患者“度身定变”出完美的、全新的肾脏。但是倘若无法拥有这样的魔力，他说，他是否可以“至少拥有能够飞行的魔法”？

因此最后，我专为他设计了他想要的一切：携带紫色肾脏形头盔的外套，永远精准的魔法手术刀，以及咒语——“肾脏——变——哦！——”，不但可以随心变成需要的肾脏，而且可以将新肾脏轻松无创地滑入患者体内，当然最美妙的部分还是“随心飞行器”。

个体发生重复着种系发生——难道“肾脏男孩”和我都继承了对飞行的爱好？是因为它已经刻在我们自身的基因或是模因（memes）里的结果？又或者如理查德·道金斯推广的理论产生的效应——主题、思想、意念代代相传，并在此过程中不停自我复制，自我突变，并同时与其他的文化基因竞争。

然而，无论是什么原因，有一点毋庸置疑：不论是否借助翅膀、飞行鞋、飞行斗篷、天马、飞毯、热气球、空气动力肾脏，飞行的能力历史悠久。

飞行能力，无论超人的还是神的，究竟意味着什么？我们在此讨论的飞行器既不是民用飞机也不是直升机，无关更迅速、更高效、更现实的交通工具。它只与翅膀相关联，或真实可见的或含蓄引申的，既能飞升至地球上空也能轻而易举地从一个地方滑至另一个地方。它冲破身体的局限，摆脱这副终将湮入尘土的臭皮囊的羁绊。古代僧侣总会低声吟唱“假若我有天使的翅膀，我要飞越监狱般的高墙……”我们没有翅膀，但对它的渴望从未停止。

尽管，最初，你可能会认为拥有翅膀有百益而无一害。但事实上，那些非人存在拥有翅膀的例子对此予以了警示。

例如，伊南娜，上文提到过的美索不达米亚的生命与性的女神，就有一双翅膀。但是你绝不会想与她扯上半点瓜葛。因为伊南娜和她的化身伊丝塔——《吉尔迦美什史诗》中的女神——都是生冥两界的旅者，擅长引诱倒霉的男子。当伊丝塔要求吉尔迦美什做自己的丈夫时，他列举了一长串被伊丝塔杀害、折磨或者变成狼或侏儒的前任情人的名字。

在希腊文化中，有两名神的使者：伊丽斯，始终在道义上保持中立的金翅神；赫尔墨斯——掌控沟通交流之神。（无怪乎，二十世纪四十年代的贝尔电话簿上会印有赫尔墨斯头戴金翅帽、脚蹬插翼罗马靴的鬈发、帅气的画像，此外还赋予了一点现代气息——大量粗壮的电话线温柔地缠绕在他的腰际。）赫尔墨斯也是行路者的保护神，引导死者的灵魂去往冥界，因此和他一道旅行真的未必是一件幸事。还有尼姬（Nike）[1]，被认为是胜利女神，更确切地说是宣布最终胜出方的女神，是另一位信使。她也有一双翅膀。然而我们很清楚一方胜利必然意味着另一方失败。

在犹太基督教的传统观念中，从神域来的信使被称作“天使”（angels），而angel一词在希腊语中即为“信使”的意思。在希伯来语中也是同样的意思。《圣经》中，天使也并不总是被描绘成有翅膀的，在更多的情况下，皆以人的面目出现。尽管《以赛亚书》第六章的六翼天使有六只翅膀，《新约》也明白无误地记载着一些天使能够飞翔并即时传送信息。在后来的艺术作品中，长着翅膀的天使的形象很可能是借鉴自尼姬、伊丽斯，而年轻的小天使的形象则可能取自爱神厄洛斯展开双翅的形象。但无论是有翅还是无翅，天使绝对拥有令人不安的本质。倘若你被告知自己的家乡将毁于地狱之火，或者一位未婚女子将身怀六甲，这种消息能有多愉悦呢？文艺复兴时期，圣母马利亚的种种表情便常常表现出恐惧，而非欢乐。伊丽斯、赫尔墨斯或者任何一位犹太基督神使的造访，带来的可能是好消息，但

1. 尼姬：这个飞得极快的女神决定胜负，抑或仅仅对胜出者予以奖励？说法不一。然而，无论怎样，对于跑鞋来说，这是个好名字。

更有可能是坏消息。

事实就是如此，我们不一定要因为他们是会飞的神祇便笃信不疑。圣人的预言、信使的消息常常极其地含混不清。

变形的诡计

赫尔墨斯，插上了翅膀的信使，不但是交流之神，还是小偷、骗子和说笑话的人的保护神。许多飞来飞去的非人类都有这一有趣的特点——古怪的幽默感。他们喜欢误导众生，捉弄众生，并乐此不疲。在莎士比亚的多部戏剧中，如我之前提过的，有两位值得注意的会飞的非人类：《仲夏夜之梦》中的帕克和《暴风雨》中的爱丽尔。二者都是信使、仆人。各自负责执行奥伯龙和普洛斯彼罗的计划，传布奥伯龙和普洛斯彼罗的法令。二者又都是伪装艺术家、恶作剧者。他们的形象不都是取自生翼的厄洛斯（又称作丘比特）——臭名昭著的、爱开玩笑的爱的小男神，女神维纳斯的信使吗？如今，丘比特可能会带上许多巧克力，而从前，他会将伤人的情欲之箭射进人心。中箭者因爱欲、痴恋和欲求不得而癫狂迷乱之时却是丘比特开怀大笑之际。《一千零一夜》中的灯神亦与信使和仆人相当。《绿野仙踪》里的翼猴同样无出其类：行止飘忽，能量滔天，除了用魔法之外很难控制。英国民间传说里那些在道义上无信可言的仙女同样表现出这一族群相似性：掩饰真面目、愚弄人类是她们最引以为傲的本领。帕克就强烈地表现出这一血统的特征：让他感到莫大乐趣的事情就是——把自己变成一张凳子，等到有人想要坐上去，又倏然掠开。捉弄本来就不聪明的凡人正是帕克的一大消遣。

仔细想想，早年的连环漫画中的超级英雄无一例外地有此嗜好。虽然一般说来他们不是天生的愚人者，但是他们的变形无一例外带有欺骗性质——没有人知道克拉克·肯特就是超人，或者意识到超人就是克拉克·肯特。孩子们最感兴趣的桥段不是解救妙龄少女，也不是哥谭市最终幸免于毁灭，甚至也不是又打、又捶、又挠的空手肉搏战。孩子们喜爱的桥段只是在一个个变身的时刻。上一刻还是一位戴着眼镜、羸弱、腿脚不便并常遭奚落的报童，下一刻褪去所有伪装，立时长成强壮结实的赳赳武夫，好像费多的滑稽剧（Feydeau farce）[1]中从柜子里弹出来的一个伟丈夫——多么让人惊喜！——坏人闻风丧胆，恃强凌弱之徒再也不敢在沙滩上把沙子踢到你的脸上。这才是我们真正喜爱的“愚弄”——在成人堆（连环漫画中走在街上的成人）里自由穿梭却丝毫不引起怀疑。清楚自己身上有大人不了解的东西：拥有并隐藏的能量足以让他们目瞪口呆。

从这一方面来讲，二十世纪四十年代的超级英雄塑料超人

1. 乔治·费多创作过许多滑稽戏。这些戏剧都以精确的出入场时机为出发点。

（Plastic Man）可谓冠绝群雄。他的超能力是伸缩自如。因为他是塑料制品，在一大罐混合化学剂令人不愉快的作用下诞生，近似于生而为神子，或者说类似阿喀琉斯在冥河中浸泡过——他可以将自己变成日常可见的各异的形状，比如油灯、烟灰缸；偷听骗子和暴徒的密谋，之后一跃而起，亮明身份，像一根长长的橡皮带紧紧缠绕住作恶者的身体。塑料超人大概是所有超人中最狡猾、最机智、最不暴力的一位，与其说像奥伯龙，不如说更像帕克，颇似滑稽的派对小玩具的味道。

伪装的魅力几可溯及远古。诸神常常幻化成各种凡物，以便于在人间行走时不被发觉。（这一习惯后来沿袭下来。民间故事中的苏丹、国王甚至圣人都爱乔装改扮，其中最著名的莫过于圣彼得。）而文学作品中，第一位自觉乔装的人物，或者说第一位非神的乔装者，据我所知，应该是《奥德赛》中经年漂泊离家的奥德修斯。他返回宫殿时，把自己假扮成一个衣衫褴褛的乞丐，发现一大群粗野的年轻人正在肆意享用宫中饲养的禽畜，凌辱侍女，甚至还想娶自己的妻子。可以想见，当他拉满那张巨弓——一张充满魔法、除他之外无人能开的神弓——他又变回国王了，他把他们全部射杀了。奥德修斯特别青睐的有两位神，一位是雅典娜，知识与智慧女神；另一位是我们的老朋友赫尔墨斯，善谋划、喜恶作剧的骗子的守护神。

一切都引领我们回到我六七岁时画过、并为之写过故事的飞兔。现在我们了解了为什么它们的居所会被我命名为“恶作剧之国”，尽管回想当年，连我自己也并不十分明白为什么非要起这么一个名字。像许多艺术家一样，我这么命名只因当时认为舍此无他。热气球、飞行、超能力、恶作剧，它们缺一不可。当然，我的飞兔也许是绝无仅有的长耳朵、白绒尾巴的超人。

燃烧的灌木丛：为什么天堂和地狱都去了X星球

研究发现宗教信仰在阿马尔－卡（Ammer-Ka）第八王朝十分盛行。人们谈论着各种各样的危险——黑的、红的、黄的——显而易见，神秘学以某些方式与神秘的神明Rayss联系在一起，为其焚烧祭品就是最好的证明。

——斯坦尼斯瓦夫·莱姆《浴缸中的回忆录》[1]

科幻小说是一种继承了强烈的上古神话特色的传奇小说。

——弗莱《批评的剖析》[2]

八岁那年，我创作超人和飞兔的兴趣告一段落。此后大概两年，我又迷上半夜躲进被子里打着手电读书的生活。不仅读各种探险故事，还有题材广泛的漫画书。白天，我见到什么就

1. 斯坦尼斯瓦夫·莱姆，《浴缸中的回忆录》原版于1971年在克拉科夫出版。Avon版英译者为迈克尔·坎德尔和克里斯汀·罗斯。本文引用部分源自译作第10页。
2. 诺思罗普·弗莱的《批评的剖析》（普林斯顿大学出版社，1957），第49页。

读什么，谷物外包装盒、洗漱室的涂鸦、《读者文摘》、杂志广告、适合雨天的消遣读物、广告牌，甚至连要化成纸浆的垃圾纸也不放过。从这你大概能明白，我几乎不可能全心全意地投入到考虑严肃问题中去，而只是一个不拘品味、喜欢随性挑挑看看的人。如果让我在漫步十八世纪的花园和扒拉塞满废旧物的阁楼当中二选一，也许我宁愿选择后者，尽管不会每一次都选阁楼，但是肯定比选花园的次数多。

人们常说：苗歪树不正。因此，我得弄明白是什么影响了我的"小苗"。有一点可以确定，作家孩童时期如饥似渴读过的作品，经年之后将沉淀在他成年后创作的作品中。

我的家中收集了大量的后维多利亚时期和英王爱德华时期的古怪、非自然主义故事。这些故事启迪了许多二十世纪中叶拉丁美洲涌现出的"魔幻现实主义"作家，以博尔赫斯为代表。十一岁到十七岁的六年间，我读了恐怖大师 M. R. 詹姆斯[1]的作品以及所有的 H. G. 威尔斯的奇幻故事——《星球大战》《莫洛博士岛》《隐形人》，以及《盲人国》等等。阿瑟·柯南·道尔的《迷失的世界》，连同书中的恐龙和原始人是我的最爱之一，H. 赖德·哈格德所著的名噪一时的小说《所罗门王的宝藏》《艾伦·夸特梅因》和《她》，以及《她》中所描绘的在倾城倾国、香肩半露的女王统治下的远去的文明都是我的最爱。我还读了

1. M. R. 詹姆斯：可以参看《一位古董商的故事》。

所有能找到的《男孩之年》上的系列冒险传奇故事。

自不待言，当年，我第一次遇见夏洛克·福尔摩斯就爱上了他。此上，还有达许·汉密特笔下的萨姆·斯佩德、雷蒙德·钱德勒的菲利普·马洛。有一点我得申明，无论这些人物是穿着厚重长大衣或是腰带式短大衣穿梭于小巷之间，还是正捏着下巴精心盘算，他们中没有一位真正尊重女性。不过，我倒不会因此心生不悦。会不悦的只有那些金发碧眼的美女。所幸我既无金发也不是碧眼。

我还阅读了许多科幻小说。高中时期，我一头扎进约翰·温德姆（John Wyndhams）的小说里——《三尖树之日》（*The Day of Triffids*，1951）、《米德威治的布谷鸟》（*The Midwich Cuckoos*，1957）。此外还阅读了所有能够找到的雷·布拉德伯利的小说，比如也是五十年代出版的《火星编年史》和《华氏451》。

我总是在该做家庭作业的时候阅读这些小说。因此，可以说我实际过的是双重生活，甚至是三重生活——用当年最流行的词说——就是“高眉”的生活、“中眉”的生活以及“低眉”的生活——这一比喻来自尼安德特人前额后倾的说法。同时过三种不同的生活并不让我烦乱。在课堂上，我和大家一起研习莎士比亚的戏剧，每年一到两部，间或还有浪漫主义时期与维多利亚时期的诗歌穿插其中。这些都是高中五年的必修课程，另外我们还修习了乔治·艾略特、查尔斯·狄更斯、托马斯·哈代的小说（每人两部）。每一本我们都学得相当透彻。这便是我白天的"高眉"生活。而放学后，我就会转向不那么阳春白雪的内容，沉浸在自己有些不务正业的乐趣中，比如看《多诺万的脑袋》《海怪苏醒》[1]等诸如此类的小说。

这样的生活还曾一度延续至我的大学时光。当然在大学里，可助我遁迹于现实的选择又多了一项——双片连放的小成本科幻片——这可能是最下里巴人的消遣了。我跑去看《变蝇人》的首映、《女巨人复仇记》（女巨人长得太高了，以致几乎半透明了）。还观看了《大脑不死》《蠕动的眼睛》——长着触须的、与当年那些吓人的东西一样来自外太空的眼睛。当它最终露出真面目时，像履带一样的、强劲有力的须足赫然出现在眼睛的下方。当然，我同时依旧继续着阳春白雪的伪装，从盎格鲁-撒克逊一路读到 T. S. 艾略特时期的英国文学作品及十八、十九世纪的法国文学作品，又去看英格玛·伯格曼和新浪潮派的电影。

我注意到《贝奥武夫》和《蠕动的眼睛》有许多共同之处——二者都有怪物、杀戮和英雄。相比之下，简·奥斯汀笔下的女英雄只需担心钱，而不必担心会说话的颅骨。[2]包法利夫人除了死于挥霍无度之外，绝不会将自己气息尚存的头颅连同头上顶着的"弗兰肯斯坦的新娘"的发式一并保存在玻璃罩之下。难道远古耸人听闻又充斥着怪力乱神的传说也被神圣化，

---

1. 《多诺万的脑袋》作者是柯特·西奥德梅克；《海怪苏醒》作者是约翰·温德姆。
2. 因此诸如《傲慢与偏见与僵尸》之类的书名给人带来的震撼可想而知。

成为无价的文学正典的组成部分，并且穿越时空，和当下轰动的、同样充盈着怪物的、被斥为垃圾的故事对接上了？

为什么人们要写这样奇异的故事呢？或者更具普遍意义地，为什么人们要讲故事或是写故事呢？故事究竟是为何产生的？故事在我们的生活中到底起着什么样的作用？它们是养育之花开出的果实吗——因为我们还是小孩子的时候，便从身边的大人那里听说了许多故事？又或者它们早以模块的方式，牢固地嵌进我们的大脑，一旦刺激它们的“后生开关”启动，便半自动地生成各种故事？

如果我们再深入思考，这些故事究竟是释放了人类的想象力还是把它牢牢地禁锢在“择善而从”的镣铐之下，一如维多利亚时代基督教通俗小说中关于贞妇美德之教诲的作用。这些故事是强化社会控制的手段还是逃避社会控制的权宜之计？“故事”是“谎言”的堂而皇之的近义词吗？如果是这样，谎言是必需的吗？我们会被自身的故事，比如，家族传说、家族剧本所奴役，被迫重又扮演一次故事中的角色吗？这些故事会帮助我们规划积极向上的人生还是会悲观地判定我们的人生注定凄惨失败？故事是否让古老抽象的隐喻变得真实而具体，并透过讲述将那返祖的礼制再演练一遍？作为共同的人性之基质的组成，故事对我们重要吗？我们讲故事是为了炫耀才华，撩拨自满的观众，吹捧统治者，还是与《一千零一夜》里那位夜夜说故事的新娘的目的一样——让自己逃脱死罪？故事构成了形形色色的社会和国家的基石吗？——不论它们是雄心万丈，正为自我定义而历经痛苦的新兴国，还是正苦心为实现对他国的支配寻找理由的帝国，或是愀然嗟叹辉煌不再的没落王朝？不论是顽固地带着旧标志的古老文化，还是在找寻精神瑰宝过程中于新近形成的文化中是否都存在已融进文化血脉的故事？

又或许，说到底，故事不过是一种消遣而已。是农舍里、围炉边老妇人的神侃胡编，或者十九世纪，供长倚在马车内百无聊赖的年轻贵族女子一目十行的煽情又哗众取宠的小说。当然，也有可能是某部电视连续剧的续集，娱乐产业中不起眼的一小部分。总之，无论什么情况，故事就是个彻底无聊的东西。如此，这些基石与无聊的、娱情的消遣可相互排斥？

答案一直莫衷一是。事实上，一千多年来，有人为了不同的答案而掉了脑袋，也有人因答案不一致组织专门讨论。曾经在某些地方，关于故事情节中的奥古斯都有没有神性或者亚伯拉罕是驱逐夏甲和以赛亚去了沙漠还是承认以赛亚是自己的儿子和继承人，你的讲述将决定你的生死存亡。在十七世纪的新英格兰，你终生的健康只取决于你说的故事到底是肯定巫术还是否定它的存在。在中世纪欧洲，故事中的“主”被描述成“三一体”，还是“一神”，抑或是“正邪双神”，是性命攸关的事情。因为它真的能决定你是否会被绑上火刑架。凡正统学说的故事无不企图清除异己之说。

然而，故事以及故事被赋予的意义的翻覆不过在弹指之间。

塞勒姆女巫审判之后，众多“巫师”被判处死刑。但此后仅仅五年，当初的始作俑者——英格兰法官和牧师便公开表示忏悔。“魔鬼确实就在我们中间，”其中的一位说，“但不是以我们所认为的方式。”昨日还被人们义正词严，痛斥批判的异端邪教徒，今日很可能变为殉道者，反之亦然。但是故事本身，这一种也好那一种也罢，一直伴随着我们，在时间的长河里发展变化。

现如今，我们生活在一个对故事及其起源与目的都认真思考的时代。丹尼斯·达顿在《艺术的本能》[1]中提出：艺术，以及对宗教所秉持的冲动热情，皆已内化于人类基因的编码。根据丹尼斯的理论，艺术才能是客观演化的结果，人类在约两百万年的更新世的狩猎生活中逐渐掌握了它们。千百万年来，经过不断“剔选”，各种形式的艺术将种种显著益处带给我们。也就是说，举凡展现出艺术才能的人，譬如会唱歌、跳舞、绘画以及通过讲故事实现自己意图的人，相比于缺乏这些才能的人，生存下来的概率会更大。因此，如下说法便有一定的道理：如果你有能力给自己的孩子讲述你的祖父在河湾处被鳄鱼吞食的故事，那么你的孩子们相对其他孩子而言，有更多的机会避免同样的命运了。只要孩子们真的听进去了，故事就有作用了。

在那几千万年里，以我们现在的辨识能力看，如今我们特谓之为“宗教”——即有专门制定的条条框框，有朝拜的场所

1. 丹尼斯·达顿：《艺术的本能：美、愉悦和人类进化》，牛津大学出版社，2009。

（比如庙宇）的神学体系——并不存在。对不可见的或超自然世域的信仰与生活本为一体，因为一切事物都被视作拥有灵魂和特质。也正因如此，任何一个行为都具有生活在现代的、世俗的、西方化的社会中的人们无法想象的重大意义。这样的世界观应该奇妙且丰富，也该充满畏惧——惧怕逾规越矩，惧怕冒犯神明，惧怕打破禁忌。神与魔之间的差别何其微不足道。

在那些留传至今的人类早期的文学作品中，随处可见这一世界观残存的痕迹。希腊神话中就有大量的故事描绘了人被神变成其他的生物，比如野兽、鸟、树。相应地，大自然亦常常与人交流谈话。值得注意的是，在《旧约》的《出埃及记》中，上帝从未以人形示于摩西，而只是一个声音，一个从著名的燃烧的灌木丛发出的声音。一堆熊熊燃烧、永不熄灭的树丛。这树丛不是有形的上帝，而是天使、信使。故事讲得小心翼翼，极力避免圈囿上帝的形象。因为一旦被物理客体框定或局限，比如树丛，无论看上去多么神圣庄严，怒火偾张，生命不息，都不过一介可被摧毁的神灵。

那声音说了什么呢？其中有这么一句：我的名字叫**我就是我**，或者可能是**我会是我将是的**。上帝是个动名词，上帝也是动词。永燃不尽的树丛与前苏格拉底哲学家赫拉克利特的观点惊人的相似。赫拉克利特认为，万物源于火——不是火的物理形态，而是火燃烧的过程。

无论如何，聆听树丛口吐人言作预言这样的奇遇绝非简·奥斯汀的女主角可能经历。安·拉德克里夫的哥特式故事中也可能有，当且仅当树丛里藏着一位邪恶的伯爵。然而，这样的事在童话故事里却是常见，比如《爱丽丝漫游仙境》之类的寓言中就有，在讲述倒霉的少女被神变成小树或者其他什么植物的希腊神话中也能看到。可是，在 X 星球上，这些事倒是毫不费力。

* * *

凡神话皆故事，反之则不然。在故事中，神话永远处于一个特殊的位置。

二十世纪五十年代末，我就读于多伦多大学维多利亚学院。读书期间，我一直在思考有关神话的问题。那些十分古老、却十分重要的故事以及它们的内在本质与形式一直是我的首要研究对象。埃德蒙·卡彭特，著名的人类学家，当时正与人一道合编《探索》，当年颇具影响力的杂志。他的合作者马歇尔·麦克卢汉（Marshall McLuhan）不久成为“媒介与交流”领域卓越的学者。麦克卢汉的第一部著作是《机械新娘》。该书分析了广告、漫画中的神话及心理学元素，同时还附上各种广告的复制图以作说明。可惜，后来因为侵犯版权与肥皂片公司起纠纷，被迫退出图书市场。但是人们依旧可以偷偷在麦克卢汉的地下室购买这本书。我就是这么做的。鉴于我对于麦片包装盒、杂志广告和漫画的兴趣由来已久，自然觉得这书写得十分有滋有味。

于此期间，那个时代文学世界里的第三大人物也隐然有雄起之势。他的名字是诺思罗普·弗莱，任教维多利亚学院。我曾听过他的课，不过，我只上了一半——即“斯宾塞与弥尔顿”课程中有关弥尔顿的那部分。虽然他对我当时正在研习的学生写作并没有直接的教益，但是他对文学之于文明的重要性的重视正好旁证了文学的价值。此外，他还表现出三种审美层次（即前文提到过的“高眉”“中眉”“低眉”）都涉猎才可独获的裨益，并且也正是这种裨益让我非常欣悦：若有人能告诉你只要读自己喜欢的东西那就不算不理智，肯定是非常鼓舞人心的事。

那时，弗莱已经出版了两部足以横扫整个文学界的文学评论著作：《可怕的对称》和《批评的剖析》。前者是对威廉·布莱克的长篇叙事诗歌的研究。这些诗歌被布莱克称作“预言”。而后者，更是一本野心勃勃的巨著。它首创了一系列的模块，人们能通过辨别既交叠又环环相扣的特质，将文学作品归入这些模块。而神话故事正是此书的显要部分。

弗莱每年都会开设《圣经》课。“作为文学的《圣经》”引得学生不远千里赶来旁听。“您认为《圣经》是神话吗？”有学生问道。“是的，”弗莱回答道，“这正是我的意思。”

但是弗莱借“神话”一词究竟想表达什么？他本人对神话的兴趣表现在他对故事的结构形式、文学的功能以及人类想象力的建构方式的关注。而对于读者来说，弗莱给出的“神话”的定义的确厘清了当时常见的一些混淆概念，例如关于文学体裁与修辞艺术二者的混淆。形象点说，期待从苹果中得到上好牛排的感觉毫无意义，这两者根本不搭。

弗莱关于神话及其建构模式的理论有一个精简版。在古希腊神话中，人分为四个时代：黄金时代、白银时代、青铜时代、黑铁时代，分别对应春、夏、秋、冬四季。根据弗莱的观点，它们也对应了四种类型的故事：传奇（春天）——英雄出征，屠龙救美。喜剧（夏天）——英雄与美人因受到保守者的阻挠无法在一起。但几经曲折之后，终以美满婚姻结局。悲剧（秋天）——主人公从位高权重、声名显赫的云端跌落，或含恨而终，或被放逐不毛之地。讽刺剧（冬天）——上了岁数的老头儿老太太在数九寒冬里围炉讲故事。令人惊奇的是，老头儿讲来讲去总是英雄传奇——离家远征，遍踏幽闭，屠龙救美等等这般老掉牙的故事。当然，这些故事一再循环往复。[1]

倘若将这周而复始、循环往复的模式置于一旁，季节轮转的模式立刻被拉成一条直线——以某事开端，于中程发展，最后到达终点。基督教《圣经》就是西方文化中的直线模式的最佳诠释。《启示录》常常被视为天启，它宣示了世界终将遭受可怕的毁灭，走到尽头。在“四骑士”的攻击下，世界在瘟疫

1. 关于与季节相联的故事的循环模式，有一个维多利亚晚期的好例子：威廉·莫里斯的《人间天堂》。

的肆虐和大火的吞噬中灰飞烟灭。然而，它确实有着启示的含义："天启"即"显现"之意，一切都变得清楚明白，一切皆昭示于众。在基督教《圣经》中，创世之后紧跟着人类的堕落，从永恒的天堂一下滚落到有生有死的绵延时空。或者正如詹姆斯·乔伊斯的《尤利西斯》中斯蒂芬·迪达勒斯的台词："历史是个噩梦，我拼命想从中醒来。"

从《创世记》到《启示录》，其间故事不可胜数。以基督降临始，至基督受死再到基督复活并升天，故事达到高潮。最后以《启示录》《最后的审判》和最完美的天国之城新耶路撒冷的到来——作为与以巴比伦或罗马为代表的旧的、邪恶之城的对比——结局。至此，故事画上休止符，而不似叙事结构周而复始的神话故事，从头再来一遍。因为，到这，一切都至臻完美，无须改变。

弗莱考察了一套原型，其中的每一个原型都有一正面（或曰神圣）的形象和一反面（或曰恶魔）的形象。这套特别的原型主要是针对犹太——基督教及其相关文化。然而，几乎像所有的故事都有善恶双生子一样，天堂里有生命树，也有它的反面：死亡树——十字架。有上帝之城也有魔鬼之城，有生命之食（圣餐就是它的代表）和生命之水，也有它们的反面——《创世记》中的知识善恶之树和死亡之水（在《圣经》中即指大海）。无怪《启示录》有言："不叫有大海。"有豺狼与羔羊并卧的和平之国，与天堂一样的乐土；也有兽嚎不绝于耳，满眼残垣断壁，不停被豺狼追袭猎杀的，《圣经》中被诅咒的土地。

这些双生对立体的一极是天堂，是我们向往的一切美好；一极是地狱，涵容了一切邪恶与痛苦。而于两极间铺开的是人类的生活——民间叙事诗和《指环王》共同歌颂的中土世界的快乐——以及或朝着正面或朝着反面发展的叙事文学作品的情节。在讲述堕落的故事里，我们从天堂坠入凡尘，从人间坠入恶魔道，而在讲述上升的故事中，我们从地狱升入人间（比如，从牢狱中被放出去），或者从人间升入天堂。所有与堕落有关的作品都有生离死别、深重的苦难、牢狱之灾、折磨、模仿生命的机器生物、失败、灭绝人性和死亡。而一切与向上有关的则是与亲朋团聚、鲸口逃生，大病初愈，风和日丽，富裕美满，新生与繁衍。

正如我曾提到过的，弗莱的兴趣主要在文学批评。而神话作为文学作品的结构元素也引起了他的关注。弗莱曾用“神话”指称“故事”，没有赋予它任何真假性的内涵；但同时神话又是一种特殊类别的故事。神话是文化最重要、最严肃的部分，是文化身份的密钥。故而，作为一名加拿大人若听到别人讲加拿大是一个缺少神话的民族，这是件要命的事情。但在二十世纪五十年代末，加拿大人总会听到其他的人这么说。莱昂纳德·科恩在做歌手之前是一名诗人，他出版的第一本诗集《让我们比拟神话》，几乎成为一个时代的代名词。

然而，任何一个文化都不可能仅有几类神话故事。每个文化中都有笑话，虽然没有谁会指望这些笑话是真人真事。此外，还有比喻和寓言，比如狐狸与葡萄，仁慈的撒玛利亚人。人们认为，这些形象隐含了某种寓意，但这寓意却并不以爱葡萄的狐狸的存在或者真实的撒玛利亚善人为基础。“曾经——”和“过去——”是两个多少有点不同的故事开头。民间传说是故事。但是几乎没人真的相信有阿拉丁、十二位跳舞的公主。路尽头的老乔伊、街对面的史密斯也都是有故事的人，还有詹妮弗·洛佩兹。不过，他们的故事只属街谈巷议。我们知道这些人是真实的，因为他们活生生地在那儿，但我们也明白，自我的内在本质也即我们称之为灵魂的东西，并不能被他们的故事轻易感动，无论他们的故事多么活色生香。

至于历史故事——关于过去的故事或多或少都建立在有据可考的事实的基础上（例如，我们不清楚究竟有没有伊卡洛斯，但是我们很笃定亨利八世真的存在过）。这类故事十分严肃。人们讨论历史，尤其是属于他们本民族的、国家的历史，因为这关乎我们如何评价自身在世界上的位置。我们都曾是好人吗？我们爱那些认为我们是好人的人吗？我们原来都是坏人吗？肯定不希望如此。如果我们干了坏事，为什么？我们是自欺欺人，还是被暗藏祸心之人误导？我们行事时心怀善念吗？愤世嫉俗吗？我们急需弄明白这些问题，因为我们总是依据自己过去的行为来评价自身的存在，即使有风险，即使我们中有的人将在历史事件发生之后几年或几十年才出生。历史上总有些事情十分紧要。关于我们的历史的种种传说是否真实对于我们来说极为重要。因为我们会认为自己所听到的真的是自己的历史。我们是否真的"在场"并不重要，一战、二战、广岛原子弹，每人都有一个可膨胀的"自我"，这个"自我"无限扩张，突破身体、家庭、房子、车子、城市、州界、国界、过去与现在的局限。关于神话另有一点：它们能吸引并圈定自己的目标听众，将形形色色的听众融成一个共同体。

* * *

上古神话早于历史，也曾被等同于"历史"。此外，还一度被视为重大事情的真实记载。鉴于科幻小说常常带有上古神话的许多特征，我们需要仔细考虑这些重要的特征，以下是科幻与神话共同提出的问题，当然其中有部分神话已给出了答案：

世界从何来？

最初的神话可以大致分为：两性孕世界——地球是从蛋中孵出来，是天父与地母的结晶；泥塑造世界——水生动物或鸟类下潜并携上泥土，世界应"土"而生；神创世界——通过歌唱、跳舞或宣告的方式，比如上帝说"要有光"。我最喜欢的神话之一便是"玛耶创世"，尽管众神创造了世界，但起初他们感到忧心忡忡。他们担心许多事情，总是担心，一直担心，不停担心。对此，我感同身受。

人从何处来？

人从尘土中来，从肋骨中捏出来，从石头中蹦出来，从蛋中孵出来，地母给予人生命，人被众神造出来，做玩具，做奴隶，像小饼干一样在炉火中受烘烤。

本民族从何处来？

龙牙。从蚌中来。太阳神的后裔。传说纷呈，莫衷一是。

为什么总是好人遭难？

因为上帝与魔鬼撒旦拿约伯打赌；因为阿特柔斯之殿被诅咒；因为这些磨难就是为了试炼我们；因为神爱惩罚他爱的人……

当然，还有更令人恼怒的：为何好事总发生在坏人身上？

确实，为什么不道德的人会发迹？有时，神话会用一个保证来回答问题——坏人定会遭到因果报应。然而，更多的情况是含糊其辞。“上帝知道”也算一种回答。虽然明白肯定有原因，可惜我们却总如透过玻璃张望，只见幽暗深邃，究竟参不透缘由。

什么是对？

答案五花八门。在不同的社会生活中，从什么场合穿什么鞋、梳什么发型，从禁忌食物、节日食物到宗教圣餐要求各不相同。至于伦理标准，可用作参考的也是不胜枚举。神话作为日常生活指南，并无一定之规。我们希望好的行为受到褒扬，坏的行为得到惩戒，希望谋杀、偷盗、撒谎、欺骗在故事中受到鄙视，就像在社会生活中一样。但是，在神话中，并不总是如此。

众神要什么？或是在一神论的语境下，上帝要什么？

答案依旧形形色色。从初生到燃烧肾脏脂肪，到无止境的忠诚，遵守不与错误的人共眠的原则，再到杀了母亲为被母亲害死的父亲报仇。这是众神的问题。他们专门陷人于两难——做下地狱，不做也下地狱。他们就是令人发狂地拐弯抹角。神从不给出清晰的指示，至少在神的故事里是这样。

男女间的正当关系究竟该是什么样？

从数目众多，形形色色的、描写男女间紧张关系的神话故事判断：身材庞大的女魔被自命不凡的英雄切成碎片；少女被神猥亵；凡人被神引诱陷入不幸；神杀死看守龙，占据神示所；女半神报复无信的好色之徒；女人偷吃禁果，男人失去天堂，很难为它找到简单明了的答案。神话故事中有性别冲突，还有异性互不干扰的势力范围划分：月亮神阿尔忒弥斯守夜，而太阳神阿波罗司晨——这几乎是大部分神话的中心。莫扎特的《魔笛》中，夜女王和太阳的形象不是凭空臆造的。

* * *

为什么神话故事在我们的没有文字的时代里那么普遍？考虑到人类语法，有些评论家认为它无法避免：倘若已经发明了过去时和将来时，并且碰巧你又是个爱问问题的人——比如，智人——那么，早晚大脑中的创造区域就会形成一个原点和一个终点，哪怕是宇宙毁灭与重生这样的大循环。

上古神话早于人类的书写史。等到读写能力开始普遍化，古老的口头的神话就被吸纳进入这个新的媒介，并由新的媒介第一次在历史上记录下来。记录在册之前，《伊利亚特》只是口头传说，我们最先通过口口相传得知，然后模仿，就像维吉尔创作《埃涅阿斯纪》时所采取的方法。然而，当人们不再相信神话之神如其所述，“不信则亡”的神学和“不遵守就下地狱”的礼制规矩不能继续附生在神话之上时，“艺术”只好将其本身从礼拜仪式、礼制规矩和象征手法中剥离，结果，神话要么转变成匿迹隐形的结构原理，要么转变为实现讽喻或点缀的艺术主题的素材。

也许，出于习惯或安慰的需要，我们会重复古老的神学和旧制。我们也能用更多的方式诠释它们。同时，我们也创作新神话。马克思主义与它的兄弟主义——基督教社会主义——便属于新神话结构。它们采用线型结构，像基督教那样，但没有上帝宏大的计划安排，他们便以历史替而代之。这个如同上帝一样的家伙展开时，所有人都无法逃避，并证明你的存在是正当的，只要你站对边——一个任谁都会催促你选择的“边”。当障碍完全清除，乌托邦社会便应运而生，一切不平等与苦痛永远自此灭迹，像极了新耶路撒冷城。以下便是威廉·莫里斯在他的终将到来的社会主义信徒神话中采用的模式：

那么，来吧，让我们抛却愚人的把戏，代之以轻松自在，因为这事业值得一搏，直到好日子带来最美妙的东西，来吧，加入这场任何人都不会失败的战斗吧，因为在这里，无论肉体是活着的还是死了的，他的追求终将功成。

哦，来吧，摆脱一切愚人的把戏，因为，至少，我们知道黎明和我们的日子已然不远，让我们扬起旗帜向前进。

——《那一天就要到来》

科学也催生了新的神话体系。（我这里用“神话”一词指称一类故事，它们是人类自我理解的中心，但是无真无伪。）比方说：有一个新的创世神话：宇宙的起源是一场大爆炸，而地球是由爆炸的尘粒组合而成。但是大爆炸之前是什么？奇点。奇点又是什么？不知道。

再有关于人类起源的神话：一种名叫进化的力量促使人从“前人生命”变成人。“前人生命”也因进化的力量而变成人。然而是什么发明了“进化”的规则？生命。生命从哪里来？我们不确定，正在努力研究中。为什么我们生活在地球？不为什么。明白为什么我们要守规矩吗？很可能是因为如果男人们不是整天忙着杀来杀去，或者同别人的女人交欢，即使人少，采集的食物也能满足需要。此乃更新世的普遍情况。男人和女人的关系是什么？正在研究当中。通过采集大脑数据、激素水平，以及各种心理证据等等诸如此类的东西，我们希望能尽快总结出恋爱公式。对上帝或诸神的信仰又当如何解释？的确，几乎所有文化都包含了对神的信仰的部分。信仰，也许，是一种进化适应的结果。也许当你相信有一位掌握人生全部命运的强大力量站在你的一边支持你，你绝处逢生的机会将大大提升。然而，可能也只仅此而已。

作为故事，科学神话则不让人那么心安情惬。也许这正是它一直未得大众青睐的原因：我们总是更倾心于那些专为我们设计的核心人物的故事，那些会保留人的些许神秘和尊严的故事。那些暗示人类可以心想事成的故事。人类在这个星球的生存的科学版的描述，从唯物的角度看，也许真实可信。但是我们并不怎么喜欢。它们既不能让人产生想要拥抱的冲动，又没有多少可供浴室里轻哼的小曲儿。

* * *

因此，神话是在自己的文化中占据中心地位的故事。人们对它格外认真，依据神话制定自己的礼法，规范自己的精神生活，甚至为了神话传说而开战。我们姑且可以一论：当古老神话反复论述的真理与现实不再被人们不予否定地全盘接受，这些故事仿佛转入一种地下状态。并以其他的表现形式堂而皇之地再次登场，比如艺术、政治意识形态。

或者，还可以是如《阿凡达》这类电影的影片形式；如《黑暗的左手》的书籍形式。那些神话才能解决的问题，科幻也同样能解决。在元神学诗歌《失乐园》、元神学故事《天路历程》，以及威廉·布莱克创作的以神学为基础的、关于建设其他世界的长篇“预言”之后，科幻及其衍生形式确实将正统文学弃如敝屣的神学领域纳为己用。

在对此详细说明之前，我打算先谈一谈科幻小说这个术语的历史。这一术语标签把人们认为彼此排斥的两个元素放在了一起——科学意味着知识，关注的是可验证的事实；而小说，源自于拉丁动词词根 fingere，即铸模、设计或锻造，意味着被人发明出的东西。因此，“科幻小说”一词，常常被人理解为由两个相互消解的成分组成。科幻小说也被认为是对现实的一种预测，但是含有虚构的成分——故事、人物、发明——而这些虚构，让所有的预测变得对企望了解太空旅行或毫微技术的读者来说毫无意义。而另一方面，读者对科幻小说的感觉就像 W. C. 菲尔兹[1]说高尔夫是把好好的路给弄坏了那样。我们可以这么说，这些被视作虚构故事的书，本该老老实实地专注于描写“鲍勃和卡罗尔和泰德和爱丽丝”[2]之间的往来和四角恋，但是却掺杂了太多既难懂又古怪的东西，披着一件未来主义的外衣，整本书被搅得乱七八糟。

---

1. W. C. 菲尔兹（1880—1946），美国喜剧演员。——编注
2. “鲍勃和卡罗尔和泰德和爱丽丝”出自于同名电影。

从父系角度看，儒勒·凡尔纳是科幻小说的祖父（从最广的意义上讲），这位《海底两万里》的作者也被H. G. 威尔斯的自由创作吓坏了。威尔斯不像凡尔纳，绝不拘泥于可能性范围内的机器，比如潜水艇，而是发明许多别的机器，比如时间机器——很显然，它在现实中是不可能的。据说，凡尔纳曾用极度不屑的口吻说："他编呢！"有一点必须指出，凡尔纳本人也在编，不过远不及前者那么狂野。

术语科幻小说得到普遍应用之前，在美国，突眼怪和戴黄铜文胸的姑娘盛行的二十世纪三十年代，类似于H. G. 威尔斯的《星球大战》的故事早已被贴上科学传奇的标签。这两个术语——科学传奇和科幻小说中，科学只是修饰词，核心名词是传奇和小说，并且后者涉及了很大一部分领域。

在二十世纪中叶，我们渐渐习惯将各门各类的长篇虚构故事统统称作"小说"，并且用评价特定的散文故事——体现个人在现实社会环境中的遭遇的散文故事——的标准对"小说"衡短论长。这种惯例最早随丹尼尔·笛福的作品出现而初显雏形——他努力让自己的虚构呈现纪实新闻报道的风格。与他同道的还有十八世纪、十九世纪早期的塞缪尔·理查逊、范妮·伯尼及简·奥斯汀。此后，经由乔治·艾略特、查尔斯·狄更斯、福楼拜、托尔斯泰以及十九世纪中叶和末期的许多作家发扬光大。

然而，只有当这类作品中出现"丰满"的人物形象——

他们或患心理并发症，或情绪多变，或长于自省，而不是仅仅忙于死里逃生和杀人的“扁平”型人物——才算得上非常卓越的小说。因为“丰满”型人物常常被看作具有更多我们谓之为“深度”的东西。凡不符合这一模式的东西，结果通常被打入到“有失庄重严肃”的门类之中，也即被划归为“通俗小说”。这一类之中就有侦探惊悚故事和犯罪故事、探险故事、超自然故事和科幻小说。无论它们写得怎样绝妙，也必须送去各自的“格子间”里待着——可以这么说吧——罪名是以庸俗的方式取悦读者。他们编造故事，至少要说我们很清楚它们是编的，所以它们与现实生活无关，因为现实生活中没有那么多的巧事、怪事、激烈行动或冒险，除了有关战争的冒险，不必说，战争时一切都灰飞烟灭。所以，这些故事的内容不那么靠得住。

严格意义上的小说总是自称在某方面是真实可信的。比如，人性，或说当人于卧室之外，衣冠楚楚的时候到底会怎么行事。换言之，就是在可供观察的社会环境中的行为。而“通俗”一词也被认定对我们另有企图。因为它们意在帮我们放轻松，而不是逼着我们对着琐屑的日常生活洞幽烛微。然而，让现实主义小说家心里不痛快的是更多的读者喜欢轻松愉悦的感觉。乔治·吉辛的大作《新寒士街》中有一位穷困潦倒的作家。因为自己创作的如实反映生活的一个侧面的现实主义小说《食品杂货商贝利先生》惨遭失败，这位作家绝望自杀了。《新寒士街》付梓问世的时间正撞上读者对冒险传奇小说一片狂热的时期，例如H.赖德·哈格德的《她》，H. G.威尔斯的科学传奇小说，假使《食品杂货商贝利先生》真的存在，当时也必遭评论家刁难，读者鄙弃。但是，假如你以为现在不会发生这样的事，那么就请看看扬·马特尔的《少年派的奇幻漂流》——一部纯粹的冒险传奇小说——的销售总数吧。或者再看看下面这些小说的销售成绩：丹·布朗的《达·芬奇密码》，安妮·赖斯的长篇吸血鬼史诗和《暮光之城》系列，奥黛丽·妮芬格的《时间旅行者的妻子》。这些小说都属于传奇，而非真正意义上的小说。

现实主义小说的背景是人间。人间的中间阶层，从大致上讲，是中产阶级。男女主人公通常都循规蹈矩，可敬可佩。正如出版社的读者群常讲的一句话："我们喜欢他们。"那些偏离于人所共爱的生活常态的各种稀奇古怪的变体会出现。当然，绝不会以邪恶的会说话的蚌、狼人或外太空生物的样子出现，而是有着可悲的性格缺陷、奇怪的残障，或者分文无入的形形色色的人物。还有五花八门的未经检验的社会组织形式、理念，凡有可能，皆通过人物的对话、日记和幻想曲的形式，而不以戏剧化的形式引入故事情节，就像它们在乌托邦和反乌托邦的小说中表现的那样。

在真正意义上的小说里，作者让我们的中心人物总是有父母、有亲朋，生活在社会中，尽管在故事的开端，他们要么可能生活得十分不如意，要么父母已经去世。这些中心人物不会直接以成熟的成人的形象从子虚乌有中横空出世。只有喜欢冒险的英雄常常这么干（比如夏洛克·福尔摩斯就没有父母）。相反，他们有过去，有历史。他们的过去在人物的心理问题、内心冲突上都负有一定的责任。这使得他/她形象丰满，经得住推敲。这一类小说关注意识的觉醒。假设在这样一部小说中，人变成了节肢动物，那也只会以噩梦的形式出现。

为我们奉上大作的责任非奇幻作家弗朗兹·卡夫卡、果戈理莫属。在他们的作品里，人的鼻子从脸上脱离，且以政府官员的身份过着独立的生活，如果戈理的小说《鼻子》中的情节。再如格里高尔，某天早晨一觉醒来，发现自己变成了甲虫，卡夫卡的《变形记》中的情节就是如此。（有些学术文献甚至穷思竭虑去弄明白是哪一种甲虫，而我则认为不是甲虫是蜈蚣。）

故而，并非所有的散文故事都可以被看作严守现实主义的金科玉律的“小说”。一本书可以只是散文故事而不具备小说的特征，例如《天路历程》，虽然兼具散文叙事及虚构故事的特点，却一点也没有要写成正经小说的样子。它成书之时，“散文故事”“小说”这些概念尚不存在。它是传奇——讲述了一位英雄的冒险经历，它也是寓言——涵容了基督教生活的各个阶段。（还是科幻小说的先锋，虽然这一点从未获得认可。）有一些散文故事形式也不能算作真正的小说，包括：忏悔录；会饮；梅尼普讽刺体，或是剖析文；长篇寓言故事。此外，《堂吉诃德》究竟算什么？《白鲸》又是什么？事实上，如果我们退到离“散文故事”更远一点的地方去理解这些书，姑且这么表达吧，这其中几乎没有一本可以划归到十九世纪现实主义意义上的“小说”之列。

霍桑有意将自己的几部小说称为“传奇”，以区别于“小说”。也许，当时霍桑考虑的是传奇的故事形式表现出比小说更明显的、特有的结构形式倾向——金发碧眼的女英雄与她黑暗的个性另一面相对比，例如《艾凡赫》，费尼莫尔·库柏的传奇故事。法语中有两个词表达短篇故事：conte和nouvelle，即“故事”和“新鲜事”，这是个大有用处的区分。故事可以安放在任何地方，连现实主义无法进入的领域它也去得了。比如，进入思想的地下室或阁楼——小说中只能以梦和幻觉的形式存在的形象于其中获得躯壳，行走人间。“新鲜事”是关于我们的，是日常的消息，像平日的生活一样。可能有车祸，有海难，但是不可能有弗兰肯斯坦一样的怪物，除非有人能在现实生活中造一个出来。

虚构能为我们带来别样的“新鲜事”。它会说话，就像叶芝笔下的金色夜莺[1]一样，能谈古论今，预言未来。如果你正在写未来要发生的事，并发出可怕的警告，那么你极有可能采用新闻的形式。比如：某个混蛋被推选，建设某个大坝，投掷了什么炸弹，烧怎样的炭，然后天下大乱。人们总认为这样的“新闻”应该以可观察到的事实为素材。十九世纪的丁尼生写过一

1. 叶芝的“夜莺”出自诗歌《驶向拜占庭》。

首诗《洛克斯利大厅》，除了某些常见的之外，诗歌似乎还预测了飞机的时代。其中有一行是“我探索未来，至目之所及之处”，但事实上，没人能够真正做到。未来从不可能被人真正预见到，因为未来有太多的变化。但是，你可以深挖当下，因为它孕育了明天的种子。如《神经漫游者》的作者、赛博朋克大师威廉·吉布森的名言——“未来已经来到我们的身边，只是分布不均。”因此，在预言式的新闻里，你就能盯住一只小羊羔，有模有样地做一次训练有素的猜测：“只要这只小羊羔不发生意外，要么就有两种结果：（a）长成一头大羊，（b）成为晚餐桌上的一道菜。”但是，你总不可能从中预测出一个（c）压碎纽约的、巨型的、浑身长满羊毛的怪物。

然而，倘若你所写的未来不是什么预测式的新闻报道，那么它极有可能成为部分人称之为科幻或推想小说的东西。正如我们所见，这些术语并不固定。有些人用“推想小说”一词当作一把大伞盖，将科幻小说及其所有关联形式通通收归其下，例如科学奇幻故事等等。当然也有人反向行之。科幻小说不但能将自身置于各种平行的想象出的现实中，也可置于很久很久以前，还可以置于遥远的星球。而所有这些发生地的共同之处在于：它们并不存在。这种“不存在”与“现实主义”小说中的“鲍勃和卡罗尔和泰德和爱丽丝”们的虚构性质大相径庭。

下面举几个科幻小说能做到而“小说”通常做不到的例子。

科幻小说可以探索受推崇的新技术完全应用的后果，并用具体形象的方式展现出来。一直以来，我们的拿手好戏是让猫从袋子里跑出来，让妖怪从瓶子里逃出来，把瘟疫从潘多拉魔盒里放出来。对于怎么把它们统统关回到原来的地方，却束手无策。这些故事的黑暗模式可谓各版本的“魔法师之学徒”。（学徒启动了魔法师的魔法，可结果不知道怎么将魔法收回。）这些故事也许能帮助我们决定是否要给我们的“学徒”来点监督。

通过将人类的这身臭皮囊朝着近乎非人的方向推至极致的方式，科幻小说以非常直白易见的方式探究“人”的底线和本质。恰佩克的“机器人”是人吗？他们维起权来还真是不赖。《复制娇妻》中的娇妻们是人吗？《银翼杀手》中的复制人、《人魔岛》中的兽民是人吗？

这些都是让人毛骨悚然的例子。但是从另一角度讲，这些半人生物却能够以更积极的方式帮助我们理解并正确应对人与这些生物之间的区别。这一类小说中的角色同标准的人的模式也许还是存在偏离的。《星际迷航》中的生化人得塔，约翰·温德姆的《蛹》中有特异功能的突变小孩，拉塞尔·霍本的《瑞德利·沃克》中的突变人，《火星编年史》中的火星人，奥克塔维娅·巴特勒笔下的欧安卡利人都让人同情。

科幻小说叙事也会通过展示经我们刻意假定并重组的社会结构来拷问现有的社会组织形式。有时，主要被用作对社会性别结构进行再思考。夏洛特·珀金斯·吉尔曼的《她乡》、约翰·温德姆的《蚂蚁的智慧》、W. H. 赫德逊的《水晶时代》、乔安娜·拉斯的著作，谢里·泰珀的《女人国之门》，厄休拉·K. 勒奎恩的多部作品都具有这样的目的。

科幻小说中也有很多属于我们可谓之“经济科幻小说”的亚类。贝拉米预测了信用卡的问世的工业传奇故事《回望》就是此中一例。同样还有威廉·莫里斯的社会主义小说《乌有乡消息》。这些故事，不论它们期望采用重新设计女性衣服（使之更保守或更开放），或为就餐者提供食物（更多、更少、更好吃、更难吃）等情节实现什么目的，其中心始终聚焦于总物质的生产与分配以及社会利益在各社会阶层的分配。

从这个方面讲，这些故事也许只是借了科幻小说的壳，或作遮掩，或装点门面，实为批判当代政府以及作家本人身处其中的社会体制。因为公开指责很可能是一件极其危险甚至致命的事情。叶夫根尼·扎米亚京，一位亲见“老大哥”成就气候的老布尔什维克，就用科幻体的小说《我们》进行了批判。朱迪斯·梅林以及她的同代作家好友在麦卡锡统治时期同样借助科幻小说说话。因为她们知道直言不满会惹来报复。

最后，科幻小说还可以通过大胆地引领我们游历人类从未涉足的地方，或重访原本熟悉的地方的方法，去探究想象的极限。故而有宇宙飞船去太空，有《奇异之旅》中的人体内旅行，有威廉·吉布森的网络空间环游，有《黑客帝国》中于真实与虚拟两境的往返——顺便说一句，最后一个是有着强烈的基督教寓言的弦外音的探险传奇，更接近《天路历程》而不是《傲慢与偏见》。

在这些形形色色的探索过程中，科幻小说创造出各种旨在描绘人与宇宙的关系的模式。这类描写将带领我们走向宗教，并最终进入形而上学及神话的先见之中——诸神、幽灵及魔鬼的性情；宇宙、人类、组成现实社会的一切事物的起源；一直企望或害怕的鬼神之境或风景；超自然的敌人的本质。但是，容我重申一次，这些在虚构的现实主义小说约定俗成的框架之内只能以对话、空想、故事中套故事、幻觉或梦的方式发生。

我绝不是第一个注意到科幻小说的神学血脉，以及科幻小说是自《失乐园》之后对各种神学现象的合理复写的评论者。科幻小说常被用作演绎神学教义，好比但丁的《神曲》的作用。我一直认为，C. S. 刘易斯的“太空三部曲”《来自寂静的星球》《漫游金星》和《可怕的力量》，为“人类的堕落”“原罪”和“救赎的可能”三个转变敲响了钟声。当然，现如今有更多其他的例子。比如电影《星球大战》，其中的宗教共鸣则再明显不过了。

为什么新近创作的西方神话会出现“外向迁移”的现象，即从前原本以犹太-基督时代为核心本质的故事，都从地球跑到了X星球？也许是因为，作为社会整体的我们不再相信古老的宗教工具，或者这种信仰已经不再强大，没有可能成为我们的逐渐清醒的现实生活的组成部分。假使你与恶魔对话并且还承认这件事，只怕你最后只会被关进精神病院的病房，而不是在火刑柱上被烤焦。长着翅膀的超自然生物和口吐人言的燃烧的灌木丛不可能在一部关于股票经纪人的小说里遇见。当然，除非这个经纪人吃了什么使头脑致幻的物什。可是，这些生物完全能在 X 星球安家。

这便是为什么天堂和地狱，或至少天堂和地狱里的原住民的部分传统体貌特征移去了 X 星球，同去的还有其他许多神和英雄。他们调转居所是因为只有在那里才能被我们接受，在地球上已经没有可能。在 X 星球，他们可以参与到貌似真实的故事中——至于貌似真实，仅指在非现实世界的尺度之内可信。并且，我们中有许多人十分愿意在另一个星球加入他们。因为，据一些理论家所言，我们内心深藏的、最隐秘的自我依然保留了创作出他们的原型模式。

差劲的制图学：通往正反乌托邦之路

所谓地方就是铁打的地点，流水的聚散。

——瑞贝卡·索尔尼《无限之城：旧金山地图集》

……二战之后，乌托邦不再仅仅是天真的同义词。它是危险的。如今，又过去几十年，在新世界新千年里，无论是真挚的乌托邦思想还是满腔热忱的空想家都如炉中残火。乌托邦集团的失败似乎表明最佳的行动方案就是毁掉乌托邦，让它永远熄灭。

——J. C. 霍尔曼《在乌托邦》

本章主要讨论乌托邦文学作品和反乌托邦文学作品，以及我怎样理解这些作品并在多年以后尝试亲自动笔创作这类作品。而正反乌托邦（ustopia）是我用“乌托邦”（utopia）和“反乌托邦”（dystopia）——想象的完美社会及其反面——生造出的词。因为，在我看来，正反乌托邦二者，你中暗含我，我中暗含你。

乍看之下，“差劲”一词似乎仅与这枚硬币的反面即反乌托邦的一面有关，因为在那里盛行种种不堪，尽管大多数乌托邦在永远不适应乌托邦的“完美”高标准的人的斜睨之下，显得同样差劲。在我们就此“概念”详加解说之前，我倒想从标题的第二个词谈起：制图学。

制图学乃是关于如何绘图的学问。大脑，除了其他功能外，还负责制图。不仅人类的大脑，其他动物的大脑也一样。甚至连卑微的霉菌，虽说没有什么中枢神经系统，也能制出邻近空间的地图，并找到通往心仪的食物的最短路径（它们喜欢吃燕麦）。从离开母胎至能在地上爬来爬去，我们一直在把周遭的一切以地图的形式蚀刻进脑神经回路，接着在图上逆向刻下我们的行动轨迹，再标上记号，为它们命名，最后宣布我们对它们的所有权。蜗牛和海狸会在爬过的地方留下痕迹，熊会在树干上划道道做记号，狗会在消防栓旁撒尿做记号，甚至，从本质上讲，人也只是一直在留下记号。人类寻找通往美食的最短路径的本领不亚于霉菌，尽管我们选择的不一定是燕麦。

每一张地图必有边界，即已知与未知之间的分隔线。中世纪和文艺复兴早期的地图之边界是妖怪画下的——海妖、多头蛇。按我们的说法，它们住在地图的范围之外。妖怪住在床下，因为那时我们很小，又睡在床上，根本没法看见床下是什么。这便解释了为什么许多人害怕黑暗：因为它的未知性。所知总有限，而未知无限，在未知中蕴藏着任何可能。格伦德尔，《贝奥武夫》中的妖怪，在约翰·加德纳的故事版本[1]中是一个在地球边缘咆哮、在世界的怪墙脚下徘徊的妖怪。那里也是群妖的居所——地球的边缘、分界线。然而，妖怪也住在我们的意识的边缘——在白天和稳定的时间里，它们一直待着不动，等到我们沉沉入眠之后，或一举占据我们的想象，或以某种其他的方式进入幻觉。一如戈雅在1799年创作的令人费解的版画的标题《理性的睡眠产生恶魔》。

为什么我们频繁地在探险传奇故事中以某种形式将妖怪安放于地球的边缘或床底？罗伯特·卡拉索（Robert Calasso）在《卡德摩斯与哈莫尼的婚姻》中一针见血地指出：英雄需要妖怪，与妖怪战斗是他扬名立万的资本。而妖怪鲜见有需要英雄的。一旦怪物被杀死，英雄也就随之而去了。取而代之的是用脆弱的已知的地图勾画出的城市蓝图。然而，在隐秘的阴影世界里，在被已知的地图弃之不顾的地方，或被不断再生的妖怪推到一边的地方，英雄也越来越多——侦探、间谍、警察、特工等等，与妖怪展开殊死战斗。

地球的边缘——目力不及，已知之外——亦是早年乌托邦的作者笔下故事的发生地。中世纪精心设计的乌托邦尚不多见。因为，那时，完美社会通常要等到人死后才能前往，或在千年之后，或就在下一秒出现。一如1930年代的“沃比利”民谣[2]：

1. 约翰·加德纳的《格伦德尔》（1971）。
2. Wobbly，世界产业工人组织的会员。——编注

"你死的时候，空中将会出现一个馅饼。"其实这世上从来就没有"安乐乡"——馅饼作墙，蛋糕为瓦，美食自来，性爱尽享，辛劳绝迹的天堂。然而，即便真有这样的天堂，那也是一个不折不扣的傻瓜的天堂。

到了文艺复兴时期，近代史开启，乌托邦再度流行起来。如柏拉图笔下影响深远的亚特兰蒂斯，亚瑟王传奇里的阿瓦隆，这些乌托邦都如出一辙地发生在真实地图边缘之外的诸岛上，与托马斯·摩尔的《乌托邦》同出一辙。就连莎士比亚的《暴风雨》中的荒岛上也有一个乌托邦：亲切的冈萨罗所讲述的黄金时代[1]——在黄金时代里，没有人需要工作，国王钦定人人平等（当然这本身有点矛盾），没有犯罪，没有战争。（而暴风雨中隐藏的反乌托邦在原始居民卡列班的眼中亦是乌托邦的所在。）在乔纳森·斯威夫特的《格列佛游记》中，乌托邦是滑稽、讽刺的，却也在岛上。故事中每个岛都有一张貌似真实的地图，都是由一个虚构的人物——流浪的、爱讲故事的水手里梅尔·格列佛遵照更早期的航海船长的描述和更早的地图，即按照摩尔的《乌托邦》的传统绘制。

接着，真实的绘图填满那些曾经"未被发现"的海域，这些岛屿便被挤出乌托邦之外，并将乌托邦—反乌托邦一并推向更遥远的未知之地。首先，它会钻入地下，到山底的仙境、逝

1. "黄金时代"在《暴风雨》第二幕第一场。

者的国度、托尔金笔下的山丘之王的矮人族，或者故事中引用的民间传说。（地下世界[1]也是那些杜撰出来的、五花八门的十九世纪地下宝藏守护神及仙境乐园之所在，为人类所不知的地方的选择之一，比如刘易斯·卡罗尔的《爱丽丝漫游仙境》中所描绘的仙境。）长篇的、讲述深穴的故事如布尔沃–利顿的小说《未来的时代》，儒勒·凡尔纳的《地心历险记》的发生地都被设在了地壳之下的巨大洞穴之内，洞中住满了史前动物，长满了巨蕨。

但是，如今地球结构已被地质学家研究得更加透彻，正反乌托邦只好移去尚未开发的僻壤，那里有H.赖德·哈格德在《她》中描写的失落之城，詹姆斯·希尔顿在《消失的地平线》中描写的香格里拉，H. G.威尔斯笔下的盲人国。然而，这些地方再次被详尽地绘进了地图，于是正反乌托邦不得不又一次迁址。

此后，太阳系的其他行星一度成为选址对象。但后来我们清楚地意识到火星、金星和月亮上究竟是怎样一种情况——比如没有智能生物——所以不得不放弃，并迁去远离太阳系的外太空、平行宇宙，甚至还有消失得了无痕迹的从前，以及同样未知的未来。

在前一章“燃烧的灌木丛”中，我曾提出：神话的文学产

1. 地下世界不胜枚举。我只提两个：乔治·麦克唐纳的《公主与柯迪》(1883)；比亚兹莱的《在山下》(1896)。

物，如天使和恶魔，转去外太空是因为我们不再相信神话的教义足以支撑它们在地球上的现实故事的可信性。当然，这种外迁也有可能是因为真实存在的土地问题。我们用我们自己充满各种未知的空间——用我们的名字、道路和地图填充这些地方。我们将它们收拾妥当，改造分级，并竖起路灯。结果，那些吵吵闹闹、不受管束的波希米亚人——那些边缘世界里的常客——也只好跟随前往。

地图不仅是空间概念，它也与时间有关，因为地图是凝固的旅程。它们也许是过去的旅程——关于我们曾去过的地方，或者我们正在研究的那些地方的历史。（谁能不借助布满箭头的地图去理解二战呢？）它们还是当下的旅程，它能帮助你通过有 GPS 功能的电话上的“路线”按钮找到通往最近的有机咖啡店的路径。它们也有可能是未来的旅行。我们可以在地图的帮助下规划下一个假期——怎样去梦寐以求的岛屿度假，预计耗时多少，到了之后去哪里玩，又怎样回家。

另外，还有许多虚构的、全赖大脑想象的旅程，只在我们的想象中展开的地方，它们同样也辅有地图。想想 1930 年代的神秘农舍谋杀案的推理小说的首页的地图，上面有图书馆、暖房、仆人住的厢房；再想想厄休拉·勒奎恩的《地海三部曲》以及《指环王》中的各种各样的地图。确实，这样的地图还有许多，并且越来越多。看起来，这已经成为一种规则——一旦出现战争或谋杀这等需要策略规划的情节，或对手、入侵者朝目标移动的情节——地图不仅能为读者同时也为作者提供概念帮助。

看起来，确实有相当多的作家都采用制图性质的思考方式，尤其那些描写想象之地的作家。假如你正在写一座真实的、著名的城市，那地图早就有了，你可以自己查阅。可若是一个未知的地方，地图就无从查阅了。《金银岛》一开篇就是史蒂文森画的一张图，逗年轻游客一乐。[1]事实上，整个故事的旅程也始于这张地图——从已经死去的海盗比利·邦斯的水手储物箱中发现的。

因为正反乌托邦确定在别处，所以它们必然夹在两段旅程之间的某个地方：一段讲故事的人被送去别的地方，一段又将他（她）们带回来，好让他们向我们报告所见所闻。因此，这类书的作者免不了要想出一个交通工具。如果乌托邦在海岛上，那么这个旅程则只需在海上航行，之后被过往的船只救起这么简单。如果是地底之旅，那么隧道和绳索、跌入洞中、意外闯入石墙阵都是这段旅程的组成要素。至于返程，需凭运气了，比如沿穴壁攀爬，尾随知道如何逃生的动物[2]，再不然成为一个新版的阿里阿德涅[3]。倘若乌托邦在外太空，宇宙飞船就是必需品了。

---

1. 罗伯特·路易斯·史蒂文森为《金银岛》写过一篇有趣的序，在序中他描写了这一过程。
2. 通过跟踪动物的足迹逃离深穴是一个古老的母题，比如在《一千零一夜》中。
3. 希腊神话中弥诺斯之女，曾给情人忒修斯一个线团，帮他走出迷宫。——编注通往未来的旅程，需要的就不是空间而是时间了。作者常求助于中世纪的把戏——梦幻体（一种心理远程传送），也可以借助某样时光机器，甚至是长久的睡眠，像睡美人和瑞普·凡·温克尔。(《回望》和《水晶时代》用的就是这种法子。尤其是后者，我们的时间旅者报告称他“砰”地撞到脑袋，结果在睡梦中去了未来，身上还美妙地覆盖了许多小树的根。）然而，正是这种惯用的手法遭到伍迪·艾伦的电影《沉睡者》的讽刺——沉睡者醒来，身上裹着锡纸从冰箱里爬出来。

一旦“未来”确定下来，作者便可以抛弃旅行的桥段以及“报告者”的人物形象，轻装上阵，放开手脚，扑通一声将读者径直送进故事的中心。“这是四月里明朗且清冷的一天，”《一九八四》如是开头，“时针刚敲过十三下。”而此书中，充当“报告者”的作用的并不是某个人，而是书中的两段文本：一是1984年执政党的禁书——《寡头政治集体主义的理论与实践》，作者是执政党的死敌伊曼纽尔·戈尔德施坦因——无论存在与否；另一文本是《新语原则》——关于语言作为控制工具的文章，在小说正文之后我们可以读到。我相信，正是这篇文章的不知名作者，穿越时空来到我们这个时代，向我们报告事情的最终状态。

在赫胥黎的《美丽新世界》中，“报告者”换成了“野蛮人”——一位来自高度组织化的、技术先进的乌托邦的疆域之外的人，而他对生活的看法也许同读者的观点有更多共同之处——至少是1930年代此书刚刚写成之时的读者。这位野蛮人，其效果，相当于不幸的卡列班，同愉快的米兰达和躲在幕后的普洛斯彼罗对立——他们是一群芳香的、不孕育的、可以随意享受性爱的姑娘以及大批引导并统治着这个社会、保护人们不会受到自己的戕害的幕后操纵者。

质言之，“报告者”和信使都需要某种传递途径。也许没有其他文体能像科幻小说一样关注信息体系，尤其是正反乌托邦一类的科幻小说文体。作家不同，手法亦不同。自鲁滨孙以降，许多文学人物都留下了他们的日记和旅行日志，以期有朝一日人们能读到它们。再有一类，如留在铜柱[1]上的古怪铭文、金属书籍、水晶密码、需要解码的象形文字。此外还存在着语言障碍，以及导致集体记忆及信息消失的大灾难。斯坦尼斯瓦夫·莱姆的《浴缸中的回忆录》就假设了因一种以纸为食的纳米生物引起的全球性灾难，好比一场全球的图书馆都被焚为灰烬的灾难。

另有一些作家干脆跳过信息传递体系，转向直接的第三人称叙述，或让叙事者从被忘却的地方向我们述说。但是无论如何，每一位正反乌托邦的作家都将面对三个必须回答的问题：何时，何地，以及这个乌托邦与地图之间形成了怎样一种关系。因为，除非，我们作为读者相信乌托邦是某个可能被标记在地

1. “铜柱”（Copper cylinders）：见米勒（James de Mille）《在铜柱中发现的瑰异手稿》（1888）。

图上的地方，否则我们不会心甘情愿地放下疑惑。

* * *

我之所以早早地开始关注地图问题，并非全然出于偶然。我的哥哥就是一个制图成癖的人。他不但为我设计了各式“留下种种线索”的地图，而且还画了许多想象出来的其他星球上的地方。这些地方通常都是岛屿，像《第二人生》的虚拟世界里待售的房产。这是因为岛屿通常更好理解，也比疆界不定的国家容易说明白得多。在为海王星、金星画地图时，我的哥哥也喜欢将我们生活的岛屿画上去，并为每一个海湾、沼泽、岬角、半岛、近海岛屿都起个名字。等到这些地方都有了名字，很奇怪，你要找到它们就省力多了。

命名当然可以帮助记忆。为一个地方安上个名字，然后就有了地图最原始的雏形。而物理形态的地图只是内在的、神经学意义上的地图之外在的、可视的表现——付诸图画之形。加拿大北部的因纽特人，会在即使独木舟倾覆也能浮在水面的木头之三面上，刻下头脑中的地图。而就任一聪明又勤奋的大脑而言，反复练习能使其更强大：据研究伦敦出租车司机的大脑的研究人员的报告称，因为伦敦的出租车司机学徒必须首先学会在脑中记住整座城市，然后再通过一项极难的测试，所以出租车司机大脑中负责绘图的部位，也即掌管定位和可视化的部位，要比我们其他人的这部分占位更大，组织结构更紧致。

除了几乎一直作为一个地图上的位置存在之外，正反乌托邦更是一种思想状态。正如每一部文学作品中的地方都有它代表的思想意义，马洛（Christopher Marlowe）的戏剧《浮士德博士的悲剧》中的梅菲斯特告诉我们的：地狱不仅是一个有形的地方。“为什么这就是地狱，我却无法挣脱。”他说：

> 地狱没有界限，也不定范围，
> 限于一地；我们所在之处即地狱，
> 而哪里有地狱，哪里就有我们。

或者，我们还可以引用一个更积极的版本，来自弥尔顿的《失乐园》：

> ……因此，你将不但不会因为
> 离开这座乐园而不乐意，而且将会因为
> 在你内心拥有一座乐园而感到无比幸福[1]

在文学作品中，每一处风景都是一个思想，而每一个思想也能由风景塑成，正反乌托邦亦是如此。

---

1. “地狱没有界线——”见《浮士德博士的悲剧》第五场，120—135页；“天堂——”见《失乐园》第十二卷，585—587行（引自刘捷译本）。

* * *

而我又为什么决定创作自己的正反乌托邦——它们说不清道不明，无处不在又无处可在，既是一种可标于地图上的实在，又是一种不可捉摸的思想状态。

其实做这决定之前，我可是绕了好大一个弯子。十六岁那年，我即兴创作了一首颇为自得的臭诗，之后便认定自己是个“作家”。我当时不过是一名十二年级的学生，都不知道该以哪一位尚健在的作家作为榜样学习。虽然对于怎样成为一名作家，连最模糊的概念都没有。不过，我倒是很清楚自己首先至少得有一份白天的工作。因为即使积极乐观如我，也绝不至于期望自己在眨眼之间跻身最畅销作家之列。

我们这一代人上学时也写写东西，当然都只是论文、语法作业或者命题作文。尽管我们已经读过不少小说、诗歌，但也没有人鼓励我们尝试自己拿起笔来搞创作。但是，假如我们能于彼时得遇缪斯垂青，又不那么害羞的话，想必也能常常在学校的年刊发表作品。

几次弯路之后——我自己反认为是一种幸运，不过也只我一人这么看——我最终选择上大学。之前，有一小段时间，我疯狂地认定要靠写“真正的传奇故事”谋生。这事看着简单，因为那些传奇只不过将《呼啸山庄》做些改变。比如，把姑娘爱上一个在鞋店有份稳定工作的小伙子换成离经叛道地爱上一个有辆摩托车的小伙子。但是，我发现自己没法这么干：因为同任何一种写作一样，首先你要发自内心地相信它，否则文章没有说服力。

后来，又有那么一阵子，我想成为一名记者。但是，我那曾当过记者的小表弟——他总是被我父母拎出来当作说教事例，打击我想要吃新闻饭的想法，并借机不断驱使我求取更高学历——告诉我，女记者一向只能写些妇女专栏、讣告什么的，而彼时，那个自命清高又叛逆不羁的我尚瑟缩在他们制造的恐惧中。

我秉父母之命进了大学。四年不休的“荣誉英语”[1]学习结束之后，“接下来做什么”再次成为非常紧迫的问题了。而此时我更加不羁，总是坐在咖啡屋琢磨自己写得很糟糕的诗。我认为自己应该去伦敦或者巴黎，栖身于爬满蟑螂的阁楼，嚼着面包皮，喝着苦艾酒（如果我真有那个酒量），搞创作。但是，我再一次被慈爱的双亲送走，他们急盼我去哈佛取得学位，并且向我保证：只有在哈佛我才能写出更多的东西，而且肯定比在阁楼里瑟瑟发抖时写得多。此外，无论如何，从哈佛毕业就意味着拥有了一张通往就业之门的通行证。这样，才有可能在大学教授才能享有的漫长而悠闲的暑假里完成我那些不死的杰作。

我决定推迟饮苦艾酒，也申请到了奖学金。很快，我发现自己来到了我的先祖的所在地。他们在某种程度上是新英格兰

1. “荣誉英语”：多伦多大学现在已废止的一门英语课程。内容涵盖了从盎格鲁-撒克逊时代到 T. S. 艾略特的各种作品。

的清教徒。大约从1961年开始，我便待在新英格兰，研习维多利亚时期的文学作品。如果有人问我爱德华·李尔的诗歌《没有脚趾的帕博》（The Pobble That Has No Toes）的弗洛伊德式隐义是什么，他一定能获得一份冗长的、学究气十足的答案。此时正值维多利亚文学刚开始从喜爱利顿·斯特莱切、T. S. 艾略特的现代主义的拥趸之诟病中稍获重生，而风靡1800年代末的前拉斐尔派画作还被堆放在福格艺术博物馆黑乎乎的里间，尚未成就今时今日印在明信片上供人顶礼膜拜的地位。奥斯卡·王尔德对狄更斯的评价——“一个人读到小尼尔之死而不笑出声来，非得铁石心肠不可”——也是当时通行的文学观点。值得研究的只应是严肃的、正统的玄学派诗人的作品，比如约翰·多恩，以及与莎翁同时代的作家，如约翰·韦伯斯特、马洛，然而，我一向很少站在正统一边。

除了维多利亚时期的文学，我还修习了美国文学与文化，因为有人说这是我知识上的空白，我只有将其填补才能答出必考的综合性测试卷。而此前我对科顿·马瑟、约翰·温斯洛普以及加拿大的迈克尔·威格斯沃斯的《最后的审判》所知不多更是不幸。但是这个空白很快也被填实了。随便考我一个关于塞勒姆审巫案以及幽灵证据的裁定问题，你可以收到一份更长、更学究气的回答。

作为一位根深蒂固的“搜书者”，我很享受在文学史的“侧边栏”里徜徉的感受。虽然仅仅因为我是一个姑娘，便失去进入藏有全部现代诗的拉蒙特图书馆（Lamont Library）的资格，但是，我在怀德纳图书馆的书架上得到了补偿。怀德纳图书馆几乎收藏了所有关于魔鬼的研究资料。在那些书架上，无名者之书比你在其他任何地方能找到的都多。即使在互联网发达的今天，我也依旧会花上大把的时间阅读和我专业不相关的书。怀德纳图书馆就像我幼年时用来逃避家庭作业的、父母房中那间藏满图书的地下室的放大版。

如期通过口头测试之后，我终于要确定论文题目了。这个事情实在要命得很！因为按照要求，论题——按他们的说法——应该是他人没有写过的。可是，要以大作家的作品做论文并符合这样的要求，论题自然十分稀缺。

直到此时，我早年阅读的非经典书籍终能助我一臂之力了。最初，我认为可以写 W. H. 赫德逊，他的抒情小说《绿厦》似乎很值得研究。书中有一位超凡脱俗的女孩，丽玛，是一名单干的人类学者，善与鸟和兽交流，却被心怀仇恨的印第安人绑在一棵巨大的生命树上烧死了。不久以后，我又将研究范围扩大到自比哈德逊更早的苏格兰作家乔治·麦克唐纳以降的作家们的作品。乔治·麦克唐纳作品丰富，他的《北风的背后》[1]牢牢地吸引住了儿时的我。从他的作品开始，到 H. 赖德·哈格德影响深远的《她》，C. S. 刘易斯和 J. R. R. 托尔金的非现实主义

1.《北风的背后》（麦克唐纳，1871 年）中有一位会飞的女巨人——北风，头发浓密得惊人。

散文故事，我必须指出，彼时这一类文学作品，或者说任一部科幻小说以及相关形式或衍生形式的小说，如幻想小说、正反乌托邦，都得不到任何学术上的尊重。纵然刘易斯和托尔金本出自学术界，他们的作家身份也没能得到学术界的认可和接纳。而我当时也是孤军奋战。然而，马歇尔·麦克卢汉的名言“艺术即容身之所”一直激励着我，并且，这条名言也适用于博士论文的写作。

因为当时研究的书描写的都是非人生物，主要探讨那些无论在起源还是言外之意都属于神话的主题。因此，我把论文题目定为“论英国的超自然传奇文学”。曾有人说这些作品只能出自圣公会教徒之笔，而不是天主教徒或新教徒，因为超自然传奇乃是“真实论”的目的所在，例如，圣餐中神奇的、变形的部分：将面包和酒变成肉与血。[1] 但是圣公会早将这部分功能抛弃，任由它成为一种干巴巴的象征。

还有人认为这类虚幻作品是生活在对任何公开作品都进行审查的时代中的心理压抑的产物。这压抑激生的一个副产品就是维多利亚时代对仙女主题画的变态迷恋。[2] 这些主题画描绘了泰坦尼娅和她的裙裾、巨型蘑菇旁的狂宴，以及相关的各种场面。那些场面，简而言之，不过是逃过“格伦迪太太”(Mrs.

1. “曾有人说——”本是史葛·西蒙斯与作者的对话中的一段。

2. 雌雄同体在十九世纪和二十世纪初的仙子故事中是十分普遍的，通常以魁梧、长发的女性和小男孩的形象示人。比如：吉恩·英格娄的《仙女默帕萨》(1910)。以及后来的化身形象，比如《她》和《指环王》中，力量代替了体格。

Grundy）的眼睛的障眼法，只为描画狂欢饮宴时不着衣衫的人。如果把一丝不挂的或者半掩半露的人画得小小的，再为他们添上蝴蝶翅膀，这样的饮宴图一眼望去还是可以接受的。我的一位英国朋友前段时间对我说"我讨厌仙女"，"下流的肉粉色的扭动的小东西！"这倒真是实情。维多利亚时期的画中仙女[1]大多数都是个头小小的、身子又扭曲，实际上有些发蓝而非粉色。然而，其他时期的仙女更接近女神的外形。我们可以发现发如丝缎，衣如蝉翼，裙褶垂地，身边很少出现仙王的仙后与有着传奇色彩的蜂后的各种女性形象间的联系。这种联系很快也占据了我的论文的中心舞台。

我所研究的"超自然传奇故事"中的强大的女性人物虽不是女神，但也绝不是普通人类女子。那么除了是《神奇女侠》中的祖母之外，她们还具备什么身份呢？为了解答这个问题，我用上了除睡觉以外的所有时间。我将这个主题分作两个大部分："自然的力量"，在这部分探讨两类强大的超自然女性形象——"好"的一类，如华兹华斯的作品中"自然永远不会背叛一颗爱她的心"的自然女神的变体；"坏"的一类或说在道德上亦正亦邪，如达尔文主义者，或血齿红爪的特殊物种。乔治·麦克唐纳创作的"北风"和年轻的老祖母形象，在他本人看来都是格蕾丝的基督教寓言，在我看来，却是"好女神"的

1.《维多利亚时期的仙女画》是1997年伦敦英国皇家艺术学院展览的目录册名。

典范，而 H. 赖德·哈格德笔下的“她”代表的则是达尔文主义者，就其本身而论，虽不道德，倒也算不上邪恶。

主题的第二部分是“力量的本质”，主要探讨与这两类女性形象相关联的不同类型的社会——“良好的”社会总与快乐的农人联系在一起，像霍比特人，又或是与林间活动联系在一起的，像《指环王》中凯兰崔尔领导下的精灵的林间游戏；“败坏的”社会是让人讨厌的酷政社会，充斥着奥克斯和不堪的事物，高度工业化，污染横行。它对于自然和自然界的生灵来说是毁灭性的，尤以树木受害最深。因此，毋庸奇怪，我们会于《指环王》中读到最解气的情节——树人的报复。（虽然在托尔金的作品以及众多虚幻世界的故事中，从《绿野仙踪》到《哈利·波特》，也有许多不怀好意的树木。）

故而当我观看《阿凡达》时，我能很清楚地辨出影片中出现的地方。既可说身在英国皇家学术展上的维多利亚时期的仙女主题画展——有巨大的发光树，大耳朵的衣不蔽体的人，也可以说我身在 1960 年代的论文中，有熊熊燃烧的生命树的罪恶，超自然的女性，坏心肠的机械制造者，森林的掠夺者，诸如此类，一应俱全。

此后，大概 1969 年到 1970 年间，我转向小说出版及电影剧本写作，这篇论文便不了了之。然而，在飞速翻阅那些晦涩的作品的过程中（那时还是除我之外无人问津的作品），我发现了许许多多的理想国。十九世纪，尤其是下半叶，混杂了如此多的乌托邦，连吉尔伯特与沙利文都写了一部滑稽模仿歌剧，名叫《乌托邦有限公司》。此外，我还发现一股自世纪之交而起，伴随着二十世纪的进步（如果“进步”一词没有用错的话），涓滴汇成的更黑暗、更摄人的反乌托邦的潮流。

为何会有这一变化呢？十九世纪，技术、科学和医疗发展迅猛。人们改良了下水道系统，公共卫生系统，有了防腐抗菌剂如石炭酸、麻醉药、疫苗，还有了先进的运输系统、制造系统等等。然而，不知未来是朝着越来越美好的方向前进，还是如丁尼生的诗歌《洛克斯利大厅》中激昂的年轻理想主义者吟诵的一般：“让这宏伟的世界沿着变化的凹槽叮当疾驰，一去不返。”[1]（这一比喻来自火车，可惜丁尼生未曾细看铁轨，他以为它们只是凹槽。）

十九世纪，积极的乌托邦深受激进的社会思想家如威廉·科贝特、卡尔·马克思，以及基督教社会主义者查尔斯·金斯利、约翰·罗斯金等人影响。人们依旧笃信只要社会改变其组织形式，人类就可以升华到完美无缺的境界。人们创作出种种乌托邦的故事，例如，威廉·莫里斯的艺术与工艺社会主义故事《乌有乡消息》，爱德华·贝拉米的技术发达的乌托邦故事《回望》——因为他们真的相信人类可以做得更好，而非只有作者亲见的不平等、不公平、罪恶、肮脏、疾病和道德沦

1. 丁尼生和火车轨道：《洛克斯利大厅》（1835）。

丧。这些乌托邦好比过去常常在女性杂志上看到的“女子大变身”的尖锐对比照。前一秒还邋遢哀怨，身心疲惫，一塌糊涂，待添上俏丽的发型，讨人喜欢的行头，再辅以健康的膳食，精致的眼影，看看吧！巧笑倩兮，顾盼生辉，性感迷人，焕然一新的女子豁然出现在眼前。（但是这个灿若星辰的女子笑得太古怪，你可得看仔细了：也许其实你身在反乌托邦，她就像《复制娇妻》里的“看我如何帮助你”的女人，其实是个机器人。）

伴随着纸上乌托邦的如火如荼之势，十九世纪诞生了大大小小成百上千个真实的乌托邦——人们成群聚在一起，成立新共同体——从加拿大西海岸的芬兰殖民地社会主义者，到认为只要世间人共用一种通用语便可以实现世界和平的世界语者，再到奉行复杂的一夫多妻制，一吃饭就够开一家餐具公司的奥奈达社区（Oneida Community）。这一切都源自数不清的乌托邦宗教团体先祖，从贵格教派——一个颠覆性的异教，他们时不时在宗教聚会上裸身飞跑，然后又安定下来，摆出一副不苟言笑的样子进行燕麦片和监狱改革——到公谊会震颤派（但是他们涤除了“性”，真是匪夷所思。结果最后不复存在了），再到门诺派和阿们宗派。

十七世纪的新教徒新英格兰人也开始像乌托邦国民那样了。“小山顶上城，光耀四方国”[1] 听来应该十分耳熟。因为最近有一

1. “小山顶上城”被乔治 · W. 布什引用过两次，一次是 2000 年，另一次是 2001 年。

位美国总统就引用了这句话。而事实上将这句话第一次同美国联系起来的人是十七世纪的约翰·温斯洛普。“山巅之城”一说来自《以赛亚书》中鼓舞人心的、与耶稣的布道不谋而合的乌托邦预言。新英格兰殖民者将自己视作实际的“上帝之城”，同许多乌托邦一样，他们打算一切从头开始，这次只做对的事情。然而，正如霍桑指出的，殖民者建造的第一批公共工程却是监狱和绞刑台——承认了自身的软肋：反乌托邦性质。

十九世纪反乌托邦文学更关注物质的进步而较少关注宗教结构，而物质乌托邦及精神乌托邦的荣光到了二十世纪黯淡了许多。尽管荣光渐褪，在一战前昙花一现的爱德华繁荣时期，艺术界也涌现了种种灿烂绝妙的乌托邦主义，如今被人们冠之以“乌托邦的现代主义”之名。这些欧洲的艺术运动不仅期待反映世界，也期待改变世界。在这一运动趋势之下，我们发现，源自意大利的未来主义艺术、包豪斯、风格主义、俄国的构成主义，全都想要推翻那些经世而立的思想和世规，重新建立一套面貌全新的、改良了的思想和规约。

但是，他们眼中的乌托邦，在我们看来其实是反乌托邦。他们对暴力的频繁庆贺都指向一个反复出现的文学以及政治乌托邦思想的主题：全新秩序实现前常常需要先经历战争与混乱。

之后，真的发生了战争——世界大战——这战争确实改变了世界，却也让世界付出极其惨痛的代价。再后来，在这个改变了却没有改良的战后世界里，不少社会得遇时机，大规模启动了乌托邦社会之引擎。其中最值得一提的当数希特勒统治下的德国。结果却是，每一个都史无前例地血腥，本该成为乌托邦的体系最终垮塌。

然而，为免武断地认定法西斯分子是唯一会参与乌托邦这类事的思想家，我们需要知道在乌托邦失败者的名录上尚有许多不太出名的词条，包括亨利·福特在1920和1930年代建立的资本家—工人乐园也囊括其中。乐园名叫“福特之城”。它建成之后，又成为两本书的主题，书名都叫《福特之城》，一本是葛兰丁写的纪实文学，另一本是埃德瓦多·斯古格里亚的小说。[1]福特之城坐落在巴西边远的林区，那里愉快的工人被安排栽种橡树，为亨利·福特家的福特轮胎提供原料。然而，尽管为管理之便做了城市规划，建了游泳池；然而也许是因为福特对雇员采用军队式管理，并企图将他们改造为像自己一样滴酒不沾的作风，这个团体很快分崩离析，陷入腐化、浪费、罪恶、陷害、热带病、骚乱和叛变的动荡之中。

为什么每当我们拼命想去抓住天堂，如社会主义、资本主义甚至宗教信仰，却常常制造出地狱？尽管我并不确定为什么，可事实就是如此。也许是把不同的人硬生生捏成一团，彼此不能调和的缘故。拿那些不能或不愿融入你的宏伟计划中的人怎么办呢？所常见者，要么强行改造他们，要么干脆挖个坑把他

1. 格雷格·葛兰丁《福特之城》(2010)；埃德瓦多·斯古格里亚《福特之城》(2000)。

们铲进去埋了。伴随着数不清的强拉硬拽，挖坑埋人，二十世纪终于尘埃落定。人们对建设乌托邦很难有信心了，文学的也好，非文学的也罢。结果，将这些不堪的社会描绘成让人喜笑颜开的、未来的、俗丽又廉价的前奏还不及将它描绘成一个在我们的道路前方比现在更糟糕的社会省事。二十世纪中叶及晚期的作家想象出的未来社会，二十一世纪早期的真实社会，与其说是光明的，不如说是黑暗的。

* * *

这一章，从始至终，我都在使用正反乌托邦这个词，现在该好好解释它了。如你所知，乌托邦一词出自托马斯·摩尔的同名书《乌托邦》，这词在书中的意思是“没有的地方”或“好的地方”，或者兼具两种意思。有人一度认为摩尔的书只是玩笑而已——因为乌托邦不可能存在，堕落的人性不允许。然而，无论如何，他发明的这个术语因为使用广泛已经稳固了。人们认为，“乌托邦”描绘的是形形色色的理想社会和相关形态。它们的计划是要扫除那些会传染的疫病，比如：战争、社会不平等、贫穷、饥饿、性别歧视、倒下的支柱等等。（人——尤其是女人——在十九世纪的乌托邦中的形象比作家看到的实际生活中的形象好得多。）

反乌托邦常被描述成乌托邦的反面——它们是伟大的坏地

方，而不是伟大的好地方。受苦、暴政、种种镇压是它们的特征。而有的书中既有乌托邦，又有反乌托邦，一时读到的是乌托邦的景象，一时又是反乌托邦的景象。借用哈姆雷特的台词表述：一个高贵、芳香，一个腐朽、罪恶，两极对立。

我想，倘若稍稍刮去一些表面，就能看到一个更似“阴阳同体”的东西。每个乌托邦中隐蔽着一个反乌托邦，每个反乌托邦都暗育着一个乌托邦。在坏人接管之前，世界按老样子存续。奥威尔的《一九八四》毫无疑问是所有杜撰出来的反乌托邦中最尖锐、最昏暗的。然而，甚至连它当中也有乌托邦的影子。虽然分量极小，不过几张老旧泛黄的玻璃镇纸，溪边小小的森林空地而已。至于乌托邦，自托马斯·摩尔以降，针对叛徒，即那些不遵守规定、不想遵守规定的人的法令一直层出不穷。叛徒的下场不是入狱、充奴、流放、驱逐，便是极刑。

* * *

现在离我放弃以“超自然传奇”之主题讨论好坏社会的内容的博士论文已近四十年，我发现自己竟然也创作了三部乌托邦小说：《使女的故事》《羚羊与秧鸡》《洪水之年》。

可我当年究竟为何会做这样一件可谓“离经叛道”之事——弃现实主义小说不顾，而拥反乌托邦入怀呢？是我甘于自贬身价么？要知道时至今日，一些“文学”作家还因为创作科幻小说、侦探小说而遭受非议呢。人心难解，但我还是权且回忆一下当年我自以为义不容辞的事情吧。

首先，谈谈《使女的故事》。是什么让我想到写这样一本书呢？于此之前我创作的小说全都是现实主义小说。创作乌托邦小说是一种冒险，但也是一种挑战和诱惑。因为一旦仔细研究并大量阅读了某种形式的文学作品，必然会在不知不觉间产生跃跃欲试、模仿创作的想法。

经过前期试笔，1984 年春，在柏林，我开始正式写这本书。其间，通过一个由西柏林管理的旨在鼓励外国艺术家访问的项目，我获得了一个德意志学术交流中心的研究员职位。当时这座城市正处于柏林墙的包围之中，因此可以理解，西柏林居民都有一种幽闭恐惧心理。那段时间里，我们访问了东柏林、波兰、捷克斯洛伐克，而且还获得了在极权主义政权下生活的第一手生活体验资料，虽说那本该是乌托邦。回到多伦多之后，我写成了这本书的大部分内容。1985 年春，在亚拉巴马州塔斯卡卢萨市，该书结稿。其间我还在当地被聘为艺术硕士的教授。塔斯卡卢萨和亚拉巴马让我感受到的是另一种生活气息——民主，又有许多社会习俗和观念的限制。（“不要骑自行车，”我被告知，“人们会觉得你是共产主义者，把你挤下马路。”）

创作《使女的故事》让我生出一种奇怪的感受，好似在河冰上滑行——摇摇晃晃却欣喜兴奋。这块冰多薄？我能行多远？我会遇到多少困难？如果我掉进河里，水里等着我的是什么？这些都与作家有关，与文章结构、写作手法有关。而其中最大的，有关每一个完成的章节的，每一位作家都会自问的问题是：有人会相信它吗？（我指的不是表面意义上的相信，小说就是虚构的。从扉页开始这一点就清清楚楚、明明白白。我所指的是：故事情节引人入胜，文字叙述真实可信，让读者心甘情愿地跟着情节看热闹。）

这些作家的问题是其他更普遍的问题的反应。“已经解放了的”现代西方女性脚下的冰到底有多厚呢？她们能走多远？会遭遇多少麻烦？一旦跌倒等待她们的是什么？

或者更进一步。假设你打算让极权主义者统治美国，你会怎么做？要什么样的政府形式，挂什么样的旗？在民众宣布放弃他们千辛万苦争来的公民自由，交换“安全”之前应该让这个政府解决多少社会不安定问题？并且，既然我们知道，绝大多数极权主义政府一直试图以这样或那样的方式控制生育——不是限制生育就是强制生育，再不然就详加规定谁可以和谁结婚，谁可以有孩子——这样的主题该怎样为女性演绎？

服装又当如何呢？正反乌托邦对衣服一直都很感兴趣：要么让它变得比我们现在穿得少（维多利亚时期的风尚），要么让它比我们现在穿得多。对服装的关注通常也以女性为中心：无论社会形态如何变异，服装的变换全然不过是用衣服把女人身体的某些部位遮了露，露了遮。（也许只为使事情有趣些，让你一会儿看见暴露处，一会儿又看不见，即便这部位本身是变来变去的。那么，过去纤细的脚踝如此诱人，那性感的部位又是什么呢？到底是什么呢？）

我创作《使女的故事》的原则十分简单：不写有史以来人类从未曾做的事，也不写人类在某时、某地不可能找到工具去完成的事。要知道甚至集体绞刑也是有例可循的：早年英格兰就有集体绞刑，而现在某些国家还有集体被石头砸死的刑罚。如果回溯历史，据说迈那得斯们（酒神巴克斯的女信众）在酒神节上会变得疯狂，并在癫狂中徒手将人肢解（倘若人人参与，则人人无责）。至于文学上的先例，眼前就有一个，左拉的《萌芽》[1]便是。其中有一段情节描写了镇上被店主蹂躏的采煤女工们，将店主生生扯碎，并将其生殖器挂在长竿上穿镇游行。另一个略加节制润色但依旧骇人的先例出自雪莉·杰克逊的一篇短小精悍的故事《摸彩》。（我十几岁时就读过这个故事了，那时它才问世不久，读得我不寒而栗。）

至于《使女的故事》中女子所穿的罩袍，人们的理解各有不同。有人认为是天主教的服饰（修女的衣服的样子），也有人认为是穆斯林的服饰（蒙住全身的长袍）。事实上，这些衣服在设计时，根本不针对任何宗教，它们的灵感来自我儿时看到的水槽清洁剂的包装盒上荷兰老清洁工的形象，样式老旧而已。若是让维多利亚时代中期的女子来看，绝不会认为它们有什么

1. 左拉《萌芽》(1885)。

不寻常，因为那时女人都要戴女帽，遮面纱，盖住容颜以遮挡陌生男子偷窥的目光。

我为这本小说写序时引了三段话。第一段引文来自《圣经》——《创世记》(30，1—3)，雅各的两位妻子各自利用女奴，让其成为替自己生孩子的工具。引用这一段本是为了要读者在引用各自相去甚远的文字记载时警惕每一个词固有的危险。第二段引文来自乔纳森·斯威夫特的《一个小小的建议》。它让我们警觉一个事实：一本正经又极尽挖苦的述说，比如斯威夫特建议可通过销售并享用爱尔兰婴儿肉的方式消灭爱尔兰的贫穷，是不能当作济世良方的。第三段，“在沙漠中不会有这样的标识：不许吃石头”，乃是斯威夫特的格言，它说出了一个简单的人类真相：我们从不禁止别人本来就不打算做的事，因为所有的禁令都建立在对欲望的否定之上。

《使女的故事》1985年秋在加拿大出版，1986年春在美国和英国出版。在英国，第一批读者只把它当作奇闻漫谈而不是警示，他们早就经历了奥利弗·克伦威尔治下的清教徒共和国，不惧怕那种场景再次上演。在加拿大，人们都以加拿大人特有的焦虑的方式追问：“会发生在加拿大吗？”而在美国，玛丽·麦卡锡在《纽约时报》撰文对此书痛加贬斥，认为它不但缺乏想象力，而且它的故事无论如何都不可能发生，尤其是在她心目中的像现实的美国这般安全的社会里。然而，在西海岸，这个对地震的震颤最敏感，脱口秀上配电板灿烂如拉斯维加斯的耀眼灯火的地方，有人在威尼斯海岸的防波堤上留下潦草的字迹："使女的故事已经在这里发生了！"

其实，既非已经在这里发生，也非刚好就在这里发生，更不会马上在这里发生。1990年代，我一度以为它也许永远不会发生。但如今我又疑惑了。近年来，美国社会朝着建设一个取代原有机构的、反民主的、高压的政府的必要条件迈进了许多。《使女的故事》出版后约五年，苏联解体，西方民众弹冠相庆，涌上街头，疯狂购物。各路权威专家纷纷宣告历史的终结。看起来，《一九八四》和《美丽新世界》之间的竞争，即"用恐吓手段控制"与"用条件制约和消费的方式控制"间的竞争，以后者完胜而告终。《使女的故事》所描写的世界也理所当然地退去了。然而，如今，我们看到，美国因两次泥潭深陷的战争与经济衰退变得脆弱，似乎正在失去对自由民主的基本前提的信心。"9·11"之后，《爱国者法案》连咳嗽都未闻一声就通过了，而在英国，公众居然在一定程度上接受了从前无法想象的政府监督。

不言而喻，敌对的政府会在组织及方法中映照出彼此。当克隆成为大势，每个人都想要一个。美国的原子弹激起苏联同样的欲望。那个时候，苏联是一个庞大、官僚主义、中央集权的政府，而美国其实也别无二致。既然现有组织形式遭到铁石心肠的宗教狂热分子的拼命反抗，美国又将采用什么政权组织形式呢？它会以同样的宗教狂热制定规则吗？二者差异是否只会是教派的不同？在它的胜利中是否会有更多的镇压要素？会不会回到它的源头形式——清教徒神权政体，在除了服装之外的一切事情中，给我们一个现实的《使女的故事》？

我已说过反乌托邦中总含有一丁点儿乌托邦，反之亦然。那么在反乌托邦《使女的故事》中那一丁点儿的乌托邦是什么呢？有两个：一个在过去中——这过去正是我们的现在；另一个则出现在未来，写在书末故事主体之外的编后记中：它描写了基列国（《使女的故事》中的专制共和国）最终消亡的未来，人们只能在学术会议和学术研究的主题中找到基列国。窃以为，这正是乌托邦死亡之后会发生的事情——它们去不了天堂，而是成为论文题目。

* * *

《使女的故事》写成之后大约十八年间，我一直没有进行正反乌托邦的小说创作。直到2003年，才写了一部《羚羊与秧鸡》。《羚羊与秧鸡》是一部反乌托邦小说。小说中人类几乎灭绝，而在这之前，人类分作两个阵营——技术专家论者与无政府主义者。一如既往，书中也有一丁点儿乌托邦的意图，那是一群用基因工程改造过的人——这改造能让他们永远不会染上全部晚期智人（Homo sapiens sapiens）的疾病。他们是设计师。然而，每一位参与了这一设计的人——我们现在正做着设计这件事——都不得不问：在这些改造版的人无法继续被当作人类对待之前，人类在改造这一领域究竟还能行多远？人类所有的属性中核心部分有哪些？人是一件什么样的作品？如今，既然我们自己成了工匠，我们又该大刀阔斧地砍去这一作品的哪些部分？

这些设计师都有些附属物件和能力，若能拥有这些，我自己倒蛮乐意的。比如内植式昆虫杀虫剂，自动防晒霜，像兔子一样的树叶消化能力。此外，他们还拥有一些算得上是进步的特性，尽管我们中大部分人不会喜欢它们。比方说：季节性交配。也就是在交配季，身体的某些部位像狒狒在发情季身体的某个部位会变色一样。从此不再有示爱遭拒和约会强奸。再比方，他们不会阅读，因此也绝对不会被有害的思想荼毒。

书中还有其他经过基因改造的生物。比如：诺伯斯鸡（Chickie Nobs），也即一群被整改过的鸡，全身可以长出许多腿、翅膀和鸡胸，但是不长鸡头。只身子顶端有一个营养饲入口——彻底解决了动物权益工作者的麻烦。如他们的创作者所言，“无脑则无痛”。（自《羚羊与秧鸡》出版之后，诺伯斯鸡的解决方案更是取得了极大的进步：实验室人造肉已成为现实，尽管它可能还未被灌进香肠。）

它的姊妹篇《洪水之年》2009年出版，最初的书名是“上帝的园丁”。英国出版商欣然接受这标题，而美国与加拿大的出版商却十分抵触，理由是读者会以为这是一本极右主义的宣传册，意在展示一直以来“上帝”一词是如何被彻头彻尾地劫持的。当时还有其他许多书名以供选择，包括“蛇的智慧”

（Serpent Wisdom），虽受加拿大出版商的喜爱但是美国出版商却认为听着像嬉皮士的“新世纪”（New Age）邪典。而“艾登绝壁”（Edencliff）这名字在英国人听来像伯恩茅斯的老人院。总有些书，名字一目了然，比如，《可以吃的女人》，但也有些很难确定，《洪水之年》便属后者。

《洪水之年》从另一个角度探讨了《羚羊与秧鸡》中的世界。鉴于吉米/雪人，《羚羊与秧鸡》的主角，成长在一个隔绝的特许飞地。《洪水之年》则发生在这块飞地之外，在社会的最底层。它的前灾难情节在社区展开——社区保安队——如今与社会自治机构融合了——甚至懒得巡逻，将整个社区留给犯罪团伙与无法无天的暴力分子。即便如此，这样的反乌托邦中甚至也蕴含了一点乌托邦——“上帝的园丁”，一个小型的环保主义教派，相信所有造物者有其神圣性。社区居民在贫民窟的屋顶上种菜，唱圣歌赞美神圣的自然，对一切高科技通信设备都敬而远之，比如手机、电脑，因为它们可被用来监视自己的一举一动（这一点倒是真的）。

《洪水之年》与《羚羊与秧鸡》写于同一时间，无所谓续集前传，更像是出自同一本书的不同章节。甚至有时候，也被人们描述成“启示录”。在真正的“启示录”中，地球上的一切都覆灭了。而这两本书中，灭绝的只有一样——人类，或者说绝大部分人都灭绝了。从灾难中幸存下来的不是“反乌托邦”，因为反乌托邦需要更多的人——人多了才能组成一个社会。这些如飘零叶片的“漏网之人”，也有神话学的先祖：许多神话都描述了仅余一人幸存下来的灭世大洪水（希腊神话中有丢卡利翁，吉尔迦美什史诗中有乌塔那匹兹姆），当然也有好几个人活下来的，比如诺亚和他的家人。那么在《羚羊和秧鸡》和《洪水之年》中仅存下的那几个人是否对那一小部分接受了基因改造、内心平和、两性和谐，并且本来是要取代他们的“新人类”造成了“反乌托邦”的威胁呢？事实上，无论什么书，不是作者而是读者才享有对它最后的发言权，因此，这一问题就留给读者你吧。

* * *

人们不止一次问我，创作这两部书以及书中世界的“灵感”从何而来。可以肯定，小说虽不同，但理由总相似——家族故事、剪报和个人经历。于《羚羊与秧鸡》《洪水之年》也一样。我对气候变化引发的后果的担忧可追溯至1972年，当时罗马俱乐部（the Club of Rome）已准确地预测了今时似乎正在发生的事情。尽管2001年春我开始创作《羚羊与秧鸡》时，没有将这些担忧写作篇首故事，但它们却一直萦绕心头。创作《使女的故事》的同时，我积累了满满几文件夹的研究资料。诚然，两本书都存在一些哈克贝利·费恩会说成是“夸大其词”的内容，却也不是彻底的无稽之谈。

因此，尽管我可以说创作灵感源自这篇或那篇科学论文、报纸或杂志故事，这件或那件真事，但它们全不是我讲故事的动力。我更愿意将它看作未竟的事业、由不停自省的人提出的问题——我们究竟把这个星球搞得多糟糕？我们能让自己从糟糕的星球中脱身吗？若在现实中进行物种范围的自我拯救会是什么样？甚至还有：“乌托邦思想都去哪儿了？”它从未消失过，因为人类是一个对此太过神往的物种。对人类来说，“好”有个永远的双胞胎兄弟“坏”，但是也可以有另外一个孪生兄弟，它的名字叫“更好”。

让我自觉有趣的是将《羚羊与秧鸡》中乌托邦的促进因素置于人的身体之内，而不是新的社会组织形式、大众洗脑或灵魂工程项目。秧鸡们由内而外地行止端庄，不是因为他们的法律体系的规定、政府或其他组织形式的恐吓，而是因为他们从来就被设计成这样。他们没有选择反面的可能。这似乎也正是乌托邦在现实生活中的终极目标：通过基因工程，我们可以剔除自身的遗传性疾病，让丑陋的外形、精神的疾患从此遁迹，长生不老，诸如此类，谁知道呢？只有天空才是我们的极限。或者说这是我们一直被灌输的理念。然而，在各种完美无瑕的乌托邦版完美人体和大脑中掩藏的那一点点反乌托邦又是什么呢？就让时间来揭晓答案吧。

纵观古今，乌托邦和反乌托邦都未有过快乐的故事。美好的企盼总是一次次被击得粉碎。最好的意愿常常踏上通往地狱的道路。那么这是否意味着我们永远不要尝试修正自己的错误，矫正被灾难扭曲的事业，清除掉道德败坏的恶臭，减轻生活中的种种苦痛呢？当然不是。假如我们不维护修理，对实际状况做一点提升，所有的事情都会迅速地一落千丈。因此，我们应该寻求改善，并且这也是我们力所能及的。但是，我们不应该追求让事情都尽善尽美，尤其不可妄求人类自身的完美，因为这条道只通向巨大的坟墓。

尽管我们有那么多的缺憾，也无法摆脱这样的自我，但是我们一定要好好利用这样的自我。这也是迄今为止我自己，在现实生活中，在准备通往正反乌托邦的道路上所必经的。

其他的评议

导　言

当我开始梳理自己旧时的出版物，寻找其中关于科幻及相关主题的其他文章时，找到的数量要比记忆中的多得多，开始的时间也比记忆中提早一些。我发表的第一篇文章是关于H.赖德·哈格德的《她》的，大概在1965年。

我选定以1976年写的关于玛吉·皮厄斯的《时间边缘的女人》的书评选段为本章开头。很清楚，我当时正在思考关于乌托邦/反乌托邦作品的问题，而时间大约在我创作《使女的故事》之前九年。而其他的九篇从对《她》的介绍到对乔纳森·斯威夫特的《格列佛游记》第三部中的科学院的探讨不一而足，还有一些对独裁政治和人类基因工程的零星探讨。

当然，我也稍微做了一些编辑和修改，去除那些重复和重叠的内容，但是此外每一篇都保持了最初发表时的原貌。

玛吉·皮厄斯的《时间边缘的女人》

迄今为止，我读过的所有关于《时间边缘的女人》的书评中，没有一篇认可它的文体风格。因为它确以明辨无误的现实主义小说的方式开篇，绝大多数评论文认为这本书的本意肯定是写成一部现实主义小说。该书讲述的似乎是一名靠福利救济金过日子的三十七岁的奇卡诺女人——孔苏埃洛的日常生活中的点点滴滴。在该书的前几页，作者对她的过往做了交待。孔苏埃洛，遭丈夫遗弃，曾有一个女儿。之后，与一黑人盲扒手交往甚密。这名扒手死后，孔苏埃洛极度消沉，在绝望中失手弄断了女儿的手腕。因为这次伤害，她被强制送入精神病院，女儿也被从身边带走。这世上唯一能让她去爱的人仅剩下吸毒成瘾的侄女，妓女多莉。但是，为了保护多莉，孔苏埃洛打断了皮条客的鼻子，结果第二次被送进精神病院。接下来的故事，几乎全部都发生在精神病院之内（除了一个逃跑的情节，一个外出参观的情节）。书中对精神病院生活的描写足以让读者相信康尼（即孔苏埃洛）早晚会被虐待狂医生和冷漠的护理逼疯。这些描写以让人身心备受折磨的、丑陋的、左拉式的细节描写方式呈现：麻痹药一片接一片，一成不变的食物一顿接一顿，麦片之后还是麦片。把既无钱又无势的人在纽约精神病院的生活描写得阴郁压抑、真实可信。

然而，康尼再入病院之前，一直都有一名奇怪的探望者，名叫卢西恩特。卢西恩特原来是来自未来的访客，康尼本以为他是个小伙子，结果却惊讶地发现“他”其实是“她”，一个女人。通过与康尼的头脑直接接触交流的方式，卢西恩特帮助康尼将自己投射到未来的世界——卢西恩特所在的世界。康尼在那里游南逛北，而读者，不消说，自然步步紧随了。

一些书评人认为此部分内容乃是令人叹惋的白日梦，甚至更是康尼在疯狂发作时产生的幻觉。这样的解读不啻削弱了整本书的价值。假使康尼果真精神不正常，那么她逃离精神病院的所有努力则必须从一个不同于作者给予的角度去审视，医生、皮条客，以及家庭的冷漠都在某种程度上合情合理。也有一些书评人倒不把康尼视作疯子，而是把卢西恩特和她的一众人视作以“科幻”形式出现的无聊闹剧，在社会写实主义中无立锥之地的片段。然而，皮厄斯可不是愚蠢之人。如果她真打算把它写成一部现实主义小说，她早就这么写了。《时间边缘的女人》是乌托邦的故事，尽管处理形式上瑕瑜错陈，但让多数书评人觉得生厌的乃是文体固有的特征，和作者无关。

借“乌托邦”一词，我意指如莫里斯的《乌有乡消息》、贝拉米的《回望》、赫德逊的《水晶时代》甚至是温德姆的《蚂蚁的智慧》一类书籍。这些故事与以情节为中心的、围绕别世的幻想，比如托尔金的作品，有着天壤之别。纵使他们同有些“科幻”的元素，但是这一范畴显然过于宽泛了。刚才我所提到的所有小说都从沉重窒息的当代社会送出一位密使去“将来”，作为旅行见闻的记者，去检验进步了的社会，并返回呈报。这些书籍可不是真正的英雄历险记。尽管偶尔也有些风流韵事，为道德的苦药加糖润味。真正的英雄还是那个未来社会，读者只需与时光旅者为伴，来个“货比三家”，质疑始终如一的彬彬有礼的居民，抱怨一下让人不知所以的细节。这些虚构故事的道德意图是：我们的不良环境完全不是必然的，只要事情能按不同的方式构想，就可按不同方式运行。

因此，游客和导游（本书中即康尼与卢西恩特）间单调乏味的、沉重缓慢地围绕二人所处的社会中所有日常工作展开的冗长对话，实在无法减略。下水道清污如何？生育控制如何？社会生态如何？教育如何？这样的对话在这一类书中俯拾皆是。然而，为读者塑造出一个怨怼满腹却不失性情的游客以及一位时不时情绪失控的导游的匠心，唯皮厄斯独有。在精神上，她笔下的未来的世界也许和莫里斯笔下的世界最为接近。那是个农村经济社会，每个村庄都保留了些许今日犹可敬的少数民族之民族风情，有美国印第安人的，美国黑人的，阿什肯纳兹犹太人的。（不过，城郊的盎格鲁-撒克逊系白人新教徒的特色没有表现出来。）尽管如此，它是一个族群混居、两性平等、生态平衡的世界。妇女放弃生育只为男人不会后悔放弃权位，在修改后的学徒制下，孩子们多少都接受了集体的、大众的教育。还有许多先进的生物反馈，各种借助“肯纳”（kenner）实现的即时即景通信——虽然它会勾起人们对傻瓜迪克·特雷西的双向腕表无线电设备的不愉快的回忆。但是，他们的确有共同的“食品工”（fooders）——我很愉快地在此做个笔记——洗碗工。

阅读乌托邦故事很易上瘾——我自己就曾一目十行地阅读了大量十分不错的有关电击治疗和收容所探望时间的文章，想要弄明白马特波伊西特居民是如何对待母乳哺育的（因为马特波伊西特男女都很放纵，男人还注射荷尔蒙），如何看待母亲的角色（他们用奶瓶喂养婴儿，精心挑选“母亲”，生殖繁衍必须能维持自然供养的平衡，遵循青年隔离的惯例），以及如何处置罪犯（对于屡教不改的惯犯施以绞刑，因为没人想当监狱看守），甚至还有他们过去常用什么来做卷心菜的护根覆盖物。创作乌托邦故事同样会让人欲罢不能。皮厄斯耗费大量精力，使细节组合浑然一体，恰到好处，确保我们能抓住要点。

乌托邦作家还需面临数不清的危险。比如其一，乌托邦的居民总是被人们不自觉地认为是伪善和乐于说教的，因为自托马斯·摩尔起，他们就是这样的形象。此外，一切形式的乌托邦都不得不承受读者的内心裁判——所谓完美世界，无不沉闷阴暗。因此，皮厄斯小心翼翼地添入一些节庆仪式，华衣美服，以及对完全自由的性爱的满怀希冀的描写，使得内容活色生香。

这里无疑也会有问题，但是我们被允许看看乌托邦居民会怎样通过理事会和“虫蠕”（worming）解决问题。“虫蠕”——一个绝好的会议名，会上人人可以找毛病，发牢骚。然而，也有些关于乌托邦的“映射”（projections）太绝对了，比如：以非咄咄怪念的方式描写人、猫之间的交流大概难到无以复加的地步；乌托邦中的孩子不是聪明伶俐，就是无礼放肆。但是皮厄斯为自己笔下的乌托邦居民设计的语言有时得体精妙、字字珠玑，有时也会呆滞低劣、笨重愚拙，甚至有部分描写乌托邦的段落还让人莫名地感动。辛酸的切肤之痛一部分来自康尼对接触人类和爱的渴望，另一部分则因为她看到乌托邦与失去的孩子、爱人以及朋友间的相似之处。马特波伊西特的种种外在优点被一个内在优点所统摄：这是康尼唯一感受到爱的地方。

有些地方却也闪烁其词。乌托邦人拒绝为康尼讲述自己的历史。因此，我们也无法知道这样一个乌托邦是怎样生成的。他们正对敌开战，但就连这一点我们也所知甚少。乌托邦告诉康尼：他们不是“确定的未来”，只是一个“可能的未来”，并且需要康尼的帮助来避免“未来之火熄灭”。（我希望这听起来不会太像《彼得·潘》中的叮当小仙女的复活。）而康尼将在某一刻撞入一种未来——推测一下，如果我们不为了未来努力奋斗，康尼看到的未来会是什么样——女性像白蚁一样生活，大气严重污染，仰头看不清天。

马特波伊西特的行动召唤让可怜的康尼不知所措，因为她的活动范围必然受到限制。于是，最终康尼杀死了几名邪恶的精神病院医生，而最后几节含糊不清的描述又给我们留下十分不安的感觉——也许到头来，马特波伊西特自始至终就是一个偏执狂的白日梦。而唯一可以证谬这想法的根据就是康尼没接受过多少教育，不可能产生乌托邦这样的憧憬。

《时间边缘的女人》像一次漫长的心灵对话，皮厄斯自问自答——改良后的美国政府将如何运行？一本正经的乌托邦的古怪之处是：作为与形式多样的讽刺或娱乐截然相反的事物，它们的作者似乎从来不打算多写，一部作品已足够，也许因为它们更多的是道德的产物，而不是文字的产物。

H. 赖德·哈格德的《她》

我第一次读到H. 赖德·哈格德的闻名遐迩的小说《她》时，并不清楚它声名震天。当时是五十年代，我尚是豆蔻年华，而《她》也只是地下室里众多藏书中的一册而已。我的父亲无意间与博尔赫斯志趣相同，钟情十九世纪那些情节古怪、风格欢闹的奇谈轶事。因此，在那间阁楼里，那本该是我埋头做功课的地方，我不停地阅读，从鲁德亚德·吉卜林、柯南·道尔，到《德古拉》和《弗兰肯斯坦》，再到罗伯特·路易斯·史蒂文森、H. G. 威尔斯，当然也有H. 赖德·哈格德。我读到的第一本哈格德的小说是《所罗门王的宝藏》，里面有冒险经历、地道和遗失的宝藏，而后是《艾伦·夸特梅因》，里面还是冒险、地道以及失落的文明，然后我就读了小说《她》。

彼时，我对此类书籍的社会文化背景知识一无所知：英帝国是地图上的粉色部分，帝国主义和殖民主义尚未受到后来的指控，对“男性至上主义者”的谴责还是遥远的事情。并且，我也不分辨伟大作品与普通作品。我只是单纯地喜欢阅读。任何一本书，只要以一只非常古旧的破陶罐上的神秘铭文开场就能讨得我的欢心，《她》就是这样开始的。当年我阅读的那个版本甚至还附有一张陶罐的图片——不是手绘的图画，而是照片，使故事更加真实可信。（当然这罐是哈格德嫂子定制的。哈格德打算让它起到像《金银岛》卷首那张海岛地图一样的作用，他希望《她》能和《金银岛》的名望一较高下，他成功了。）

耸人听闻的故事往往会在开篇时声明读者将觉得它如何难以置信。这一手法既是一种诱饵，也是一种挑战。而陶片上的文字更是无法轻易当真。可一经堪破，两位男主人公——长相俊美却头脑简单的利奥·万塞，相貌丑陋却聪敏过人的霍勒斯·霍利——便远走非洲去寻猎一位美丽的不死女巫，据说是她杀了利奥的先祖。好奇心是他们的内在动力，而复仇则是他们的目的。一路上两人经历了数不清的艰难险阻，从野蛮的阿玛哈加尔母系部落手中死里逃生之后，他们不但发现了曾经幅员辽阔，盛极一时的帝国的文明残迹，以及数不清的来自这一文明的木乃伊，而且还找到了正是住在这些坟墓间的那位长生不死的女巫，她比他们敢于想象的更可爱、聪明、冷酷十倍。

作为阿玛哈加尔的女王，"必须被绝对服从的她"行止飘忽，为了让人心生畏惧，从头至脚裹得就像僵尸一样。可一旦把这层外壳轻轻撩拨了去，在那一层又一层的薄纱下裹着的竟是位绝色佳人，并且还是一位处子。"她"其实已经有两千多岁了，真名艾伊莎。"她"声称自己曾是埃及自然女神伊希斯的女祭司，两千年来，一直独守青灯——只为等待她的心上人——凯利克雷特，伊希斯的英俊迷人的男祭司，利奥的先祖。但是，当年凯利克雷特违背了自己的誓言与利奥的先祖母私奔了。艾伊莎又嫉又怒，在冲动中杀死了凯利克雷特。这两千年来，她一直苦苦等待他再次转世为人。“她”将他保存完好的尸体供奉在隔壁房间的神龛中，夜夜对着它哀悼恸哭。而现在，利奥和凯利克雷特长得一模一样，从头到脚，分毫不差。这是多么让人惊喜啊！

艾伊莎首先施展自己所向披靡的魅力让利奥拜倒在自己的裙下，接着除掉尤斯坦——一位与利奥两情相悦的凡俗女子，艾伊莎的上古情敌的转世之身——然后要求利奥随她同去附近的一个深山之中。“那里，”她说，“隐藏着长生不老，丰富多彩的生命的秘密。并且，除非利奥与她一样强大，否则她与利奥不能结合，因为那样会害死利奥（在后续《艾伊莎：她的复仇》中事情确实如此发生了）。”就这样，他们启程赶往深山，途中穿越古老帝国的城市科尔（Kôr）的残垣断壁。按照通常的哈格德冒险和地道模式，为了获得重生的生命，所有人必须横穿某个对人类来说深不可测的洞穴，直到走进一个轰鸣的旋转火柱之中，最后穿过无底涧脱身。

这就是“她”在两千年前获得力量的途径。为了向犹疑不决的利奥展示这不过是一件轻松平常之事，“她”又重新走了一遍。可是，不好！这次的效果却完全相反——眨眼间，艾伊莎干瘪萎缩成一只又老又秃的猴子，最后化作一抔尘土。目睹此状，利奥和霍利这两个无可救药地爱着“她”的男人，惊骇得几近崩溃，他们一路跌跌撞撞回到文明世界，可心中还抱着一丝信念，相信“她”一定信守承诺回来。

作为地下室里的一本好读物，这故事十分令人满意，尽管“她”表达自我的方式往往过于夸张。《她》的不寻常在于将一名拥有超自然力量的女子置于事件中心：在那之前我只碰见过一位这样的女子——连环漫画中的神奇女侠，拿着闪闪发光的索套，穿着星条图案的裤子。然而，无论是艾伊莎还是神奇女侠，在遇到自己心爱之人的那一刻，齐齐从“百炼钢”化作“绕指柔”——被男友史蒂夫·特雷沃亲吻之后的神奇女侠失去了自己的魔力。艾伊莎不再能心无旁骛地征服世界，除非利奥·万塞先与她一道完成那件祸福难料的大事。而当年我年方十五，乳臭未干，只觉得这种爱情矫情做作，滑稽可笑。再后来，我高中毕业，提高了读书的品位，便把《她》暂抛脑后了。

* * *

当然只是暂时忘记，而不是彻底忘记。1960 年代早期，我无意中进了位于马萨诸塞州的坎布里奇研究所读研，可以自由出入怀德纳图书馆了。它好似一间放大很多倍的、更井然有序的“地下室”。那里各类藏书众多，其中不乏没有获得“伟大文学经典册封”的作品，当我在书架间怡然忘返时，逃避家庭作业的苗头又冒出来了。没过多久，我就又开始在赖德·哈格德及同类作家的作品里汲漱芳润了。

而这一次，我算是有了理由：我的专业领域是十九世纪文学，当时正在忙于研读维多利亚时期文学里的“准女神”，即使哈格德的批判者也不能说他不是维多利亚时期的作家。哈格德就像他的时代，那个时代事实上创造了考古学。而哈格德本人是消亡文明的业余研究者，他对探索人类未知之地和遇见“未被发现的原住民”心醉神迷。哈格德本人不过是一位标准的乡村绅士，尽管去过非洲的一些地方，可人们依旧难知他激情四溢的想象到底来自哪里。而也许正是这种教科书般标准的英国正统品质让他得以完全罔顾理性分析。他可以放下一枚采样的钻头直取维多利亚时代无意识的心脏，在那里恐惧和欲望——尤其是男性的恐惧和欲望——蜷作一团，像盲鱼一样在黑暗中瑟缩。亨利·米勒和其他一些评论者就是这么说的。

然而，这想象力的源泉到底在哪里呢？尤其“她”的形象是源出何处？她既衰老又年轻，既强大又虚弱，既美丽又丑陋，在墓群深处徘徊，痴缠于不死的爱恋，同自然的力量、生死的力量有极深刻的联系。据说，哈格德和他的兄弟们曾被住在黑暗的碗橱内的一只碎布娃娃吓坏，这布娃娃的名字是“必须被服从的她”，而实际上原因远不止这些。《她》于1887年出版问世，是时正风行阴险狐媚的女子形象，而这一传统也可谓久矣。艾伊莎的文学祖先中不仅包括了乔治·麦克唐纳笔下的“柯迪”奇幻故事中的“既年轻又老迈的”超自然女子，还有形形色色的维多利亚的蛇蝎美女——丁尼生《国王叙事诗》中的薇薇安，那个一心只想盗取梅林的魔法的女人；罗塞蒂和威廉·莫里斯在诗与画中创造的前拉斐尔派妖妇；斯温本笔下的专横女人；瓦格纳作品中的那些厌女之作，如《帕西法尔》里年老色不衰的孔德丽；而最甚者，当属沃特·佩特著名散文诗中的蒙娜丽莎，她比座下磐石还要年长，却依旧青春盎然，娇俏可爱，而且神秘莫测，全身流溢着一种性质可疑的洞明世事的气韵。

桑德拉·吉尔伯特和苏珊·古博尔在1989年与人合著的《没有男人的地方》中讲：所有手握天下权柄、极度危险的女性形象在艺术作品中的地位之所以上升，与十九世纪“女性”（Woman）的崛起不无关系，包括围绕着女性的“本质”与“权利”的热烈讨论，以及这些论战所激发的焦虑和幻想。若由女人掌控政治力量——她们当然生来就不宜搞政治——她们会怎样运用这一力量？假使她们更兼具美貌与野心，对政治恶斗与征服异性同样得心应手，难道她们不会饮尽男人的鲜血，耗尽男人的精气，使他们沦为俯首帖耳的奴隶？十九世纪之初，华兹华斯笔下的大自然母亲是和蔼可亲的，“永远不会背叛抛弃 / 那颗热爱她的心”，到了十九世纪末，大自然以及与她密不可分的女人却成了血齿红爪——这是达尔文主义之女神，而非华兹华斯的女神了。在小说《她》中的艾伊莎意欲第二次窃取处于大自然心脏部位的男性生殖器状的火柱私用之时，结局不妨与她的本意背道而驰，不然，男人们真的可以与自己的生殖器说永别了。

“你是喻言和寓言的高手，也善于用一件事物反映另一件事物。”鲁德亚德·吉卜林在给赖德·哈格德的信中写道，在《她》的风景线上似乎时时有“提示”，处处是“路标”。举例言之，“她”统治的部落阿玛哈加尔（Amahagger）的名字中不但暗藏女巫（hag）一词，而且将love的拉丁词根同被亚伯拉罕放逐荒野的情妇“夏甲”（Hagar）的名字融合在一起，让人不由得想起两女争一夫的故事。而古城Kôr也许取名自“中心”（core）一词，与法语词coeur同源，但也暗示了指活人身体的corps一词，和指死人身体的corpse一词，因为她在一定程度上正是一个噩梦般的活死人。她的恐怖结局让人想起达尔文进化论的反向运作——女人变回猿猴——当然也可以让人想起受到致命一击之后的吸血鬼。（布莱姆·斯托克的《德古拉》写在《她》之后，但雪利登·拉芬努的《女吸血鬼卡蜜拉》写在《她》之前，之前还有许多其他吸血鬼故事。）诸如此类关联都指向某种连哈格德本人也无法解释明白的核心要义，尽管哈格德此后还写了一篇续集与几篇前传试图澄清。用哈格德的话说：“《她》是一个庞大的寓言故事，即便我也难以把握其意义。”

哈格德声称自己在一种极端兴奋的状态下只用了六周时间就创作完《她》，简直欲罢不能——“灵感铺天盖地涌来，我的手写得生疼，几乎来不及记下它们。”这多少让人想起一种催眠后的心智迷糊、神思不清的状态。在弗洛伊德和荣格心理分析的鼎盛时期，《她》备受追捧，弗洛伊德的拥趸反复阅读此书，剖析故事中的“子宫—阳物”诸意象，而荣格理论的信徒则反复研究它的灵魂形象以及各道门槛。诺思罗普·弗莱作为文学神话原型批评理论的创导者，在其1975年的著作《世俗圣经：传奇故事结构之研究》[1]中如是评价《她》：

> 那些显然已死亡并下葬了的女英雄又复活了，通过这个主题——莎士比亚的《辛白林》的众多主题之一——我们似乎对处于世界之底的大地母亲投去了更加不可替代的一瞥。在后来的传奇故事里，在赖德·哈格德的《她》中，也可以瞥见一个类似的人物形象：美丽、阴险的女性统治者，掩埋在一个黑暗大陆的深处，与死亡及复活的原型渊源甚深——防腐处理的木乃伊让人忆起埃及——那里是死亡与葬礼的首选疆域，而且因为《圣经》所赋予的角色，埃及也成了通往地狱的土地。

不论人们认为《她》意味着什么，该书甫一出版就产生了惊人的影响力。每个人都读它，尤其是男人。整整一代人都受到它的影响，甚至还波及下一代。以它为蓝本拍摄的电影约有一打。二十世纪的头十年、二十年、三十年成批生产出来的大量廉价通俗小说身上都烙着它的痕迹。每当一位貌似年轻实已

1. 诺思罗普·弗莱，《世俗圣经：传奇故事结构之研究》（马萨诸塞州：哈佛大学出版社，1976）。

老迈并死亡的女子出现时，尤其当她还是一个不毛之地某消失部落的首领并且是催眠师般的魅惑女子时，那么你所看到的正是“她”的后裔。

文学作家亦感到被“她”扼住了创作的咽喉。如吉尔伯特与古博尔所指出的那样[1]，约瑟夫·康德拉的《黑暗之心》就从《她》中有所借鉴；詹姆士·希尔顿笔下的香格里拉，以及古老、美丽却最终化为齑粉的女主角显而易见与“她”有着千丝万缕的联系。C. S. 刘易斯也感受到“她”的影响，因为他偏爱塑造说话如莺啼鸟啭、外表如花似玉却心如蛇蝎的女王。在托尔金的《指环王》中，“她”分裂成两个形象：一个是凯兰崔尔——强大而善良，她有一面“水镜”，和“她”拥有的那面“水镜”一模一样，另一个是古老的、穴居的、嗜食男性的巨型蜘蛛，名为“舍罗”（Shelob），寓意昭然若揭。

把让 D. H. 劳伦斯和其他作家如此畏惧的毁灭性女性意志与“她”的恶毒联在一起当真毫无可能吗？尽管艾伊莎长着玲珑小脚，纤纤粉指，但她绝不循规蹈矩：她是一个敢挑战男人的威权的叛逆者。倘如不曾为爱所困，她定能成功地运用自己令人生畏的能量推翻现有的文明秩序。毫无疑问，这个秩序是白人的、男人的、欧洲的秩序，而“她”的能量不仅是女性的——心灵的、肉体的——更是原始的，并且是黑暗的。

---

1. 桑德拉·M. 吉尔伯特和苏珊·古博尔，《没有男人的地方：二十世纪女性作家的位置》第二卷，《性交易》（纽黑文：耶鲁大学出版社，1989）。

等到我们发现约翰·莫蒂默尔所创作的《法庭上的鲁波尔》中的鲁波尔把自己矮胖的、只对清洁厨房感兴趣的妻子称作“必须被服从的她”，曾经高高在上的形象已经褪尽神光，回归凡尘，消减成一个笑话与碎布娃娃组成的结合体——后者可能正是“她”的故事起源。然而，我们一定不能忘记艾伊莎卓越的能量之一——转世重生。正如克里斯托佛·李主演的吸血鬼电影的结尾一样，吸血鬼在灰尘中随风而散，为的是在下一部电影的开篇重聚成形。“她”还会归来，然后再来。然后再来。

毋庸置疑，这是因为“她”，在某些方面是人类想象的一个永恒的特写——她是幼稚园里的一个巨人，一个充满威胁又倾倒众生的角色，比生活更强大更美好。当然也更坏。这正是“她”的魅力所在。

女男王王国的女王：厄休拉·K. 勒奎恩的《世界诞生日和其他故事》

《世界诞生日》是厄休拉·K. 勒奎恩第十部小说集。于此集中，勒奎恩再次证明了为什么她才是那一国的执政女王。不过，我们立即遇上了一个难题：她治下的王国该有一个什么样的名字才恰当呢？考虑到她对性别和她的女王王国一贯模棱两可的态度，或说有鉴于她对混合与组配的喜爱，也许这个王国可以称作"女男王王国"(quinkdom)？还是说，也许并没有这样合二为一的国度，本质上还是两个独立的王国？

"科幻小说"就像一个盒子，厄休拉的作品通常被归置其中。然而，事实上，这是个十分尴尬的盒子：从各处扔来的被嫌弃的东西把它塞得鼓囊囊的，无法挤入社会现实主义小说大家庭的故事，无法登上更严肃的历史小说大雅之堂的故事，及其他门类的故事，例如：西部小说、哥特体、惊悚体、哥特体传奇故事，以及一些战争小说、侦探小说以及间谍小说。然而，"科幻小说"的子类包括了真正意义上的科学小说(充斥着各种小发明，以各种理论为基础的太空旅行、时间旅行，以及通往其他的世界的网络旅行，还有外来生物的频繁造访）；科学幻想小说（猛龙是其中的常见角色，但是小装置不再那么可信，也许还会出现魔杖）以及“推想小说”（人类社会及其将来的可能存在的形式——既有可能比现在好也有可能比现在坏）。然而，分隔这些子类的不过是一层有渗透性的薄膜，各子类之间渗透流动实为常态。

*　*　*

广而言之，“科幻小说”的谱系久远。它的一些文学先祖甚至极受尊崇。阿尔维托·曼古埃尔在《想象地名私人词典》中就收录了许多：柏拉图笔下的亚特兰蒂斯，托马斯·摩尔的《乌托邦》，斯威夫特的《格列佛游记》等等。而关于驶向未知的、住着奇异居民之地的航行记录则如迷途的希罗多德，《一千零一夜》，“诗人托马斯”一样古老。民间故事、古老的北欧传说、骑士的冒险传奇与这些故事之间可谓“五服之亲”，一直被成百上千的《指环王》和/或《征服者柯南》的模仿者吸收、利用。事实上，所有这些小说不过同源汲水，如它们的先驱乔治·麦克唐纳和《她》的作者H.赖德·哈格德所做的。

儒勒·凡尔纳应该是早期写小发明的小说家中的最负盛名者。而玛丽·雪莱的《弗兰肯斯坦》却被认为是史上第一部“科幻小说”——第一部包含真正的科学元素的小说——因为它的灵感来自电学实验，尤其是给尸体通电的实验。此后，玛丽·雪莱一直关注这一文学体裁（或可以说这一类文学体裁）：尤其是，从天堂里把火种偷到人间的普罗米修斯必须为此付出什么样的代价？有些评论者甚至建议将“科幻小说”视作为神学预测服务的最后一个小说仓库。天堂、地狱、挥着翅膀在空中转来转去的神怪，自弥尔顿以后，已或多或少遭到弃用，结果外太空变成尚存的、唯一的邻近地，一切同神魔和天使相似的东西在那里都可以找到。J. R. R. 托尔金的朋友和同辈奇幻故事作家 C. S. 刘易斯甚至打算创作一个科幻小说三部曲——轻科学而重神学的。在三部曲中，“宇宙飞船”是一个装满玫瑰的棺材，而夏娃的诱惑则在金星上重新上演，当然少不了甘美的水果让故事更加完整。

重组之后的社会结构也是传统中的一个常量，一直被用来批评当下的社会状态，或提供一个更愉悦的备选社会。十九世纪，人们陶醉于新建成的下水道系统和监狱改革，并创作出多如牛毛的满怀希望的“推想小说”，以至于这种流行时尚不仅遭到威廉·S. 吉尔伯特和阿瑟·沙利文的轻歌剧《乌托邦有限公司》的奚落，也被塞缪尔·巴特勒的《埃瑞璜》嘲讽。在《埃瑞璜》中，生病等同于犯罪，而犯罪只不过是生了一场病。

然而，同十九世纪的乐观主义最终让位于二十世纪普罗克汝斯忒斯式的社会混乱（其中最值得一提的是第三帝国）一样，文学乌托邦，不论是严肃作品还是讽刺作品，都被自己的“暗黑”版取代。《美丽新世界》《一九八四》乃是“恶地预言”中当之无愧的最著名者，同时广为人知的还有卡雷尔·恰佩克的《罗素姆万能机器人》以及紧随其后的约翰·温德姆的噩梦似的寓言故事。

就“科幻小说”而言，被拿来涵盖这么多相异变体已是很糟糕的事情。更糟糕的是，尽管“科幻小说”尚不至彻底丧失“体面端庄”，却也饱受鄙夷。因为二十世纪二三十年代科幻小说的蓬勃兴盛，突眼怪满台开花的太空歌剧陡然增多确是事实。紧接着，各种倚重这个弥漫着陈腐之气的“储物盒”拍出来的电影、电视剧也纷纷亮相。

然而，只有经生花妙笔的运化，科幻小说方能演绎出精彩绝伦的形式效果。

于是，这支生花妙笔引领我们走进了勒奎恩的文学世界。她的作品品质不容置疑：行文优雅从容，假设周到缜密，心理分析洞若观火，知觉聪敏尖锐。这卓然的品质为她赢得一次美国国家图书奖，一次弗朗兹·卡夫卡奖，五次雨果奖，五次星云奖，一次纽伯瑞奖，一次朱庇特奖，一次甘道夫奖，以及其他大大小小的数不清的奖项。她最早出版的两部作品：《放逐星球》以及《罗肯纳的世界》(*Rocannon's World*)，都发表于1966年，此后，连续出版了十六部小说，十部故事集。

整体上讲，这些书共同创造了两个平行的世界：一个是埃库盟，真正意义上的科学小说——有宇宙飞船、星际旅行等；另一个是地海。我私心以为后者应当称作“幻想”，因为其中有龙、女巫，甚至还有巫师学校，虽然此巫师学校与《哈利·波特》中的霍格沃兹一点关系也没有。埃库盟系列，从广义角度看，关注的是人的天生本质，比如，我们究竟能在保持人的本质属性的同时自由伸展到何种程度？我们的本质是什么？偶然事件又是什么？地海系列，从广义上看，讨论的全是现实的本质和死亡的必要性，当然也关注与母体相关的语言。（这对一套被宣传为适合十二岁孩子阅读的系列图书而言过于困难了，但是也许这种宣传错误责任在市场营销主管。就像《爱丽丝漫游仙境》，适合各种年龄阶段的读者。）

但有一点，勒奎恩所关注的内容不能截然划成泾渭分明的两部分。因为这两个世界都小心翼翼地关注着语言的使用和误用；其中的角色都对社会失常感到焦虑不安，因外来习俗而纠结混乱，都担心死亡。只是在埃库盟中，尽管有许多奇异陌生的事情，但是除了发明本身固有的神奇之外，并不存在魔法。

作为一名作家，勒奎恩让人惊叹之处在于，她几乎在同一时间内成功地创作出两个完全平行的世界。1968 年，第一本地海系列小说《地海巫师》出版。紧接着 1969 年埃库盟系列的经典之作《黑暗的左手》出版问世。此二者中任何一本都足以确立勒奎恩在那一小说流派中的女大师之名；二者一起则让人觉得存在着神秘灵药或者创造力的无缝衔接、双手俱利。而第四本书的标题乞灵于偏手性并非无意为之：一旦我们开始讨论“左手”，它有关于《圣经》的全部内容便浮现出来。（然而，无论“左手”是怎样的罪恶，上帝依旧留着自己的左手，所以

"左手"并没有坏得一无是处。只是，你的右手知道你的左手在干什么吗？如果真的不知道，又为什么呢？）如瓦尔特·本雅明所言：致命的一击总出自左手。

自第一本书面世，三十六年来，厄休拉·勒奎恩不停地探索、描写并将她的两大虚构世界改编成剧本。但是，因为《世界诞生日》所讲的故事是埃库盟系列故事——只有两个例外——所以，它同样关注科学小说的世界，而不是幻想小说的世界。埃库盟系列的大前提如下：茫茫宇宙中有许多宜居的星球。很久很久之前，这些星球上的生命被一位叫作"瀚星"（Hainish）的太空旅行者从一颗类地星球移植到宇宙之中。此后，斗转星移，经过无数次分裂，每一个群落最终按照不同的轨迹独立发展。

如今，一个叫作埃库盟的善意联盟已经结成，探险家源源不断地被送去查看这些遥远的"人科动物"——甚至可以算作人类的群落。目的不是征服，也不是传教：因为探险家或曰大使没有任何有侵略性的，或需要第一手的理解和记录的使命。在人们眼中他们只是"移动体"，借助各种的小装置在异域的田野里开展活动。他们还携带着一个便利装置——"安塞波"（ansible）。这个东西实在应该人手一个，因为它能帮助我们实现信息即时传输，就此消除第四空间的迟滞带来的负面影响。并且，安塞波绝无发生类似于因特网电子邮件软件崩溃的事情的可能。我本人百分百支持它。

*　　*　　*

言及此处，我们有必要提一下勒奎恩的母亲。她也是一位作家。而勒奎恩的父亲是一位人类学家，丈夫是一位史学家。因此，她的一生都与那些在兴趣与爱好方面与她有交集的人为伴。比如，写作，很显然，与母亲有着千丝万缕的联系。丈夫的历史知识也能为她提供很大便利：在她的作品里有不止一处是对那些我们称之为改变了“历史”的痛苦的大事件的回应。而她父亲的专业——人类学更值得特别的关注。

如果说科幻小说中的“幻想”从民间故事、神话、英雄传奇汲取了许多养料，那么在考古学及人类学发展成为有别于盗墓和勘探这两个更早并一直并存的行业，并升级为严肃学科的过程中，科幻小说从中获得了同等程度的助力。1840 年代，亨利·莱亚德关于尼尼薇的发现就是一把开启维多利亚时代的历史观大门的“钥匙”。特洛伊、庞贝古城和古埃及有着相似的魅力。通过这些新发现和发掘，欧洲人关于古老文明的概念被重整，想象的大门从此打开，人们穿衣戴帽的选择更多了。假若事情完全不同的情况出现过一次，那么再来一次也完全可能，尤其是关于穿衣戴帽和性的内容——维多利亚及二十年代早期的想象力丰富的作家十分着迷的内容，他们总是渴望前者尽量少，而后者尽量多。

人类学的成熟相对迟些。与现代西方截然不同的，遥远的他乡的文化被发掘出来，受到严肃对待、仔细研究，而不是被彻底摧毁或打倒。这些人哪些方面同我们一样？他们与我们怎么不同？我们能理解他们吗？他们的基础神话是什么？他们对来生的信念是什么？他们怎么对待婚姻，宗族关系怎样维系？他们吃什么？穿什么？两性关系怎样？通过风格各异甚至过分热诚的探究者的工作，比如玛格丽特·米德，人们常常发现，比起我们的文化而言，他们的文化虽然不成体系，却让人心情舒畅。

人类学家做的——或说应该做的——相当于人们期待勒奎恩笔下的埃库盟的“移动体”应该完成的事情：前往遥远的海滩，四处探看，发掘异域群落，努力揣测他们的一切，并加以记录，最后将其带回原地。勒奎恩对这个行业的行事方法了然于心，清楚其中的每一处暗礁险滩。比如她的“移动体”常常遭到怀疑，在实地考察时又被误导，像一名真正的人类学家的遭遇。他们还被当作政治爪牙，被鄙为门外汉，因为拥有不为人知的力量被人们畏惧。然而，同时他们还是一群兢兢业业的专业人员，训练有素的观察家，有自我生活的人类。因此，他们和他们讲的故事都真实可信。勒奎恩在书中对他们的处理方式就是顺其自然。

* * *

对比勒奎恩写的两段前言，可以发现许多有用的信息：一段写于1976年，即《黑暗的左手》首版后七年，她为此书写的介绍。另一段是她现在为《世界诞生日》写的前言。《黑暗的左手》发生在一个名叫格森（Gethen），或冬星（Winter）的星球上。冬星的居民非男非女非双性人。事实上，他们有着好几个生理期：无性别期，紧跟其后的是有性别期。而在有性别期，每个人又能根据具体情况转变成恰当的性别。因此，星球上任何一位“居民”终其一生，可以既是母体，又转为父体，既是侵入者，也是被侵入者。在故事的开头，“国王”不但是个疯子，而且还身怀六甲，这让埃库盟的非格森人观察者感到极度困惑。

这部小说问世于二十世纪七十年代，汹涌澎湃的女性主义潮流初起之时，人们对所有与性别以及不同性别的社会角色的相关的话题怀着一种炙热的激情。有人指责勒奎恩不但希望大家都成为双性人，并且臆想人们在将来也定会变成双性人。然而，还有相反的指责——有人指责勒奎恩是个反女性主义者，理由是她用代词“他”来指称非“凯莫”期（kemmer，指有性别阶段）的人。

所以，《黑暗的左手》的前言给人一丝凛冽却振奋的感觉。“科幻小说不局限于做推演，”她说，“不该将眼前的趋势，投射进未来，再通过逻辑，做出预言。”科幻小说不可预测什么，任何小说都做不到这一点，因为未来充满变数，不可预计。她的书只不过是一种“思想实验”，如《弗兰肯斯坦》一般，只是个实验。以“比如——”开篇，接着一个前提假设，随后仔细观察。“经过这样构思的故事，”她说，“现代小说特有的复杂的训谕也不必牺牲掉，思想和直觉可以在实验中设定，并可以在很大的范围里自由飞翔。并且，大抵都是如此。”

这样的思想实验，勒奎恩写道，“只是为描写现实的、当下的世界”。“小说家的全部任务就是‘编瞎话’”——“编瞎话”，按小说家一贯的方式理解，等同于一种曲尽其意的真相描述方式。因此，勒奎恩书中所描写的双性人不是什么预测，也不是什么处方，只是描写——双性，一种隐喻性的表达，直指人类的本质特征。对于那些无法理解比喻就是比喻、小说就是小说的人，勒奎恩不胜恼怒。有人怀疑她一定收到过许多稀奇古怪的邮件。

相比之下，《世界诞生日》的前言则温润醇美。二十六年后，它的作者已经赢得了自己的战争，成为科幻小说界一个傲然伫立的标杆。她已有资本少写点硬邦邦地说教的内容，多点可爱的直言不讳，再来点疯狂。此际，埃库盟让她觉得心安，像一件旧衣裳。当然，我们不能期待这个联盟一成不变，“它的时间线像小猫抽出线篮的毛线。历史中有很长一段空白”。在这篇前言中，勒奎恩与其说在陈述一种理论，不如说是在描写一种过程：每个故事的起源，她都必须仔仔细细考虑透彻了。按照勒奎恩一贯的独特行事方式，她绝不至信手捏出这些世界，她只是发现自己身在其中，并进行探索。如人类学家做的那样——“首先，要创设一种不同，”她说，“然后，任凭人类的激情像火焰般耀眼的弧光跨越并弥合这段空白。想象之神机妙术让我着迷，心满意足，除此无他。”

* * *

在《世界诞生日》中有七篇短篇故事，一篇中篇故事。头七篇里的六篇都是有关埃库盟的——它们正是那件旧衣裳的一部分。剩下的一篇也许仍属于这个联盟，只是作者自己也不确定。而第八篇，从总体上讲，在一个不同的世界——一般性的、共通的、科幻的“未来”。因此，除了第八篇，其余七篇都如勒奎恩所言，是“对性别和性的独特安排”。

然而，所有想象的世界都一定要为“性”制定条条框框，无论这世界之中有没有黑皮革或触角。而这些独特设置亦是科幻小说中一个经久不衰的主题：人们不仅会想起夏洛特·珀金斯·吉尔曼的《她乡》，岛上男女绝不混居；还会想起 W. H. 赫德逊的《水晶时代》——像蚂蚁一样的无性状态是那个时代的特点；约翰·温德姆的《蚂蚁的智慧》亦按照阴阳人的模式开展；玛吉·皮厄斯《时间边缘的女人》，谋求两性间绝对平等的试验（男人哺乳——好好看着这趋势）。但是勒奎恩走得更远，在第一个故事《在卡哈德成年》中，我们不是借助“移动的眼睛”看格森（冬星），而是通过刚刚步入青春期的格森的孩子的眼睛看冬星——她或他会首先进入哪个性别阶段？这个故事不仅充满了情欲的味道，更兼欢天喜地的气氛。在一个要么爱得惊天动地，要么爱得默默无闻的国度里，人们为什么不高高兴兴地享受一番呢？

因为性别失衡——女人的数量远超男人，《塞格里纪事》中的两性故事就没有这么让人心悦神怡了。女人负责一切大小事务，相互间也可以嫁娶，结成生活伴侣。珍稀的小男孩们享受着千娇万宠。可是一旦长大成人，就被隔离起来，圈在城堡之内，或一门心思琢磨怎么穿衣，或卖弄风情，或当众表演打架决斗，或被当作"种马"出租，总之，并没有多少快乐可言，就像永远被囚禁在世界摔跤联盟中。

《未被选中的爱》和《山路》两个故事发生在星球，一个勒奎恩在小说《内海的渔民》中虚构的地方。在那个星球上，你必须同三个人结婚，却只能同两个人有性关系。四人组中必须有一位"晨男"，一位"晨女"——他们两人不可以有性关系，还有一位"暮男"，一位"暮女"——他们之间也不可以有性关系。但是"晨男"可与"暮女""暮男"有性关系，同理"暮女"可与"晨男""晨女"发生关系。如何将这一堆"四人组"凑到一起是书中人物要面临的众多问题之一，如何保证他们"严守规矩、不偏不倚"——谁是你可以碰的，谁是你不可以碰的——是作者与读者共同的问题。为此，勒奎恩不得不画了一张草图，如她所说："我喜欢思考能激发或阻挠紧张的情感关系的复杂社会关系。”

故事《隐居》是对一个连欢乐都被深深怀疑的世界的沉思领悟。妇女们在“阿姨圈”(auntring)或村中的家里独居，编织篮子，除草栽花、练习非语言艺术——“觉醒”。只有孩子们可以走家串户，学习知识。女孩子们到了一定年龄之后，也要加入“阿姨圈”。男孩子则要离开女孩子，加入成年男人的圈子，在荒郊野地艰难度日。他们必须为自己杀出一条生路，活下来的可以成为“种男”，然后羞怯地住进隐士小屋，远远地守护着“阿姨圈”，接待到访的女人。当然，所有女性访问者的目的只有一个：物色交配对象。这种组织结构，除去精神上的满足之外，并不适合所有人。

* * *

《古老的音乐与女奴》则与我们的地球家园的情形十分接近。因为故事的灵感源于之前对美洲南部殖民地的一次访问。在威瑞尔(Werel)星球上，奴隶和反奴隶双方正在酣战，奴隶间的性爱几乎就是强奸农场黑奴。故事的主角，一位跟随埃库盟大使的情报官，卷入到一场关于人类权利的辩论之中，并陷入不断的麻烦中。这些故事中，这一则最能佐证勒奎恩的断言——科幻小说描绘的是现实世界。威瑞尔星球可能是地球上任何一个被内斗撕裂的群体：无论发生在哪里，永远那么野蛮残酷。尽管勒奎恩偶尔也会写一些温情脉脉的田园派作品，但她绝不会畏首畏尾，羞于直陈淋漓的血腥。

标题故事以印加文化为背景，还夹杂了点滴古埃及文明。一个男人和一个女人在一起组成了神。他们的角色和职责世代相传，源自兄妹结合的婚姻。神的职责之一就是跳舞占卜，通过这个方法让世界每年重生一次。而世界的管理则由神的信使即“天使”负责。然而，如果有一天，外来的强大力量突然闯入这个结构精妙的世界，会发生什么呢？支撑这个世界的信仰一旦崩塌，又会发生什么？你可自行想象，也可以读一读《征服秘鲁》。这个精致细腻的故事中蕴藏着惊人的勇气和无尽的希望——世界一次又一次在上一刻灰飞烟灭，却一次又一次在下一刻浴火重生。

最后一个故事《失落的天堂》，延续了对复活重生的注释。一代又一代人在遥远的太空飞船上出生、死亡。在这漫漫旅途中，出现了一种新的宗教信仰。信奉它的人认为自己已然栖身天堂。（当然如果真是这样，天堂恐怕与人们一贯害怕的东西一样无趣。）之后，飞船到达几千年前就计划好的目的地，而船上居民必须决定是继续留在天堂，还是离开飞船，踏上遍布陌生花草和微生物的泥球。对我来说，这个故事最快乐的部分就是从幽闭恐惧心理中解脱出来。然而，尽管我努力尝试，始终不能理解为什么会有人宁愿待在飞船中。

勒奎恩也在“泥球”这一边，引申开来，她也站在我们脚下的这个“泥球”一边。不论她可能做别的什么——不论她那充满好奇之心的聪明才智会将她带到哪里，也不管她会想到什么样错综复杂的动机、阴谋或生殖器，勒奎恩都不会丧失自己对这颗巨大星球的敬畏之心。如她自己所言，无论怎样伪装，所有她创作的故事都是为讲述人类自己的事情所打的比方，那些迷人的星球其实都是这个地球。《失落的天堂》为我们展示了自己的本质世界，一个刚发现不久的，失而复得的天堂，一个奇迹的王国。在这方面，勒奎恩不愧是一位不懈寻求和平王国的美国作家之典范。或许，如耶稣暗示，上帝的王国就在人心中，又或者如威廉·布莱克的注释：若得明心慧眼，花中可窥天堂。

这个故事、这部书以极简派的舞蹈结束。一位老妇人和一位跛行的老汉赞美、更是敬拜生养他们的不起眼的尘土：“颤颤巍巍地，老妇人从泥土中抬起她的光脚，重又落下，而他站着，一动不动，握着她的手。他们就这样，翩翩起舞。”

反对冰激凌：比尔·麦吉本的《知足：在机械化时代保持人性》

比尔·麦吉本的小说《知足：在机械化时代保持人性》，感情热烈，文字精练干净，令人恐惧，时而严谨论证，时而诙谐幽默，立意良善，叫人感动，可算作“科学”为人类规划的未来的一个重要总结。也正是这位比尔·麦吉本创作了《自然的终结》——讲述智人如何不懈地借助基因改良的植物重新排列生物圈，以符合其所认为的利益；《远途》——与马拉松有关。此外，他还为《纽约客》《纽约时报》《纽约书评》《大西洋月刊》等杂志撰写过许许多多的文章。

比尔·麦吉本应是一位聪明、善解人意、仁慈、积极乐观的人，因为文如其人。他喜欢在林间散步，看上去精神矍铄。他身着夹克的照片会让你觉得自己绝不敢挑选他作为桥牌桌上的对手，因为他似乎对你手中的牌一清二楚。换言之，他可以列入高智商怪人中身体健硕的一支，而不是随便就可以打发了的勒德分子，后者太死脑筋了，完全无法理解那些漂亮的、按需定制、即将售出的“身体和大脑”零件。

毫无疑问，肯定是有价交换。一直以来，这些“商品”的传统价格是人的灵魂，而现在，既然灵魂不能用大脑探针定位，谁还会对那些神话破烂残篇再给予哪怕一点点关注呢？哎呀，等等，这个特别交易是个“超级包”啊！你又如何拒绝？毕竟里面有那么多人类梦寐以求的东西！

浮士德就想要与此一模一样的东西。不止浮士德，许多人都对它梦寐以求：永恒的青春，神一样的英俊外貌，举世无双的智慧，查尔斯·阿特拉斯（Charles Atlas）的力量。我们这些看着漫画书的插图长大的人深知其中的魅力。当你坐在钢琴前，别人再也不敢嘲笑你了，因为你有X战警的指头，莫扎特的天资；也不敢把沙滩上的沙踢到你的脸上，因为你已经如赫拉克勒斯般健壮；再也不会有姑娘因为难看的黑头粉刺拒绝你的约会邀请了，因为你把它们都消灭得无影无踪了，与之一道抛弃的还有那些无足轻重的特征。至于只有成年人才觉得忧心忡忡的问题，比如死亡，你不必去买什么水泥棺材盒，因为你的爱人今夜平安无事，并将夜夜平安无事，直到永远。当然，你同样永无死亡之虞。

这样的益处可以写上好大一长串。(《知足》中有一对加利福尼亚艺术家夫妇，他们创立了一种精品店形式的概念艺术——“世界基因精灵”，并印刷了许多宣传手册，手册中有商品的说明以及铺天盖地的严肃调查问卷。）那些认为这些推定销售没有市场的人一定是大脑出现了幻觉。可是，马上，比尔·麦吉本像个街头传道士似的身上夹着“广告牌”从人行道走来，公然抨击整个产业，并预言它最终难逃覆灭。煞风景的人、扫兴者的嗤笑本来就司空见惯，更别提老顽固、谔谔之徒与整日绞着双手痛苦绝望的人的看法了。像查尔斯王子，就曾站出来反对纳米技术，理由是这技术将把他的世界变成“灰蛊”，而麦吉本则受到警告要少管闲事，因为这不关他的事。

“人类本是我分内之事。”马利的鬼魂哀叹，可是太迟了。比尔·麦吉本也说人类乃是他分内之事。马利与每个人心中都深藏着的、贪婪的“斯克鲁奇”交谈，向那个贪婪的小老头解释他为什么不可以要多一点，再多一点，再多一点，一句话，就是无止境地再多一点。[1]

不停要什么呢？这个问题且容我们暂放一刻，等等再论。还是先来讨论讨论“更多”这个词吧。我突然想起两个富有标志性的情景。第一个，当然是奥利弗·退斯特在弃儿所遭到贪赃枉法的官员克扣食物而忍饥挨饿的时候，他那回荡在弃儿所的不绝于耳的“再给一点吧”。这个“再给一点”是对“不足”的合理诉求，是真实需求，这世上也只有铁石心肠的、邪恶却自诩正直的班布尔先生会因它勃然大怒。第二个出现在电影《盖世枭雄》里由亨弗莱·鲍嘉饰演的英雄角色与由爱德华·罗宾逊饰演的邪恶的骗子间奇异的交易中。当这个骗子被问到他

1. 狄更斯《圣诞颂歌》中的情节。——编注

想要什么时，他不知道要什么好。可亨弗莱很清楚他要什么。“他要的就是再多一点。”他说道。这个骗子要的是：多一点，再多一点，多到用不过来，或者甚至多到连自己也弄不明白究竟有多少，他只要囤积和权力。作为对“更多”的替代，麦吉本在书中，选择不是“更少”而是“足够”。这个题目与一句老话遥遥呼应：“知足常乐”。

书名中的“知足”，若正确地理解，则如麦吉本的暗示，本是一件快乐的事。我们，现在的人类，已经享受了太多见容于天地的改良，倘若还想要求更多，便过分了。这些诱人的“更多”之果——已经到处都是了——结在越来越多的“知识树”上，挤作一团，层层叠叠，让人看不清科学风景的全貌。于是，麦吉本执斧在手，伐柯开道。哪棵树上的果子可以摘，哪些不必理会？在咬下决定命运的那一口之前，我们应该怎样反复考量？这些果子为什么不可大吃特吃？倘若真狼吞虎咽了它们，动机是什么？是否还是那个老生常谈的故事：我们期待自己能像上帝一样？如果是，那么各色版本我们已经读得够多的了，从未有一个愉快的结局。至今仍是如此。

* * *

像大杂烩一般有关人类改造的术语可以分作三类。第一类：基因改造，或曰基因拼接。有了它，五英尺高、头发秃光的父母也能生出六英尺高、满头金发的孩子，看着就像隔壁邻居家的孩子。当然，相伴而生的还有与以往不同的借口，比如：亲爱的，这是我们共同选择的，记得吗？第二类：纳米技术，或称单原子层机械装置。它可以自我复制，组装、拆装物体，有些还能被送入我们的身体开展修复工作，好似电影《神奇之旅》中载着令人难忘的拉奎尔·韦尔奇的微缩潜水艇。第三类：控制论，即将人与机器合为一体，颇类仿生人。然而，这一类好歹能让我们揭开盖子，看个透亮，不会有被憋在闷罐葫芦里的感觉。

然而，其实还有第四种理念。它盯住的是“深冻”，即首先将你全身或者你的“预交费”头颅深冻起来。直到有一天，通往永生的金砖之路铺就，便立即解冻，恢复年轻、健康的外貌。如果你选择的只是冷冻大脑，那也可以用自己或他人的身体的DNA小片段培育出一个全新的身体。只要你对深冻技术有哪怕只一丁点儿相信，都可能沦落到与那些兴高采烈地向身着大衣、表情应机而变的购买布鲁克林大桥的人同样的田地——是的，会有一个公司——管理一颗冷冻的脑袋要的不仅仅是四季不休的偿还能力——因为破产等于全部融化——还要有天人共鉴的“诚信无欺”。

然而，人类为之奋斗的每一片领域都吸引了与它的重要性相当的骗子和“行骗艺术家”，这似乎是再自然不过的事。有什么能阻止这些始作俑者吸光你的积蓄并转进他们自己的银行户头，而且，还要先让你受一遭“胶凝作用”，再推说停电，将已经化作一摊、让人看着恶心的身体倒进垃圾桶？或者，稍强一些——把你的身体循环利用喂了猫，俭则不匮嘛，何况股东们最希望利润来得扎扎实实。制成了木乃伊的埃及国王们的金字塔遭到皇亲贵戚的遗弃之后，被当成战利品洗劫得干干净净，空自兀立成“深冻”之流的绝佳注释。伦敦的海格特公墓——一座曾被分割成一块块价值不菲的区域的永恒花园，现如今，因为资金枯竭，不过是又一个杂草丛生的地方。

但是，麦吉本昂扬激烈的论证更加清楚有力：因为他不是小说家也不是诗人，故而不会自降了身份，把心灵变成污秽的破烂收容所。他假定，那些性情不太乖僻的、支持这发展的拥趸的身上尚存真诚与正直的品质。他的吁请也直指我们自身的理性和伦理。麦吉本相信即使是出于对人类的历史和自身物种的尊重，我们也应该行动起来。

麦吉本首先讨论了基因工程。大豆是基因工程成功的典范，此外，还有发光的绿兔子，转基因山羊和蜘蛛，估计转基因智人也为时不远了。基因拼接是对人类追求完美自身这一永恒的愿望的现代回应。而关于这一点，最有成就的小说当属玛丽·雪莱的《弗兰肯斯坦》：我们就是停不住这修修补补的活，不只因为它十分有趣，也因为我们自视甚高，以为自己无所不能，但风险却是可能制造出怪物。

基因拼接的基础是克隆——麦吉本如是解释——但基因拼接

和克隆二者并不是一回事。基因拼接乃是将遴选出的基因——当然不是来自父母的基因——嵌入卵子，再将这枚卵子以传统的方式植入体内（或者等到《美丽新世界》中的瓶装婴儿真的成为现实，我们甚至连子宫都能弃之不用）。然而，倘若我们真的按这种方法实现了基因加强——在出生之前就由父母代为加强，生命的快乐与神秘便不复存在，麦吉本说，因为我们不必再为了获取优势而努力奋斗。我们的成就也不再是“我们的”，而是早已编入我们的身体的程序的结果。我们将无法知道自己到底有没有“自己的情绪”，或者它们只是——如《银翼杀手》中被植入复制大脑中的错误记忆一样——现成的制品。我们不再是独一无二的，而是市场妄念的总成品，真的成了“肉身机器”（一个由科学家们早年给人类下的定义）。目前，我们的双亲能为我们选择的只是我们的名字，倘若他们能代替我们对一切事情做选择呢？（你觉得自己的母亲对沙发的品位简直差到了极点！）

更糟的是，我们还因此被裹挟进了一场左邻右舍间的攀比中。因为，每一代新生儿都必然带着最新的“魔法”降生：永远比上一代聪明、美丽、健康、长寿。（那些富人家的孩子，更不必说，他们家的羚羊角上的褶皱都是金的呢。）结果是，每一代新生儿都自成一格，孤独、郁郁寡欢、为时代所弃，还不满二十一岁，就像过气了的上一年的车型。尽管他们每个人身上都带着魔法睡莲叶，但与后辈新生代之间，还差一大截呢。此外，他们也被从历史中生生剜去，与家谱割断联系，因为谁也不知道他们的家谱是什么样子。他们和“祖先”几乎没有关系。这种茫然的、断了根的感觉简直到了极致。

麦吉本并没有继续探究这种情形的终极恶果。可是，我们不妨来想象一下：那些从长长的目录中为孩子选择了各种特征的父母亲（并且无法避免的是，有些选择将最终被证明是错误的）所要面对的孩子们青春期的哀诉和愠怒吧。“我没有想要生出来！”变成了另一种怨恨，比如：“我没有要你给我蓝眼睛！”“我没想当数学天才！”烧了那基因手册！可是如果孩子抱怨加强得不够，你也只能说你负担不起更好的。（对此，基因加强的支持者也许会回应说：既然你有能力为孩子选择脾性，那么你自然本该选择一个永远也不会在青春期发牢骚和生气的类型。别在意，他们说的不一定是有血有肉的孩子，而是“复制孩子”。）

重申一下，麦吉本并未继续深入挖掘，尚未直入嫉妒、欺骗、金钱交易、狂妄自大者的报复等等黑暗王国。另外，我们能拿什么阻止你的仇敌贿赂你的基因医生把你的孩子变成食人狂汉尼拔呢？

遗传性疾病又该当如何？也许你会问这个很理性的问题。为什么一定要让孩子受脑瘫、自闭症、精神分裂症、亨廷顿舞蹈病或是其他遗传性疾病的困扰？如果有补救的法子，就不该让他们受这样的折磨。而现在确实有法子啦。麦吉本指出，其实人类不需要采取无可挽回的终极行动，便可以将这些疾病的成因清除。（在《知足》出版后，本文写成前，加拿大的研究团队就击碎了孤独症的基因。孤独症患者得愈在望。）一旦染色体被分析出来，高风险的父母就能得知自己的缺陷，转向试管育婴这一途径。所采用的待植入受精卵将是缺陷很少的基因。这种“躯体基因疗法”不需外加任何其他人的基因。“外科整形手术、荷尔蒙、维生素片、体细胞基因疗法，足够了，”麦吉本说，“而基因拼接就过头了。”

接着，麦吉本一头扎进对纳米技术的考察中，它同样蓬勃发展。而对于纳米技术，最适用的故事当属“巫师学徒”——假设你已启动了这程序，可是，非但这个能自我复制的纳米机器人不知所终，而且这个负责修补的家伙还没法关闭，事情会变成什么样子？我们也许可以发明一种生产食物的“装配机”（assembler）——一端出泥垢，一端出土豆；或者造出一个可以摧毁与人类敌对的“生物体”（bioforms）的东西。但是如果这个纳米机器人杀得兴起，袭击所有的生物体怎么办？大概就会发生查尔斯王子说的“灰蛊”事件吧？这是个可怕的问题，也正是麦吉本讨论的问题之一。

控制论和人工智能也大有成功的机会。“人机合体”的想法一直占据着那些薪水优厚者的大脑。把微芯片植入大脑的幻景一直在他们的大脑内飞舞——既然，我们已经造出了起搏器，大脑芯片还会有多大问题呢？为什么我们不能为人工智能物件来一次施洗？既然它们被造得和我们如此相似，那么总该有些我们认为值得施洗的品质吧？把这品质称作灵魂如何？也许我们能拥有异常灵敏的嗅觉，X射线般的视力，蜘蛛侠一样的超感，所有这些统统拥有。人工性高潮比真实的要美妙得多！一切人造的都比真实世界的棒得多！为什么我们不能在后脑长出眼睛？为什么我们只能有一张嘴，还让它承担这么多功能——说话、吃东西、吹口哨？如果我们能拥有几个“口腔”，也许我们就能同时做这些事情！（请在这里签名。这是你应得的。因为你值得拥有。）

而大自然母亲，这个肮脏又诡诈的婊子带给我们的，让我们一直忍受着的毛病真是一言难尽，这也正是许多“美丽新世界”式的思想中隐藏得不太高明的潜台词。这些故事憎恨自然，痛恨自己身为自然母亲的一部分。麦吉本引用了马克斯·摩尔（姓是他本人选定的）在“有序（extropian）状态（extropy是摩尔自己生造的entropy的反义词）大会”上的一段惊心动魄的演说词。这段演说通篇充满了对大自然母亲的不敬，质言之，对一切都无所谓感激且弃如敝帚。自然制造了如此多的错误，首要的一个便是死亡。为什么一定要老去，并最终死去？为什么人是一种知道自己必将死亡的生物？

在世界上的许多宗教中——事实上推动这个“更多”的边界不断向外疯狂伸展的力量，其本质也是一种宗教——都有“二次出生”的概念，即一种可以避免从肉身（女性身体）出生的不体面的方式，避免不体面地获得我们的身体的方式。想想那种不体面，真是一团黏糊糊、血淋淋的细胞和死亡。为什么我们要“吃”？不管是拐弯抹角地暗示，还是直接说“排便”，都摆脱不了“污秽不堪”。也许我们可以收拾一下消化道，这样就只需滑出一颗“小球”——比如，每月排一次就好。我们也许还能再出生一次，不过这一次是从人工大脑，而不是从自然的身体中出来。把我们脑子里的东西下载到机器，在网络空间内漫游，就像威廉·吉布森的小说中描写的那样。当然，假如你读过他的小说，你肯定知道那是个令人不安的、噩梦般的地方。

麦吉本讨论的“魔法”都是围绕着一个“大事件”，这“大事件”不是别的什么，而正是指着自然的鼻子叫嚣哂笑的“永生”。可是，“永生”在神话和故事中并没有那么美妙。假如你得到了永恒的生命却忘了要永驻的青春，结果只能变成一个摇摇晃晃的、让人恐惧的存在（提托诺斯，库米的女先知，斯威夫特笔下的斯特勒尔布勒格[1]们），又或者你既获得了永生，也得到了青春活力，却失去了灵魂，必须以无辜者的鲜血为食（比如流浪者梅莫斯、吸血鬼等等）。故事讲得清清楚楚：只有神可以长生不老，人必须死。改变这一铁律，你的结局只会更加糟糕。

可是，即便这样也无法阻止我们对永生的向往和追求。麦

1.《格列佛游记》中虚构国度 Luggnagg 的居民，永不死亡。——编注

吉本也承认人类的这种冲动。“哪怕是对永生最不足道的微词，”他说，“也如同反对冰激凌一样——因为永恒的生命是人类的伟大梦想，自人有意识起，就不曾停止。”此话真是再恰当不过了。然而，与许多先辈不同，我们这一代人大约有能力实现它，不过也可能因此变得面目全非，成为一个全新的物种——生活在极乐世界的物种，依拥护者看来，就好比天使或超人。而这也必然意味着叙事文学的终结。既然生命无止境，还有什么理由讲故事呢？再也没有所谓的“开始”与“中间”，因为从此没有“结尾”。也不会有莎士比亚和但丁，甚至也不会有任何实在的艺术形式。因为艺术充满了“死亡”的内容，散发着尘世的恶臭，而我们的天使之身不再需要、不再理解当下的艺术。他们也许有别样的“艺术”形式，虽然无血无肉无生气。

可一旦我们身强体健，真的长生不老，成日里该忙些什么呢？我们不会对无休无止、单调重复、缺乏意趣的事情感到厌烦吗？我们不会感到无聊乏味吗？不。我们会围坐在一起，苦思冥想“宇宙发端于何处？”“为什么是有而不是无？”“意识的存在有什么意义吗？”这难道就是公认的引人入胜的科学的结果——冗长乏味的首届哲学研讨会？“虽无意冒犯，”麦吉本说，“但这难道是我们用人性交换所追求的目的吗？”

那或许尚能算作“不死头脑”中一个不错的版本。而中学时，我在“一月一书”俱乐部收到的一本平装书里，读过一个糟糕的版本。书名是《多诺万的脑袋》。这颗大脑被放在一个巨大的鱼缸中维系脑命，以“脑粮”为食。科学家之所以这么做是因为希望大脑能借此增长能力和力量，可以解决上述各种问题，比如“为什么是有而不是无?”，并且为人类带来福祉。但是，当多诺万的脑袋连上身体之后，他就成了一个股市操盘手，或者说和操盘手差不多的人物。此时，他倾尽那颗新造就的大脑中所有的能量，企图掌控世界，清除每一个挡住他的前路的人。一颗强大的脑袋并不必然地意味着是一颗好的脑袋。这一点我十二岁时就很清楚了，而《知足》中这一点体现得更加透彻明白。确实，有许多聪明的大脑正致力于那些能使我们永生的工作。而在某种程度上，他们的工作的确十分令人着迷——那种感觉好比把玩你平生仅见的最大玩具盒。然而，他们不是决定我们的未来的人。询问这些科学家是什么提升了人类的本质就像问蚂蚁你的后花园里应该有什么。很显然，他们会回答：“更多蚂蚁。”

与此同时，我们需要搞明白“我们”究竟指谁? 这个“我们”是被应许了好东西的人。“我们”即是“根里富”（GenRich）的一群人，基因更加丰富的人。“我们”当然不可能是早已存在于这个星球上的六十亿人口中的任何一位，更不在2050年的那一百亿人中——因为他们只是一群“根里穷”（GenPoor）。而“我们”，当“我们”出现在世人面前时，“我们”将是遴选出来的少数。由于“我们”加强的基因，而“我们”拥有的永生不死之身十分昂贵，又不能幸免于所有灾难——比方说，被坦克压扁——所以，“我们”必须采取措施自我保护。毋庸疑问，“我们”会设计出无法穿透的墙，就如同扎米亚京的同名小说《我们》中的情节一样；“我们”也可以与“他们”住在城堡中——同奴隶、农民、傻瓜、凡人混迹一处。“我们”还能像詹姆斯·杜威·沃森一样谈话，也许还能说出类似“哑巴是不会遇见太多的趣事”这样的句子。但事实上，“我们”的一举一动像极了旧时代的贵族，对自己享有神授权力深信不疑。而奴隶和农民则会因此而痛恨我们。莫要急着泼冷水！因为，一旦农民与奴隶真的结成统一战线，早晚他们会拿起草叉，举起火把，攻占街垒。所以，为了离农民远点，“我们”只好搬去外太空。现在好玩了吗？

那些自视“根里富”之人好比过去以及将来的无期徒刑犯，永远不会明白自己“挖坑人”的角色——他们的日常活动正被他人以一段神奇的二重唱——“进步与不可避免”之名推着向前进行。而这对双胞胎一样的二重唱组合只有在多数潜在股东一致觉得连空气中都充满了百万美金的气味时才会奏响。（相伴它们而出的——如麦吉本指出的那样——常常是“我的鸡巴更大”之类的修饰语，当然还包括勇气、冒险等等。这样一来，如果你还不抓紧行动，来个基因拼接，冷冻脑袋，那你差不多就是个胆小没用的东西。）“进步”的口号已经蒙骗了许多人。可以确定的是，这个曾经极富号召性的主张现在已经被推翻了。至于“不可避免”，则完全一副强奸犯的论调——既然事情无论如何都躲不过去，为什么不躺下来，好好享受一番？反抗根本就是徒劳的。（当然，这只是旧时期的建议。而现在则建议大声喊叫，拼命呕吐，以此来扭转结局。时代变了而已。）

麦吉本的作品将这对神奇双胞胎全部囊括其中，并且还对“不可避免”加以发展。“我们还是有选择的。”他说。因为一个东西被发明出来并不意味着你非用它不可。他还给出了许多例证，比如，原子弹，拒绝用枪的日本武士，放弃先进海上军力不加以利用的中国，仔细考量并根据社会及精神标准接受或拒绝新技术的严紧派门诺信徒（Amish）。“我们，”他认为，“一样可以根据社会及精神标准选择接受或拒绝。”我们能做到，也应该这么做。我们要有主见，一定要作为一个真正的人来做决定。无论人性存在什么缺陷，我们必须以满足人性为出发点。如我曾述，麦吉本是一个乐观主义者。我很赞同他对我们应做什么的观点，但是，对于他认为我们会这么做的乐观看法却不敢苟同。

事实是——当然这不是麦吉本详细论证的观点——有关人的可完善性的论证存在逻辑谬误。即：“人显而易见是不完美的。”乃出自那些企图使人完美的人之口。但是，企图使人完美之人的本质也不完美。而不完美的人不可能做出完美的决定。而关于人的完美的决定必须是完美的，否则，结果只能是不完美，而非完美。就像我们看到的那些众口难调的例子。

或许，我们对完美的苦苦追求应当采取一个不同以往的、更威廉·布莱克的方式。一粒沙中见世界，一刹那便是永恒。幸福不是终点而是一条道路。对幸福的追求本身即是幸福。也许我们可以从丁尼生那里找到一丝线索，不再混淆智慧与知识，认识到智慧无法被克隆或生产出来。也许能承认这一点就是智慧。对我们来说“知足”已经足够了，又或者，我们应该让“足够”保持不受干扰的状态。

乔治·奥威尔：我与他的一点缘分

我是读着乔治·奥威尔的著作长大的。1939年我出生，1945年《动物农场》出版。因此，我九岁那年就读到这本书了。当时它就被闲置在屋中，而我误认为它是一本专讲动物的故事书，与《柳林风声》属同类作品。那时的我对书中深藏着的政治学内容一无所知——一个小孩子眼中的政治，尤其又身处战后，仅限于一点简单的概念：希特勒是个坏人，已经死了。我近乎贪婪地读着这本书：拿破仑与斯诺伯，这两头狡猾、贪婪的猪，一心往上爬，日日忙于投机活动；政治顾问斯奎拉巧言善辩；马儿伯克斯高尚却一根筋；绵羊们对领导俯首帖耳，成天高喊着标语口号，但是却不曾将它们与历史事件联系到一起。

若说我仅仅只是被这本书吓坏了，太轻描淡写了。《动物农场》里的动物命运实在太悲惨，猪是那么卑鄙、虚伪、奸诈；羊是那么愚昧。而孩子们对不公平有一种天生的、强烈的愤恨。猪对其他动物的不公直噬我心。尤其当我看到伯克斯意外遭灾后，却被厢车拉走制成狗粮，而不是被安葬在应许的牧场安静的一角的时候，我的眼泪止不住流下来。

尽管，这本书读得我心惊肉跳。而我，也因此永远感激奥威尔教会我小小年纪就警惕各种危险标识，并自此一生中都小心提防。在《动物农场》的世界里，大多数高谈阔论和公开场合的夸夸其谈都是扯淡，全是暗藏祸心的谎言。尽管其中大多数动物心肠都不坏，本意也是好的，但是他们被吓得太狠了，决意对正在发生的事情视而不见。群猪首先以意识形态为控制工具，竭尽恫吓之能事，再将它们肆意歪曲以满足自己的需求。猪们的这套文字把戏之用心所在即便以我当时的年龄看也是昭然若揭。如奥威尔教会我的：无论标签——基督教、社会主义、伊斯兰教、民主主义、“两条腿的是坏的，四条腿的是好的”等等，它们并不具有解释力，而以它们的名义所行之事才具有解释力。

我亦明白，推翻了强权压迫的人最终也会华服加身，强推自己那一套。让·雅克·卢梭曾经警告过我们，民主只是政府维系自身统治的最坚硬的形式。奥威尔对民主的了解穿透骨髓，因为他曾亲眼看见以民主为名所行之事。“所有动物一律平等”的格言眨眼间就变成“所有的动物都是平等的，除了有些比其他的更平等些”。猪对其他的动物福祉的关心是何等圆滑可恶，掩盖了他们对被自己操纵的异类的蔑视。尽管从前对暴虐的、被自己亲手推翻的主人的制服百般怨恨，可没过多久，当他们套上这些旧主的制服时，心情却无比舒畅，他们更学会了使用下了台的主人的鞭子。他们为自己的行为正名时是那么的理直气壮，更有巧舌如簧的新闻发言人斯奎拉鼎力相助，为他们用文字罗织起一张捕猎的大网，把一切权力握于“猪蹄”之内。此时，格言已没有必要存在，取而代之的是赤裸裸的暴力统治。革命通常只意味着一件事：轮回。命运之轮的转动，让曾经身卑位贱者登上高位，夺取生杀大权，把过去手握重权的人踩在脚下。因此，我们必须小心那些把自己巨大的肖像贴满各处的人，就像恶猪“拿破仑”。

在二十世纪众多写“皇帝没穿衣服”的著作中，《动物农场》是最令人叹为观止的一部。可是，它也带给乔治·奥威尔不少麻烦。凡和流行的大众智慧唱反调的人、将令人种种不适挑明的人极有可能遭到数不清的“羊儿”起劲地“咩咩”抗议。当然，我并不是在九岁那年就把这些道理都想明白的，至少不是以任何有意识的方式。但是我们总要先了解故事模式，然后才能理解其深意，《动物农场》就有非常鲜明的形式特征。

《动物农场》之后，奥威尔又写成《一九八四》，书于 1949 年问世。两年后，高中生的我便读到了它的平装本。我一遍又一遍地读，它和《呼啸山庄》当时已经成为我的最爱。另外，此间我又读了两本相同的主题的书：亚瑟·库斯勒的《正午的黑暗》，阿道司·赫胥黎的《美丽新世界》，它们都让我爱不释手。依我理解，《正午的黑暗》描写的是已经发生过的悲剧，而《美丽新世界》是个讽刺喜剧，因为世事绝不可能一丝不差地按书中的方式发展（狂欢之礼，Orgy-Porgy，肯定不可能）。《一九八四》以更加现实的方式让我深感震动。许是因温斯顿·史密斯与我的情形更接近：清瘦、压抑、不得不在天寒地冻中上体育课（这是我们学校的特点），只能在心里默默地与硬塞给自己的思想和生活方式抗争。（这也许是《一九八四》最适合在青少年时期阅读的原因之一，因为太多的青少年都有上述感觉。）对于温斯顿·史密斯想把自己无法公开发表的思想写进那本芳香的、密藏的、诱人的空白本子的渴望，我很是感同身受：尽管那时我尚未开始创作，我也十分明白这种冲动有怎样的吸引力。同时，我也明白其中的危险，因为正是他在本子上的涂涂写写、非法的两性关系，以及五十年代年轻人面临的各种诱惑，让温斯顿陷入一团糟的境地。

《动物农场》则绘制了一场理想化的解放运动朝着暴君统治下的极权独裁发展的蓝图。而《一九八四》所描写的正是极权体制下的生活。这本书的主角，温斯顿·史密斯，关于这个可怕的政权建立之前的生活的记忆是支离破碎的：他只记得自己是个孤儿，自己是集体的孩子。父亲死于一场被镇压了的起义，母亲失踪了，只留给他一个责备的眼神。而这责备只不过因为温斯顿不听话，吃了一块巧克力——这个“小小的不听话”成为温斯顿性格成形路上的关键一笔，也为书中温斯顿日后的“背叛”行为埋下一道伏笔。

“一号空降场”政府，温斯顿的“祖国”，十分严酷无情。监视无休无止，人们噤若寒蝉，预示着灾祸的“老大哥”形象好似幽灵一样四处飘荡。政权永远需要敌人和战争——即便所有的敌人和战争都是杜撰的产物——却可用来恐吓民众。用充满恨意的扰乱心志的口号将民众牢牢捆缚在一起，蓄意扭曲言语的意思，毁灭一切真实的历史而用所谓的记录填充历史记录的空洞。这些描写给我留下刻骨铭心的印象。让我重申一遍：它们把我吓坏了。尽管奥威尔的《一九八四》意在讽刺影射斯大林治下的苏联——一个十四岁的孩子知之甚少的地方，但是他的刻画入木三分，我能猜到这样的事情肯定正在地球的某个地方发生。

《动物农场》中没有爱情故事，而在《一九八四》中却有这么一个情节。温斯顿找到了自己的灵魂伴侣——朱莉娅，一位表面忠诚的政党狂热追随者，骨子里喜欢的是性、打扮以及其他堕落的东西。但是这对情侣最终还是被发现了。温斯顿因为思想罪——内心对政权的不忠——遭受酷刑。他认为只要对朱莉娅的忠诚保持不变，自己的灵魂就能被救赎。尽管，我们都乐意赞同，但这只是浪漫的空想。像这世上所有专制主义政府和宗教一样，这个组织要求所有个人化的忠诚都被每个人对“老大哥”的绝对忠诚所取代。当温斯顿被关在可怕的101房间，面对一个可以架在鼻梁上的、险恶的、关着饿极了的老鼠的笼子时，他崩溃了——“不要对我用刑，”他哀求道，“让老鼠咬朱莉娅。”（这句说辞成了我们家的简略用语，用以推卸责任。可怜的朱莉娅——如果真的活在这个世界上，我们将使她的人生变得多么艰难。比如：她可能不得不一次又一次面对小组批斗。）

在背叛朱莉娅之后，温斯顿·史密斯瘫软了，成了顺从的、软绵绵的一堆。他真的相信二加二等于五，相信自己真心爱

“老大哥”。当我们向温斯顿投去最后一瞥时，他正坐在屋外的咖啡馆里，已变成一具行尸走肉，也已经知道朱莉娅同样背叛了自己。他一面呆坐着，一面听着那首反复播放的流行歌：“在根深叶茂的栗子树下，我出卖了你，你出卖了我。”

人们指责奥威尔怨恨满怀、太过消极，指责他留给我们的关于将来的景象之中，任谁都没有希望。掌控一切的残暴组织将极权主义的靴子踩在人类脸上。然而，对奥威尔的这一论断与《一九八四》的最后一章中关于“新语”的文章相矛盾。所谓“新语”乃是统治阶级调制出一种双重思想的语言。通过删除所有可能引发麻烦的词，比如：停用“坏”这个词，而换成“正正得负”，再或者通过将词反其道而用之的方式，例如：把人们受刑的地方命名为“爱之部”；把摧毁历史的建筑称为“信息部”，“一号空降场”的统治者希望“新语”的表达能够不那么露骨，让人们不能从字面立即想出它们的内涵。然而，这篇关于“新语”的文章用的是标准英语，第三人称，过去式。这只意味着一件事——这个政权已经倒台了，剩下来的只有“新语”和“个体性”。无论这篇报告“新语”的文章出自谁之手，《一九八四》所代表的世界已经终结了。因此，在我看来，奥威尔对人类精神之复原能力的信心实际上远远超过人们所认为的。

在我的后半生中，奥威尔成为我直接学习效法的前辈——在真实的1984年，我开始创作一个与前人稍有不同的“反乌托邦”作品，《使女的故事》。当时，我已四十四岁。通过读史、旅行及在某些组织工作的经历，我对这一问题已有足够的了解，而不是仅仅依靠奥威尔的著作获取相关知识。

大多数反乌托邦的书——包括奥威尔的在内——都出自男性作家之笔，故而，观点多是从男性视角表达的。书中的女性，不是无性别的机器人，就是公然反抗社会制度中男女不平等原则的叛逆者。她们扮演的角色都是引诱男主人公的妖妇。但是这种情节无论多么受欢迎也只是对男性而言。于是有了朱莉娅，穿着连短裤背带式女内衣，《美丽新世界》中的勾引野蛮人的“狂欢之礼”，以及扎米亚京1924年那部影响深远的经典小说《我们》当中具有颠覆性破坏力的荡妇。而我，想尝试着从女性角度写反乌托邦——好比朱莉娅眼中的世界。然而，这些并不能让《使女的故事》必然成为“女性反乌托邦”小说，因为除了让女人表达自己的观点，有自己的思想的世界之外，在那些认为女人不该拥有这些的人眼中，这本书所表达的不过是“男女平等主义”。

其他方面，我所描写的专制主义与所有真实存在的，或大多数想象中的专制一般无二。总有由极少数掌天下权柄之人组成的集团，控制着或试图控制其他每一个人，占尽世间好处。比如，《动物农场》中的猪能喝牛奶、啃苹果，《使女的故事》中的精英可以得到能延续子嗣的女人。在我的书中，反抗暴政的力量乃是广大普通人民的正义感——尽管奥威尔相信反抗暴政离不开建立政治组织，但他也十分看重这一点，并在评价查尔斯·狄更斯的文章中表达了同样的观点。也许下面这句诗可以让我们读到《圣经》中关于这种品质的描述：“而今，请将加诸在最卑微者身上的一切，加诸我们吧！”位高权重之人，包括列宁在内，俱相信“舍不得鸡蛋，吃不了煎蛋卷”——结果决定方式。因此，在紧要关头，奥威尔本该选择“方式决定结果”，可最后却相反。奥威尔的文字就好似同约翰·多恩的观点一致，他写道“无论谁死了，都是我的一部分消亡”。而我倒希望，无论谁死了，都是所有人的一部分消亡了。

《使女的故事》结尾中一段基本模仿了《一九八四》的写作方式。这段描写的是几百年后的一次研讨会。今天我们的小说中描写高压政权政府也仅仅是学术讨论的主题之一。它与奥威尔的“新语”的文章同时出现在讨论文中就是最好的证明。

在另一个重要的方面，奥威尔也激励着好几代作家——他坚持使用精确、纯净的语言。“散文就像窗玻璃，”他说，“窗玻璃是为了素歌而存在的，而不是为了装饰。”委婉语和歪用的术语不能将真相遮蔽。用“可以接受的百万死人”，不用“不断腐烂的百万具尸体”，但死的不是我们；用“不够整洁”代替“大面积缺损”（这个可是“新语”的开篇词）。正是那些讲得天花乱坠又言之无物的废话使得好马伯克斯大脑混乱，让羊群整日着魔般哼哼。奥威尔明白，面对意识形态的自旋，众口一致的否认，权威的否定的时候，坚持事情的本来面目需要诚实和极大的勇气。与周围龃龉不合从来都不是一件易事。然而当我们望向四周，在鼎沸人声中再也听不到一点不同的声音，这才是最危险的时刻——因为在这种时刻，我们所有人将行为一致，准备“每天恨上三分钟”。

二十世纪大概可以被看作是两个人造“地狱”间的较量——一个是《一九八四》描写的军靴政府的极权主义，另一个是《美丽新世界》中享乐主义的人造天堂，在这天堂里一切都是消费品，连人的快乐都是设计好的。1989年，柏林墙倒塌，看起来《美丽新世界》最后胜出了。自此，政府控制降到最低，我们只要买买东西，开怀大笑，高兴就打滚，抑郁就吃药。

然而，经历了2001年臭名昭著的“9·11”，即世贸大楼和五角大楼被袭事件之后，一切都变了。我们好像又立即看到彼此矛盾的两个反乌托邦——开放的市场和闭锁的思想——因为政府监控带着复仇之意卷土重来了。其实令受刑者闻风丧胆的101房间已与我们相伴了一千多年。罗马帝国的土牢，宗教法庭，星室法庭，巴士底狱，皮诺切特将军的一系列行动，阿根廷军政府，所有这一切都遮遮掩掩，倚重权力的滥用。世界上所有的国家都有自己的特色版101房间——独一无二的让讨厌的异议销声匿迹的方法。尽管，一直以来，民主政治把自己定义为不同其他的、开放的、法治的，然而当下的情形似乎是，西方社会正非常高明地将人类历史中黑暗时期的种种手段合法化，同时辅以技术上的升级，并将其神圣化，最后化为己用。若为自由故，先将自由抛。为了将我们领向更美好的世界——一个曾许诺给我们的乌托邦——必须先由反乌托邦掌权。这还真是一个需要双重思想才能理解的概念。

对此，乔治·奥威尔又会如何评论呢？我常自问。

应该会有许多吧。

十个角度看H. G. 威尔斯的《莫洛博士岛》

H. G. 威尔斯的《莫洛博士岛》让人过目难忘。豪尔赫·路易斯·博尔赫斯曾评价它是“骇人的奇迹”，对它大加赞赏。谈到威尔斯的早期作品（《莫洛博士岛》正是其中之一），博尔赫斯说：“我认为他所有的早期作品可以整合成一册，同忒修斯或亚哈随鲁寓言一样，成为这种文类的综合记忆。它们甚至能够盖过创作者的名望，超越当初创作这些作品所使用、现在已灭迹的语言而存在。”[1]

如果把电影当作一种语言，博尔赫斯的论断便得到了充分的印证。迄今为止，《莫洛博士岛》已经三次被搬上电影银幕（虽然有两次拍得实在是糟糕），但可以肯定，观影者中几乎没有人记得威尔斯才是原著的作者。这个故事表现出自己独立的生命力，像玛丽·雪莱的小说《弗兰肯斯坦》一样，获得了原著没有的品质与意义。电影中的莫洛博士角色更近似于疯子科学家，或者奇怪的基因工程师，或者誓要接管全世界的万事俱

1. 博尔赫斯，《探讨别集》，第87页。

备的独裁者。然而，威尔斯笔下的莫洛既不疯也不傻，没有任何想要掌握什么的野心，仅仅只是一个活体解剖者。

博尔赫斯采用“寓言”一词其实暗藏深意。因为，除去表面上逼真的细节，《莫洛博士岛》不能算是一部小说。我们常用“小说”指称那些反映可观察到的社会生活的叙事文本。而“寓言”一词指的是潜藏在这个奇怪的作品的表现之下的某种民俗实质，好似奥伯利·比亚兹莱的画中隐藏于叶片和花瓣下方的动物的脸。这个术语同时也意味着一个谎言——即某些令人难以置信的、人为发明的、与可实证存在相对立的东西——运用这一手法，人类极有可能史无前例地完成将动物切切割割、拼拼缝缝，折腾成人的壮举。从最普通的意义上讲，寓言也是故事，比如，《伊索寓言》，意在传达有益的教义。但是《莫洛博士岛》中有益的教义是什么呢？威尔斯没有讲明白。

“凡累世不朽的作品必蕴含无限的、可塑的歧义。不论男女皆可细细品味，或敏或愚皆能有所收获，”博尔赫斯说，“这歧义应当是意随境转，微妙恰适的，即使作者本人也似乎对它的象征意义一无所知。”威尔斯在他的早期奇思妙想的作品中表现出来的这种清醒的无意识品质，恰是他的惊世之作中我最钦佩之处。博尔赫斯措辞小心谨慎，不说威尔斯未采用任何象征意义：只有这样才能显得他是真正地无意为之。

接下来，我希望能以同样质朴恰当的方式探寻在这些表象下的深意，仔细考察无限的、变化的、可能的意义，稍微谈谈威尔斯有意无意采用的象征手法，并尝试发掘它可能传递的有益教义——如果确实存在的话。

1. 艾洛伊人（Elois）和莫洛克人（Morlocks）

《莫洛博士岛》出版于1896年，那一年H.G.威尔斯年方三十。一年前他的《时间机器》刚刚出版，后两年，又出版了《星球大战》。凭借《星球大战》，威尔斯以三十二岁的年纪成为文坛巨擘。

在那些闲来舞弄文墨的翩翩公子眼中——比如：那些托庇祖荫、家境优厚，无须靠要笔杆子生活的人——威尔斯只是一个自命不凡的站柜台的小子，因比较聪明，敢写些东西。但是，威尔斯是通过艰苦努力而获得自己的成绩的。当时，英国还是等级森严的国家，而威尔斯既不属于工人阶级也不享有统治阶级的特权保护。他的父亲是个失败的商人。在跟着布商做了两年的学徒之后，威尔斯通过在学校当助教获得的酬金和奖学金得以在科学师范学院学习。在那里，他师从著名的达尔文主义辩护者，托马斯·亨利·赫胥黎（Thomas Henry Huxley）。最后，威尔斯获得一等学位并顺利毕业。但在教学过程中，威尔斯被一位学生弄伤了，而且伤得很重，不得不终止教学生涯。此后，威尔斯开始转向写作。

《时间机器》(此书成书略早于《莫洛博士岛》)中的时光旅

者发现，在未来，人类分化成两个截然不同的族群：艾洛伊人，美丽轻盈得像蝴蝶一样，却百无一用；莫洛克人，丑陋、冷漠、生活在地下，生产制造一切，但一到晚上便出来吞噬艾洛伊人。事实上，艾洛伊人所需的一切也是由他们供应。换句话，高高在上的阶级，成了一群高高在上的，只会喳喳乱叫、完全没有自我保护能力的人，相反，工人则成了邪恶的食人族。

威尔斯，当然既不是艾洛伊人也不是莫洛克人，但他一定觉得自己代表第三族类：理性的、完全依凭自己的能力沿着社会阶梯向上攀登的人。既没有上层阶级的愚蠢和不切实际，也没有下层阶级的残忍与幼稚。

但是普伦蒂克，莫洛博士岛的叙述者，是个怎样的人呢？他本一直悠闲自在、无所事事地周游世界——我们猜测这是他所钟爱的一种消遣的方式——直到后来遭遇了沉船。船的名字叫“韦恩女士”（Lady Vain），一看就是对傲慢贵族的评价。普伦蒂克本人也是个“无官无职的绅士”，不需要工作挣钱，虽然同威尔斯一样，拜在赫胥黎门下，但他读书并非出于不得已，而是为了在百无聊赖之中寻找乐子——作为从无牵无挂、舒适自在的沉闷生活中解脱的一种方式。虽不至于像一个十足的艾洛伊人那般百无一用，但真的十分接近了。歇斯底里、四体不勤、无所事事、爱标榜虚饰无用的绅士姿态，对基本常识全然无知——完全不懂怎么扎木筏。因为他这一生从未做过“任何木匠之类的活”。因此，当他试图把木筏修好，却放得离海太远了，结果生生把它拖散架了。尽管普伦蒂克还不算彻彻底底地浪费别人时间的家伙，否则，他讲的故事也没法吸引我们的注意力，但是和《星球大战》中那位尖下巴的助理牧师实属一类，除了会喋喋不休地念叨“生活中被宠坏的孩子”以外，百无一用。

而他的姓普伦蒂克（Prendick）也暗示着“笨蛋”与“纨绔子弟”，而这正是他给人的最鲜明的印象。对那些精通法律的人而言，Prendick 也有可能暗示着 prender（打开），一个意味着你有权不问自取的术语。但是它暗示更多的是 prentice（学徒），一个离威尔斯的半清醒意识最接近的词，因为他本人求学之前真做过学徒。而现在，轮到高高在上的人做学徒了。他们中总该有一个从高坛上走下来，接受一点教训了。但是，什么教训呢？

2. 时间之符

《莫洛博士岛》出版的时间，不但正值威尔斯创作各种异想天开的故事的多产鼎盛的阶段，也处于英国传奇故事文学史上百花齐放的时期。随着 1882 年，罗伯特·路易斯·史蒂文森的《金银岛》问世，冒险传奇局面渐开。1887 年，H. 赖德·哈格德一部更出色的小说《她》出版问世。这股冒险传奇之风将持续的冒险——海难，徒步过沼泽及险象环生的灌木丛，遭遇残忍的野人，在陡峭的峡谷和昏暗的洞穴中寻找刺激——同大段大段的从哥特式的传统中继承下来的古怪离奇的传说结合起来，一起被贴上“非超自然”的标签。“她”的超凡能量再不是吸血鬼或神灵所赐，而是攫取自一根旋转的火柱，同闪电一样的平常事。“她”从自然中获取能量。

正是从这“混搭”（blend）——怪诞与自然的结合之中，威尔斯找到了灵感。冒险故事曾一直以与怪物的战斗为显著特点——比如：龙、蛇发女妖，九头蛇等等。如今，尽管冒险故事依旧保有奇异的特性，但是怪物则演变成维多利亚时代晚期常见的，聪明的、全新的、亮晶晶的，作为对人类的救赎而生产出来的“工具”，这个工具便是“科学”。

另一种“混搭”对读者来说也颇具不可抗拒的吸引力。它出现的时间更早，始创自乔纳森·斯威夫特之手，有一种与众不同的魅力：不可思议中又不失朴素与直率。神秘故事大师埃德加·爱伦·坡，最擅将形容词贝连珠串营造气氛，而威尔斯恰相反，文字洗练精当，前承史蒂文森，后接海明威，用几近新闻纪实的手法写作，常常表现出极端现实主义者的品质。在《星球大战》中威尔斯更将这种“混搭”发挥得淋漓尽致——我们常常感觉到自己在读新闻系列报道或是现场实录——其实，威尔斯已在《莫洛博士岛》中锤炼这一写作风格了。以事实描述及亲证细节的方式写出来的故事，让人感到无论如何也不可能是小说作者的发明或者是魔幻小说。

3. 科学

威尔斯是我们公认的“科幻小说”文体中最重要的开山鼻祖之一。如罗伯特·西尔弗伯格（Robert Silverberg）所说，“《时间机器》之后，时光旅者的故事无不偷师威尔斯——在这个主题，以及其他大部分科幻小说的宏大主题方面，威尔斯都是第一人。”

而实际上“科幻小说”这个术语并不在威尔斯的知识范围之内。直到1930年才有“科幻小说”的概念，而且还远在美国。那时正是突眼怪和穿着黄铜胸衣的女子大行其道的黄金时代。威尔斯将自己这种有着显著的科学倾向的小说称作“科学传奇”（scientific romance）——这一术语也不是威尔斯想出来的，而是另外一位名不见经传的作家查尔斯·霍德·亨顿（Charles Howard Hinton）首创的。

关于“科学”一词，一直有多种诠释。如果它意味着已知与可能性，那么威尔斯的“科学传奇”和“科学”根本搭不上边。他也几乎不关注二者的界限。这些故事中的“科学”部分深嵌在威尔斯师从赫胥黎后研究达尔文主义所形成的世界观里，与伴随他一生事业的让他痴心着迷的伟大研究——人的本质——息息相关。这一点，也能解释他总在极端乌托邦（如果人真的是进化的结果而不是神的创造，那么他可以继续进化吗？）与彻底的消极之间（如果人源自于兽，与兽同宗，而不是与天使为亲，那么人有可能倒退为兽吗？）摇摆。从这一点来说，《莫洛博士岛》正是威尔斯的账簿上的借记方。

达尔文的《物种起源》与《人类的起源》对维多利亚时代的体系的影响不啻是一种深远的冲击。传说中，在七天之内创造了世界、将人从泥土中捏出来的上帝离去了，取而代之的是上亿年的进化改变，一个把灵长类动物也涵容在内的人类发展谱系。一同远去的还有维多利亚时代如日中天的华兹华斯作品中的自然母亲的力量，取而代之的是丁尼生的“自然，血齿红爪 / 遍布深沟险壑”。1880 年代至 1890 年代标志性的毁灭一切的妖妇形象，多半是受了达尔文的影响。受影响的还有《莫洛博士岛》中的形象和宇宙进化论。

4. 传奇

关于“科学传奇”中“科学”的讨论就此打住吧。接下来看看“传奇”一词，如何？

无论是“科学传奇”还是“科学小说”，“科学”元素只是一个从属性的形容词，核心是名词“小说”。在威尔斯看来，“传奇”比“小说”更有用。

今天，“romance”一词，基本上只是用来指称情人节才会发生的事情。作为一个文学术语，它涵盖的范围已缩小到如哈乐昆传奇式的文学作品。而在十九世纪，它本是作为与小说

（novel）构成对比的文学形式：小说关注的是已知的社会生活，而“传奇”的故事涉及远古或天涯海角，情节发展空间也广阔得多，激动人心的大事一件接一件，令人应接不暇。正因如此，高高在上的文人学士，那些一心一意为了教化愚劣而写作，而不是为了快乐而写作的人，总把传奇贬低为逃避现实的、难登大雅之堂的文字，认为它表现出的判断力至少应该退回到两千年前。

在《世俗圣经》中，诺思罗普·弗莱对“传奇”这种文学形式的结构与要素做了详尽透彻的分析。典型言之，“传奇”常以日常意识的突变开篇。传统上，海难可作为一种开篇标志。海盗绑架很常见，异域地带也是一大特征，尤其是异国的荒岛和奇禽怪兽。

至于“传奇”中的凶险情节中，故事的主人公不是身陷囹圄就是遭人暗算，再不然就是在迷宫或曲径中迷失方向，或在像迷宫一样的森林中迷了路。正常的不同物种之间的界限溶解消失了：植物变成了动物，动物成为准人类，人却堕落成动物。如果主角是女性，一定会试图夺取她的贞操，而她却不可思议地保住了自己的名节。无论希望如何渺茫，男女主角最终获救并回归正常的生活，与爱人团聚。比如《泰尔亲王配瑞克里斯》（*Pericles*, *Prince of Tyre*）就是一部“传奇”，除了会讲话的狗之外，“传奇”的特征，应有尽有。

《莫洛博士岛》也是一部“传奇”，只不过是一部黑暗的

“传奇”。想想沉船。想想主角意识的突变——事实上，还不止一次。想想海盗——由邪恶的船长和“吐根号”船员替代。想想“吐根”这个名字，含有催吐剂和泻药的意思：意识的突变一直在进行，并日渐积淀出险恶的物质形态——药物。再想想人兽间不稳定的界限，以及这个小岛。

5. 魔岛

威尔斯给这个岛起了一个名字：诺贝尔之岛（Noble’s Island）。这名字真是对种属分类系统又一次肆无忌惮地沉重的打击。若是我们念得快一点，再含糊一点，就成了“没有被祝福的岛”（no blessed island）。

这个岛有许多文学先祖，亦有许多后继者。后继者中，最突出的当属威廉·戈尔丁的《蝇王》中描写的岛屿。《蝇王》一书自《莫洛博士岛》中颇多借鉴，同时又仿效了探险故事《珊瑚岛》《海角乐园》，当然更仿效了《鲁滨孙漂流记》——伟大的、独创新颖的“沉船上岛故事”中的经典著作。因此，《莫洛博士岛》也只是绵延相继的荒岛余生系列中的一本而已。

然而，上面提及的诸岛，都在现实可能性的范围之内。相较之下，《莫洛博士岛》更是一部奇幻作品。它的近宗需在其他的作品中方能寻得。《暴风雨》立即在我脑海中浮现出来：其中有一座美丽的岛屿，最初为一女巫拥有，结果被能向恶毒的、丑陋得像野兽一样的卡列班发号施令的魔法师夺去了。这些卡列班只有在苦痛加身时才对魔法师唯命是从。因此，在我看来，莫洛博士可以被当作邪恶版的普洛斯彼罗，身边围绕着逾百个自己造出来的卡列班。

但是，威尔斯却把我们引向了另一类魔岛。当普伦蒂克误以为他看到的兽人原本是“人”的时候，他说：“莫洛想让我承受比死亡更可怕的厄运，他必先折磨我，然后将那可怕的、可以想见的堕落加诸我身上——把我变成失掉了灵魂的牲畜，送去与剩下的那些科摩斯（Comus）帮众为伍。”

科摩斯，弥尔顿的同名假面剧中的主角，是一位法力高强的巫师，他统治着一片迷宫一般的森林，是女妖喀耳刻的儿子。在希腊神话中，女妖喀耳刻是太阳神的女儿，住在埃阿亚（Aeaea）岛上。奥德修斯在外飘荡期间就登上过该岛，而手下的船员统统都被喀耳刻变成了猪。除了猪之外，她手下的动物也是林林总总，应有尽有，比如狼、狮子，但他们原本也都是人。故此，喀耳刻的岛亦是一座变形岛：把人变成动物的变形岛。尽管最后也都变回人形，不过那是在奥德修斯夺取了这个岛的控制权之后的事了。

至于科摩斯，他的手下也有一帮原本是人的动物。只因这些人饮了用科摩斯施过魔法的杯子盛的酒，变成半人半兽的怪物：虽然人身尚存，但是头已变成兽头了。变化之后，他们日日沉湎于各种感官的狂欢。克里斯蒂娜·罗塞蒂的《妖怪集市》（*Goblin Market*）中描写的动物样貌的小精灵们用各种甘甜怡人的食物作诱饵引诱少女的情节定是科摩斯的衍生版本。

因为几乎可算作被施了魔咒的岛，莫洛博士岛散发出让人极不舒服的、半死不活的阴柔之气。火山终年释放出硫磺的臭气，野花遍地，沟壑纵横，蕨草丛生，兽人就窝在岛上某个地方。因为没有用餐的仪规，岛上食物渐渐腐败，臭气熏天。当这些兽人开始失去人性，回复天生兽性之时，整座岛立即成了道德崩塌的地方，充满色情意味。

是什么让我们相信普伦蒂克不可能交到女朋友呢？

6. 罪恶的“三位一体”

莫洛博士不可能交到女朋友。岛上没有莫洛夫人。更重要的是，岛上根本就没有女人。

相似地，《旧约》中上帝就没有妻子。威尔斯以把《莫洛博士岛》称作对上帝的侮慢起始。很显然，他想让莫洛——这个须发皆白、身强体壮、孤居一隅的绅士——扮演传统油画中的上帝的角色。他甚至还将莫洛置身于一个半《圣经》的语境中：莫洛是这个岛的立约者，所有忤逆莫洛者必将受到惩罚和折磨。他是幻想和痛苦的神。但他不是真正的上帝，因为他所行的不是真正的创造，只有模仿，并且还是拙劣的模仿。

那么是什么驱使他这么做的呢？他的原罪是骄傲，以及冰冷的“智力激情”。莫洛想要知道一切，渴望揭开生命的秘密。

想要成为上帝一样的造物主。正因此，莫洛紧紧跟随着其他几位野心家的脚步，比如，弗兰肯斯坦博士以及霍桑笔下的形形色色的炼金术士。浮士德在暗处徘徊，要的是用灵魂交换得来的青春、金钱和权力。而莫洛对这些都毫无兴趣，他鄙视那些他谓之为“物质主义”的一切东西，甚至包括了快乐和痛苦。他痴迷于摆弄身体，却又希望自己能够脱去这个臭皮囊。（莫洛博士的形象也有文学上的兄弟，比如，夏洛克·福尔摩斯就一定能理解他这种冷血的智力激情。奥斯卡·王尔德笔下那部世纪末的变形小说《道林·格雷的画像》中的亨利·沃顿爵士应该也能理解。）

然而，基督教中，上帝是三位一体的神。莫洛岛上也有三个活物的名字以M开头。莫洛（M. Moreau）这个名字中就包含着从mors、mortis中截取的“mor”这个音节，无疑地，也结合了法语中的“水”这个词。这样一个名字对于一个想要刺探可塑性的底线的人再合适不过了。而整个名字的意思等同于法语中的“沼泽”一词。因此，这位白人莫洛也是巫术故事中的魔鬼，一名反上帝者。

蒙哥马利，莫洛的酒事助理，顶着一张“羊脸”的兽人，是莫洛与群兽之间的调解员，从这个功能上讲，好比神子基督。他首次露面时，为普伦蒂克奉上了一杯味道像血一样的红色饮料，以及一些煮熟的羊肉。血酒与羊肉应该暗示着一个讽刺意味的圣餐仪式吧？普伦蒂克唯有喝红水、吃羊肉才能参加的仪式是食肉动物的圣餐仪式，一种禁绝兽人参与的人的圣餐仪式，但不管怎样，普伦蒂克终究还是参与了。

三位一体中的第三人是“圣灵”，通常被描绘成“鸽子”——上帝以非人类生命存在的形式。而岛上第三个名字中有“M”的活物只有蒙哥马利的侍从魔灵（M’Ling）了。他也参加了饮血圣餐仪式——在为人类备食而杀兔子的时候，舔了几下沾血的手指。难道，圣灵是一个丑陋的、愚蠢的兽人么？作为对上帝侮慢的起始篇，《莫洛博士岛》甚至比大多数评论所意识到的更不敬神。

所以，我们不可忽略，威尔斯在他可疑的后花园里也养了一条大蛇：大约也是一个极其邪恶又强壮的，能将枪管弯成“S”形的动物。依此推论，撒旦也是人造出来的吧？若是真的，确实对上帝大不敬了。

7. 猫女：新型女人

虽然莫洛岛上没有女人，但是莫洛正不停地忙着造一个女子。这本书描写的他所从事的实验，大部分都与将一只雌的美洲狮变得“与女人酷似”的努力有关。

威尔斯对猫族的兴趣比布赖恩·埃迪斯指明的还要浓厚。在与瑞贝卡·韦斯特谈恋爱时，她的昵称便是“美洲豹”，而他的昵称则是“美洲虎”。然而“猫”还有另一层内涵。俚语中，它的意思是“妓女”。这便是当美洲狮还在刀下呻吟时，蒙哥马利说的“真他妈的希望这个地方不像高尔街那样糟糕，这些该死的猫”所影射的意思。等到普伦蒂克返回伦敦，从那些躁动不安地不停向自己喵喵直叫的女人身边躲开时，他终于弄明白了蒙哥马利的话中隐含的联系。

“我对她的头脑是有期待的，”莫洛谈到美洲狮的时候讲道，“——我要亲自造出理性的动物。”但是美洲狮拒绝了。她几乎就是一个女人了——尤其是嘤嘤啜泣的样子——可当莫洛开始再次折磨她时，她发出尖利的叫声，像愤怒的泼妇。再后来，她把捆缚自己的镣铐从墙上扯断，一路狂奔，活脱一只体形硕大、鲜血淋漓、伤痕累累、极度痛苦的怪物。正是她杀了莫洛。

与同时期的男人一样，威尔斯对新女性十分着迷。表面上，他赞同女性解放，肯定自由恋爱，但是女性自由很显然又让人心悸。赖德·哈格德的《她》就可被视作对他的年代中女性解放运动的反映——女人掌权，男人遭殃——因此，威尔斯的畸形美洲狮也是同样的反映。一旦强大的、怪物一样的猫科动物把镣铐从墙上扯去，获得自由，甩去她本应得的改进后的大脑，摒弃科学家赋予她的人的礼貌时，可要当心了。

8. 莫洛的纯洁，魔灵的阴险

十九世纪的英国作家中，用毛茸茸的动物出演一幕幕英国社会剧的，威尔斯绝非孤例。刘易斯·卡罗尔在他的爱丽丝系列故事中也有这样异想天开的情节，吉卜林在他军国主义风格的《丛林之书》中也应用了同样的手法。

吉卜林在《丛林之书》中制定的律法有一种堂皇之气。而威尔斯则不然。莫洛岛上兽人含糊不清地念叨着法规的做法是对基督教和犹太教祷告文的拙劣又恐怖的模仿。一旦兽语消失，这个法规也化为乌有。因此，它只是语言的产物而不是永恒的、超越语言而存在的、上帝规定的教义。

威尔斯创作《莫洛博士岛》时，英帝国主义还掌握着实权，但大厦将倾前的裂缝已现端倪。莫洛岛就像一个地狱般的小殖民飞地。岛上绝大多数动物的毛色，不是黑就是棕，这绝不是偶然。当普伦蒂克第一次见到他们时，甚至以为他们是“农奴”或“土著人”。他们说着支离破碎的英语，生活在鞭子和枪构成的政权之下，被当作贱仆和奴隶。对于真正的“人”，表面做出害怕的样子，而心中恨之入骨。因此，一旦出现时机，他们便竭尽全力违抗法令，并以迅雷不及掩耳之势摆脱控制。他们杀了莫洛，杀了蒙哥马利，杀了魔灵，而对普伦蒂克，即便他从一开始就“入乡随俗”，与他们生活在一起，做让他觉得恶心，永远不愿提起的事情，除非成功逃离，否则他们也会杀了他。

名副其实的“白种人的负担”。[1]

---

1. White Man’s Burden，亦译“白人责任论”，源自吉卜林一首诗的题目。——编注

9. 现代老水手

普伦蒂克逃离莫洛岛的方式颇值一提。他看见一条小船，张着帆，于是点了一堆火示意它靠近。可靠近之后，他才发现此船不是凭风航行，而是很奇怪地改变航向。船上有两个人，其中一个毛发火红。当船只驶入海湾："一只白鸟忽然腾飞出舱，没有任何人受到惊扰或注意它。它在四周盘旋一圈，然后展开巨翅，掠过头顶远去。"这只鸟当然不可能是海鸥，它太大，太孤独。通常情况下，只有一种白色海鸟被人们描绘成"巨鸟"，那就是信天翁。

船上的二人都是死人。然而，正是这条死亡之船，活死人棺材船，才是普伦蒂克的救赎。

我们还能在其他什么文学作品中找到同样的情节呢？孤零零的、落到可怜境地的人，无风自航的船，两具死人的尸体，其中一人头发的颜色与众不同，此外还有一只白色巨鸟。当然有的，它就是《老舟子行》，它一直围绕人与自然间恰当的关系吟诵，并最终得出结论——这种关系就是"爱"。水手马里纳成功地保护海蛇之时，正是他摆脱因杀死信天翁而遭到的诅咒的时刻。

《莫洛博士岛》也一直围绕着人与自然间应有的关系展开，但它的最终结论却与前者大相径庭，因为它从不同的角度观察自然。自然不再像华兹华斯所称颂的像母亲一般仁慈。因为在柯勒律治和威尔斯之间出现了一个达尔文。

那位射杀了信天翁的水手领悟出的教训都凝聚在诗歌的最后部分：

爱你同类并及禽兽，
祈祷时神始垂怜。
能爱万物，无论大小，
祈祷时神耳始倾。
因为上天造成万物，
无大小皆他宁馨。[1]

《老舟子行》，和《莫洛博士岛》的结局方式一样，“信天翁”依旧活着。普伦蒂克没有对它造成任何伤害。然而，无论如何，他只能活在诅咒的阴影之中。而这个诅咒，即他不能爱或祝福任何有生命的东西——鸟不行，兽不行，人更不行。他还承受着另外一个诅咒：老舟子命中注定要传唱他的故事，被选中听到故事的人也一定会信服。但是，对于自己的经历，普伦蒂克却选择缄默不言，因为即使他打算说，也不会有人相信。

10. 恐惧和担心

那么不幸的普伦蒂克学到怎样的一课呢？也许只有参照

1. 本段译文摘自《多雷插图本老舟子行·乌鸦》，塞缪尔·柯勒律治、埃德加·爱伦·坡著，曹明伦、朱湘译，安徽人民出版社，2013 年。——译注

《老舟子行》方能理解透彻。莫洛岛上的“主”几乎被描绘成造出宇宙一切众生并爱着他们的亲爱的上帝。如果莫洛真的代表了某个版本的造出活物的造物主上帝，那么在普伦蒂克的最后的认知中，莫洛做的“是一件非常坏的事”。同理，如果上帝在一定的程度上就是莫洛，如果“莫洛之于他的动物等同于上帝之于人”这个等式可以成立，那么上帝必因残忍又冷漠受到谴责——为了满足自己的好奇心和骄傲而造人，并用人既无法理解又无法遵守的戒令约束他们，最后却将他们抛向生活无情的折磨。

对岛上那些畸形的、狂暴的，通体覆毛的畜生，普伦蒂克根本爱不起来，但他再也难爱上重返“文明世界”之后遇见的人类。像斯威夫特笔下的格列佛一样，他几乎无法忍受看到自己的同胞。他活在不安的恐惧之中，却因接连不断的模糊了界线的经历而受到启发：在岛上时，动物常常化身为人，而他在英格兰遇见的人看上去像野兽。去心理医生那里看病表明了他现代性的一面，但心理医生的作用微乎其微，格列佛常常觉得自己就像“一个极度痛苦的动物，被扔在这世上，孤零零四处飘荡”。

普伦蒂克放弃了早年浅尝辄止的生物学，转向化学和天文学，想在光芒耀眼的日月星辰中寻找“希望”——一种浩渺无垠的平静和安全的感觉。然而，似乎非想将这微弱的希望之火一并掐灭，威尔斯几乎立即创作出《星球大战》——没有平静，没有安全，只有怨恨、毁灭，以及从天空落到人间的怪异且高傲的火星人。

阅读《星球大战》也是在阅读一种对达尔文主义更深入的诠释。进化最终会朝着废除身体的方向进行吗？会不会只剩下一坨巨大的头颅，无数指尖状触须、硕大无朋、非雌非雄、吸血为食的怪物？然而，这也可被读解为《莫洛博士岛》最让人惊悚战栗的终局了。

石黑一雄的《莫失莫忘》

《莫失莫忘》是石黑一雄第六部小说。石黑一雄曾在《长日将尽》中成功地创作了一位小心伺主、情史空白的英国管家，并因之斩获了1989年的布克文学奖。而《莫失莫忘》却是一部对向任何群体施以泯灭人性的对待所触发的后果的研究，一次思想深刻、方法高明，却令人忧虑的研究。因为石黑一雄文笔卓绝，所有的后果都安排得含而不露，全书没有一处彼莠我良的训诫，只有一种感觉，那就是该群体对未来的期望已经彻底破灭，助他们跳出僵化思维模式的能力的大门已经彻底关闭了。倘若读者一路读到结尾部分，一定会很想弄明白他或她那看不见的、将思想封锁的高墙到底始于何处，又止于何地？

石黑一雄喜欢尝试将不同风格的故事杂糅互融，把各种流行文体形式掠为己用，让文章形神合一，将小说内容置于一个晦暗的历史背景中。《我辈孤雏》一书就是这样将三十年代的侦探小说与《男孩的冒险》融合到一处，并为之添上一个全新的二战题材。石黑一雄从不需要假装某个写作意图。《莫失莫忘》一如既往保持了他的风格，你可以认为这是伊妮·布莱顿的女学生故事和《银翼杀手》结合的产物，或者还化入了几许约翰·温德姆笔下被冷遇的孩子的经典社会形象。比如在温德姆的小说《蛹》当中的孩子，就像《莫失莫忘》当中的孩子，让人毛骨悚然。

故事的叙述者，凯西·H，在一个表面上充满田园诗意的名叫海尔森（Hailsham）的机构内回忆自己的学校生活。（这个“sham”让人想起查尔斯·狄更斯笔下的海威森小姐，一位专剥削懵懂无知的孩子的人。）起初，你会以为“凯西·H”的“H”是姓的首字母，可是整座海尔森学校没有一位学生有真正的“姓”。于是，很快，你便明白这所学校的特别之处，比方说，汤米，全校最好的足球运动员，却常常因为拙于美术而受责罚，而在正常的学校，情况断然不会如此。

事实是，海尔森是一所“克隆孩子”的学校。这些克隆孩子被生产出来的目的只是为其他“正常”人提供器官。他们没有父母，也不可以有孩子。一旦毕业，需要先担任一段时期的“看护”，照顾已经被取走器官的同类。之后，“看护”本人也要完成四次捐献，直到捐无可捐。（当然这些术语可不是石黑一雄想出来的，他只是让它们旧词添新意而已。）这整件事情，像一切应予伦理质疑的人类的伟业一样，披着委婉隐晦的外衣，掩藏在阴影之内：外面的世界之所以需要这些孩子的存在，只因为贪求他们能给予的益处。但是，外界的人又不想直视真正发生的事情。我们可以假设——虽然故事中从未提及——针对这样的体制，无论曾经有过怎样的抗议，都已经被制伏了。到如今，规则已经形成，人们对此也已经司空见惯，觉得理所当然，如同很早之前的奴隶制度一样，无论是受益者还是受害者本人都习以为常。

下面是小说的背景。石黑一雄其实对器官捐献和克隆没有多大兴趣。（你也许会好奇到底是哪四个器官，一个肝脏，两个肾脏，一个心脏？但是难道连第二个肾脏也捐出去了，人不会死吗？或者，我们还会同时额外奉送我们的胰腺？）这篇小说也不想描写未来的恐怖。故事也不是发生在英帝国尚未崛起之时，而是在英帝国已经没落之时。而克隆早在二十世纪七十年代之前就存在。凯西 · H 在 1990 年代末刚刚三十出头，照此算来 1970 年代到 1980 年代间，正是她的童年与青少年时期。与石黑一雄十分相近。石黑一雄本人 1955 年出生于长崎，五岁时随家迁往英格兰。（可以肯定的是，他的童年与他的小说间一定存在某种联系：幼年的石黑一雄一定亲眼看见许多人年纪轻轻就撒手人寰，可这又绝非因他们犯了什么过错。）小说中许多的视觉细节也非常真实，例如海尔森的风景，运动员的更衣室，教师与学监，甚至连凯西听音乐用的都是磁带而不是 CD 机。

凯西 · H 对自己的命运之不公没有丝毫怨言。事实上，能生长在海尔森这样出色的学校而不是标准的器官农场让凯西感到十分幸运。与大多数人一样，她对人际关系相当关注：对与自己最好的朋友，霸道的、掌控欲极强的露西之间的关系就十分在意，还有她爱的男孩，汤米，那个亲切的、绘画蹩脚的足球健将。石黑一雄的笔触几近完美：凯西，聪明又普通；谈起话来就是一副敏感至极的小姑娘的絮絮叨叨的样子：不断回忆过去的对话，把每一个评论，每一次拉扯、拥抱、打击、怠慢和拉帮结伙的事都记录下来。对任何一位曾保存着少年时代的日记的人来说，这样的情形既熟悉又可憎，既可怕又欲罢不能。

在她成长的过程中，凯西·H为许多长期困扰着她的问题找到了答案：为什么让孩子们画画很重要？为什么他们的画全被收走了？既然无论如何都注定年纪轻轻就死去，接受教育对他们来说有什么重要意义？他们到底还是不是“人”？这是在特雷津集中营里绘画的孩子发出的让人脊背发凉的回声，是折出纸鹤却死于辐射的日本儿童发出的令人不寒而栗的共鸣。

艺术的用途是什么？小说中的众人物只将这个问题局限在同自身的环境的关系上，但无疑地，他们代表每一个与艺术休戚相关的人问出了这个问题：艺术的用途是什么？认为艺术必须服务于某个用途，承载某个清晰的社会功能，比如：赞颂神威，提振人心，宣礼化夷的观念几乎从柏拉图时代开始就一直将我们包围了。到了十九世纪更成为一种专横强制的理念。即使当下，它依旧在我们身边游荡，特别是当家长和老师为学校课程争得不可开交之时。虽然在《莫失莫忘》之中，艺术确实发挥了某种作用，可惜并不符合故事人物所苦苦期待的愿望。

《莫失莫忘》的一个核心主题即是“圈外人”的境遇，以及这些“圈外人”如何又在自己的内部进行分化，组成众多小的“圈内人”。这些被排挤的人并不能因为自身遭受排挤而从此绝不排挤他人。即便等到他们死去，露西、汤米，以及其他器官捐献者组成的一个骄傲又残忍的小团体，依旧把凯西·H排除在外。因为从不曾捐献，她不可能真正理解这件事。

这本书亦是关于我们以人吃人的方式保证自己一路顺畅的行为倾向的思考。厄休拉·K.勒奎恩写过一篇短篇故事《离开欧拉麦的人》，书中多数人的幸福完全建立在少数被牺牲掉的人身上。《莫失莫忘》就像它的姊妹篇。海尔森的孩子就是人类的牺牲品，献祭在大多数人提高健康水平的圣坛上。因为有这些从婴儿时期就开始为了器官而被生产制造出来的孩子——比如帮助痛苦的兄弟姐妹——海尔森的学生的困境将有着更加普遍的意义。谁将拥有你的身体？谁有权把它捐献出去？凯西的不甘心，伙伴们最终面对一直等待他们的命运的事实——痛苦、残损与死亡，足以解释为什么在凯西对同伴的生活的描绘里，独独缺少与身体有关的内容。所有人都不吃，也不嗅，连主要的几个人的相貌也是语焉不详，甚至连性爱也是奇怪的，毫无生气的。只有关于山川风景、房屋建筑和天气的描绘频频出现。凯西似乎一直将自我感觉远远地投注在身体之外的部分，仅为求得少受一点伤害。

最后，这本书是关于我们想要把事情做好，获得赞同的愿望。孩子们最强烈的愿望就是能得到“拍拍脑袋”的奖励——

长成一位“好的看护”，能为捐献了器官的人减轻痛苦；或者长成一位好的“捐献者”，可以撑过全部四次捐献——这是多么让人心碎的愿望。然而，正是这样的愿望将他们困死在笼子里：没有人思考怎样逃走，向社会上的“正常”人寻仇。露西选择瑟缩在矫揉造作的外壳之下，躲进自己的白日梦里——也许有一天她可以得到一份办公室文员的工作。而汤米则时不时对遭遇到的不合理大发雷霆，继而又为自己的失控道歉。海尔森的世界，和我们身处的环境一样，大多数人还是按照吩咐做事。

很明显，有两个词一直反复出现。一个，如你所料是“正常”，而另一个则是“期望”，像小说的最后一句话：“无论在何处，我都得按照别人的期望去做。”定义“正常”的是谁？告诉我们应当做什么的又是什么人？这些问题在非常时期只会越发紧迫。除非我们错得离谱，在不远的将来，它们必然骇然而现。

《莫失莫忘》不可能符合每个人的心意。小说里没有英雄，结局也不能给人慰藉。尽管如此，它依旧是一位技艺纯青的大师的高超的作品。他选择了一个艰难的主题：“自我”，一个从镜子中看到的，隐蔽在阴暗处的自我。

最后一战之后：布赖尔的《阿瓦隆签证》

1965年中篇小说《阿瓦隆签证》首次出版，作者笔名布赖尔。2004年，美国总统大选之前，巴黎出版社再版了这本书、故事发生在未来——一个群众暴力运动持续引发骚乱、政府严格限制公民自由的时代。因此出版商简·弗里曼，推荐人苏珊·麦凯布都认为书中会有许多内容与自由民主所受到的严苛逼迫有关，它们或来自美国《爱国者法案》的条款限制，或来自表现出类似倾向的其他地方的法令。

巴黎出版社是一个"非营利性新闻出版机构，专注出版那些一直被文学界忽视或歪曲的女作家之作品"。而布赖尔自然是其中当之无愧的翘楚，最具典范作用。因为在二十世纪，几乎没有其他女子比布赖尔更能与自己所处的时代血脉相连，也几乎没有任何其他女子展示出可与她相提并论的刺破一切的勇气，对知识的强烈好奇心。然而，即便如此，时至今日，知道布赖尔的人依旧少之又少。

布赖尔1894年生于英格兰，二十几岁时经历了一战，三十岁左右见证了智识上激动人心的1920年代，五十几岁又经历了二战。布赖尔的本名是安妮·埃勒曼（Annie Ellerman），后来她用锡利群岛上一个岛屿之名替自己取了一个名字。这个岛，在她心灵的地图上，代表着远方、冒险和自由。自从幼时起，布赖尔就一直渴望能离家出海，做一名船舱服务员。因为家境优渥，布赖尔有足够的条件追求自己广泛的兴趣爱好。

二十岁时，布赖尔遇到了埃兹拉·庞德，见识了意象派，通过他们又认识了诗人西达尔·杜里特尔（即H. D.），并和H. D.建立了一生的友谊和一度的情侣关系（尽管他们并非一直同居）。1920年代，布赖尔和H. D.一同涉猎精神分析。弗洛伊德和他的学说对布赖尔的一生的影响可谓深远绵长。布赖尔是一位诗人，现代主义艺术家的支持者，同时培育了1920年代和1930年代实验作家及实验电影导演。当法西斯主义的苗头初显，她预见到即将到来的恐怖，把自己在瑞士的家变成中转站。1940年，瑞士开始驱逐大多数外国人，布赖尔被迫迁居英国，并在英国度过了德军的大空袭时期。二战结束以后，布赖尔出版了当年读者甚众的系列历史小说。然而《阿瓦隆签证》一书却与它们都不同。

《阿瓦隆签证》出版时，布赖尔已经七十一岁高龄。尽管此后的十八年里（布赖尔卒于1983年）布赖尔又陆续写成了几部小说，但是人到了这等年纪，写出来的文字免不了会有怀旧的味道。《阿瓦隆签证》就散发出一种日暮秋深的气息。在死神即将最后一次叩响门扉之际，布赖尔越发勤奋，“等等，我还有十分重要的信息要写呢!”作者的年龄与作品的结构向来息息相关,例如,《暴风雨》就绝不可能是青年写出的戏剧,而《阿瓦隆签证》也不会出于少女之笔。

在导读中,苏珊·麦凯布把《阿瓦隆签证》同二十世纪反乌托邦小说,奥威尔的《一九八四》、赫胥黎的《美丽新世界》联系在一起。虽说这种联系倒也谈不上百分之百的牵强,可前者毕竟与后两部在风格及作者意图上大相径庭——既然人们可以随意揣度作者的意图。这是一部不寻常的作品,若归置在奥威尔—赫胥黎的框架体系之中只怕有些适得其反的误导之嫌:如果那样,当读者翻开扉页,认为读到的将是这类书中常见的、目标明确的、含讥带诮的细节——我们的福特教、爱之部、瓶生婴儿、“新语”的使用等等——但这种冷嘲热讽的、蝙蝠翼式飞行器般的发明在《阿瓦隆签证》的书页中无迹可寻。

那么书中到底有什么呢?一直以来,人们谈到《阿瓦隆签证》时,都偏爱用“寓言”一词,但它却不是寓言,因为人物和事件之间没有寓言常见的一一对应关系。如斯宾塞的《仙后》中,尤娜代表了“真理”,杜艾莎对应于“谎言”,而仙后则象征了女王伊丽莎白一世,这种对应关系不一而足。可是《阿瓦隆签证》中全然不存在这样确定性的“连连看”。这本书朦胧又引人入胜之处正在于它避开了确定的关系——采用赋格曲而不是直线或图解式的结构。看似毫无艺术感的主题切分法却在一定程度上成就了它的艺术效果。

至于《阿瓦隆签证》的中心人物，他就是罗宾逊，一位年届退休的老人。我们第一次发现他时，他躺在海边，刚巧醒来。这个名字能同许多岛屿联系在一起（《鲁滨孙漂流记》和《海角乐园》[1]，一定是布赖尔耳熟能详的名字，因为幼时的布赖尔像饿狼一样吞食任何可读的文字），罗宾逊很快对另一座岛屿充满了期待——那就是岛国阿瓦隆。当时罗宾逊正在一个到处是康沃尔口音的特里劳尼村中度假，住在玫瑰农舍里，房主是寡妇莉莲·布伦特太太。（那些百合、那些玫瑰，有如丁尼生的《莫德》里灾难发生之前的花园的纯真。）布赖尔与同时代最好的作家一样——如庞德——喜欢从他们宣称正抛出窗外的维多利亚文学作品中揽用大把的意象和大量陈腐的辞藻。而丁尼生对这些形象与辞藻更为借重，所以要领悟"阿瓦隆"的重要性时，这一点应当谨记于心。与故事的惊险的特质恰恰相反，莉莲姓"布伦特"（Blunt），也确实是"迟钝"——每日间只顾煮煮鸡蛋，东走西串，忙忙家务。但是，不久我们便发现，这样的"迟钝"，不过是一种掩饰而已。

结束了听上去规矩多又无聊的工作生涯之后，罗宾逊已计划在特里劳尼岛安享退休后的岁月。他常与一位名叫亚历克斯的年轻人钓鱼消遣。然而，这种安逸静好的日子被破坏了：一伙穿着绿制服的"运动派"年轻人，像毛毛虫一样涌进村子；

1. 《海角乐园》直译名《瑞士家庭罗宾逊》。——译注而当地官僚通知布伦特太太，她挚爱的村庄，住了一辈子的家，她唯一的财产，即将被拆除给一条通往工厂的马路让道。不久，人们就发现还有更糟糕的剧变在等着他们。个人的权利将被以集体主义进程的名义踩在脚下碾成烂泥，而玫瑰农舍的命运就是最好的例证。

罗宾逊和莉莲决定逃走，逃离特里劳尼，逃离那不知名的英格兰风格小村庄。他们乘上拥挤不堪、臭味熏天的火车，来到一座同样不知名的城市，打算弄到两张珍贵的前往神秘的阿瓦隆岛的签证。他们得到阿瓦隆领事馆的亚历克斯的全力帮助，最终与另外两位获得签证的人一道在机场关闭前的最后一刻搭上前往阿瓦隆的最后一趟小班机。他们几人好不容易才登上飞机，那帮乌合之众组成的运动分子随后就关闭了机场，决意"笑睨国际法"。

一路上，罗宾逊同几位旅伴对天下大势发表了一连串的想法：是什么导致局面坏到如此不堪的地步？人口过剩？还是亚历克斯口中的"人人都漠不关心，以至成此危局"的实情？或者还是这种或那种迫切要求，强烈感情的压抑注定爆发并演变成一场聚众哗变？抑或是多数公众希望回归野蛮的无意识渴求？然而无论原因是什么，肯定不会有好结果。"假使每个人连自己所属地的权利都得不到尊重，"罗宾逊一面沉思，一面说，"那就必然成为链条上的第一环，最终将导致那些碰巧有权力的人清除他们想摆脱的人或物。"罗森（Lawson）是驻阿瓦隆的领事馆代表，一位人如其名、正直坦率的小伙，他从心理角度分析道："为什么人们内心如此强烈地渴望破坏——因为他们只专心研究如何使日常生活更加自动化，却极少关注我们的国家的思想状况。"

尽管布赖尔本人的丰富阅历令她所描述的"鸵鸟式的否认"、心理分析、铁拳独裁者的横行、毁灭性的政治运动对法治的扼杀等都真实可信，可是这些政治闲聊读上去依旧像另一片海域上漂浮的废弃物，通篇散发出一种梦幻的气质，不仅仅是那种人们面临突发暴力运动时猝然产生的"这绝不可能发生"感。当布赖尔在创作这样一部非同寻常的小说的时候，心底涌动的，一直鼓舞着她的暗流到底是什么？她知道，卡夫卡的作品，甚至卡夫卡的名字，一直被人们拿来同《阿瓦隆签证》相联系——当然人们这么做是有些理由的：面目不清的邪恶力量，其终极目标的捉摸不定，其官僚代表的琐屑小气，所有这些大概都让人想起《审判》和《城堡》。

但是，作者不可能无缘无故地为书命名为《阿瓦隆签证》，尤其布赖尔，这一位历史小说作家。"阿瓦隆"在亚瑟王传奇中是亚瑟王最后一战结束后被送上船的地方。苏珊·麦凯布指出，在蒙默斯的杰弗里笔下，阿瓦隆是苹果遍地的极乐天堂，亚瑟在阿瓦隆伤病痊愈，相反，在马洛里的《亚瑟王之死》中，亚瑟却在阿瓦隆身故，身边围绕着一群哭泣的女子。然而麦凯布的评述却没有援引最有可能对布赖尔影响深远的作品为据。布赖尔可是自小就在父亲的图书馆里流连忘返，嗜读如命。那座维多利亚后期的图书馆里肯定藏有丁尼生的作品，一定有那首田园长诗《国王叙事诗》。因此丁尼生的叙事长诗所望传达的与布赖尔的小说所欲彰显的，二者之间应该有相当密切的关联。

在《国王叙事诗》的最后一节，“亚瑟之死”的起句是：“在那西方，不可思议的最后一战。”一场迷雾重重，敌我难辨的战事，布赖尔的书中的晦暗和险阻就是其镜像。这两部作品都关注了一个人生死未卜的命定之旅，关于一个文明如何灰飞烟灭并返回无法无天的野蛮的状态，对高贵人性的背弃以及深藏于这些主题之后的悲哀——在昏沉老迈中发现身边只剩下既不能对你的经历感同身受，又不能领会你的言辞深意的年轻人。丁尼生在“亚瑟之死”中，借年迈的贝德维尔骑士之口反复提醒这一点，而当时的贝德维尔恰恰生活在一群“新人、新面孔、新思想”之中。

“新人、新面孔、新思想”是困扰着莉莲和罗宾逊的永恒问题。它不仅与任何一个“绿制服运动”有关。要求“改变”“发展”“进展”的吼声总是不绝于耳，世风一改旧貌，年轻人变得粗鲁无礼，招待员冷眼相迎——这是坐在咖啡馆角落里一起吃着甜甜圈的任何退休人群都不陌生的话题。此外，罗宾逊从最初就感知自己已不属于眼下的时代，并已接受谢幕的命运。“你知道吗？”故事刚开始后不久他就说：“我期望自己可以上岸，然后以此时此刻作为我对大地的记忆死去。”

第二部分以罗宾逊在海浪边做“最后的散步”开场。“那些浪花里全是对死亡的恐惧，对回到英雄事迹喷薄而出的时代的恐惧。所有成就都被海浪卷走，新的模式以原子为起点建立起来。年龄，与其说是肉体的磨损，不如说是感情的日渐枯竭。”或者，如丁尼生笔下的亚瑟王所言：“旧的秩序改变了，为新秩序腾出地方——”阿瓦隆之于罗宾逊是死亡之地还是康复之地？或许康复本来只是死亡的另一个版本而已？

那么，阿瓦隆对于其他的投奔者而言又是什么呢？每位旅人都怀着自己对它的期许吧。年轻小姑娘愉快地憧憬着爱情，亚历克斯希望在岛上寻到“真理”，那位飞行员——一位阿瓦隆的当地人——陷于家庭和冒险之间难以抉择。据说，阿瓦隆是个更加自由的地方。但是，据说岛上还有一群神秘的“他们”，似乎在控制着一切，但愿他们控制的方式仅限于作为一群基本善意的宗教监督者审查你是否通过了某项从未言明的考验。阿瓦隆是一片祥和之地，但是人的身后地不也正是如此吗。阿瓦隆果真如作者常让我们信以为真的那样，是一个往者不返之界吗？可是，作者接着又让我们相信相反的说法，因为亚历克斯之前就去过阿瓦隆，但是又回来了。布赖尔刚在作品里点缀了几个文学及形而上的典故，就又亲自把它们踩在脚下了，简直像吸血鬼小说打破传统悠久的规则一样疯狂（“你什么意思，喜欢吃大蒜？”）[1]。有时，布赖尔看上去似乎连初衷都不记得了。

1. 吸血鬼害怕大蒜。——译注

尽管《阿瓦隆签证》的故事本意是发生在未来——电视和电脑不过被顺带提了一下——但是它的前景却被大量的油毡占据了：上乘的、鲜亮的油毡；差劲的、脏兮兮的油毡，甚至还有油毡帽。没有什么能比地毯更有力地记录时代，1965年是粗毛地毯的时代，而不是油毡时代。因此，从其环境的物理细节来看，阿瓦隆所暗示的不是将来，而是过去——它把两个十年锻压在了一起。既有1930年代带着乌托邦色彩的法西斯纳粹的理念，携带着摧毁整个过去的体系并使当下流畅高效化的冲动，也有英格兰战争年代的昏暗：拥挤不堪的火车，压抑的候车厅。连人的情绪气氛也是战争时期的——去不了别的地方，弄不到救命的文件，做不成有意义的事情，无比烦躁的感觉几乎可以将人磨成碎末。与此同时，对于事态的发展茫然无知的尖锐的焦虑感让胃都揪成一团，疼痛难忍。

在这些可以观察到的领域里，《阿瓦隆签证》呈现出有着真实生活的体验品质。我们不知道该怎样去认识这个新上台的暴虐政府或运动——他们是左还是右，还是根本就无关紧要？——但面对最后的交通壅塞，匆匆打好的行囊，龌龊的戴着袖章的卫兵，令人恐慌的无人街道，我们很清楚接管对于被困在此地的普通人意味着什么。像肾上腺激素水平很高却找不到公然发泄的渠道时会做出的那样，他们专注于以梦幻般的清晰感知到的单一细节：生锈的油鼓，木料的裂片，缆绳的卷轴。对这一切的反映真实到不能再真实了。

一旦拎着好不容易积攒下的零碎积蓄挤上飞机，我们就感觉自己又回到了一个准象征的世界。罗宾逊本来疑惑整个过程是不是一场幻觉，然而等到他确定这是真实的，我们却疑惑了。不久，罗宾逊就在说那种被上帝救赎的语言了："他究竟做了什么，让他值得被拯救呢？"

"一切终将结束。"莉莲说。当她在乡愁中忆起特里劳尼的生活时，莉莲的体认是那么透彻：

> 凭着一股惊人的意志力和她在秋天的狂飙中站稳所需要的身体的能量，她结结巴巴地说道，但在发动机的轰鸣声中谁又听见她的话："我原本想去五湖四海漂泊，我压根从来就不想住在玫瑰村舍。"

现在看起来，这个连她自己都不认识的莉莲早就想跑到远离故土的海上，和年轻时的布赖尔一样。也许阿瓦隆就是一张石蕊试纸，能测出真实的自我？

这令人惊讶的发自内心的呐喊刚刚结束，飞机立即坠入浓雾之中，无线电也中断了，小说带领我们感受了一次濒死的体验。罗宾逊又恢复了丁尼生的风格："每个人都有自己的命运，谁都无法逃脱。"然而，无论他的命运可能怎样，肯定不包括撞向海面。因为，在书的最后，罗宾逊还能在匆匆中对阿瓦隆望上一望："云突然分开了一刻，罗宾逊望向飞机的下方，他们即将迎来一次完美的着陆，降落在金雀花丛中，苹果树布满山谷，白色的沙滩一眼望不到尽头。”再或，如丁尼生描述的那样：

我将去一个遥远的地方
与你看到的这些人一起——如果我真的去
因为我的脑海里疑云密布
到艾维里恩的岛谷上
……那里有
茂盛的草地，果林，充满欢乐美好的气息

生命究竟是一个等候室还是一场旅行？在《阿瓦隆签证》中，生命既是一个等候室也是一场旅行。不过，倘若是等候室，漫漫等待之后又会发生什么？如果是旅行，终点又在哪里？布赖尔没有告诉我们，也许部分原因是丁尼生没有告诉我们亚瑟到底是生还是死。另一部分原因是布赖尔还没有想好人死以后的生活，但还有部分原因是她聪明地认定：在这样的故事里人在旅途好过抵达终点。

书中还暗示道：你认为阿瓦隆是什么，它就是什么。这一点同样适用于《阿瓦隆签证》。因为它既是一次穿越政治压迫和暴民占领的噩梦的旅程，也是一次遮掩之下与正在迫近的死亡的相遇：《普通人》与《天路历程》遇合，途经“亚瑟之死”，这一切都以《第七封印》的含蓄色调呈现，只是像海边的特里劳尼大酒店一样家常化了。如果把它称作完全成功的艺术作品，似乎有点言过其实了。因为它的脉络过于松散。但尽管如此，它依旧是一部意味深长、引人入胜的、二十世纪最有趣的艺术家之一的创作。我们应当感谢巴黎出版社再版此书。

阿道司·赫胥黎的《美丽新世界》

哦，美丽的新世界啊！住着这样的一群人！

米兰达，在莎士比亚之戏剧《暴风雨》中

第一次看到这个沉船上的朝臣时如是说

二十世纪下半叶，有两本充满先见性的书把我们的后面的日子也覆盖于它们的预言之下。一本是乔治·奥威尔于1949年出版的小说《一九八四》，它向人们展示了一个残忍的、控制思想的极权主义国家——那里有“老大哥”“思想罪”“新语”“记忆空间”和名为“爱之部”的刑讯宫殿，以及一个让人丧失勇气的、永远踩踏在人脸上的靴子的画面。

另一本则是1932年出版的阿道司·赫胥黎的《美丽新世界》。它为我们展示的是一个不同的、温和的极权主义形式：精心调制、瓶装控长的婴儿；催眠式的软语劝诱，而非通过粗暴制约实现整齐划一；以无节制的消费维持生产车轮的永动；以官方强制的男女滥交消除性别尴尬；预先划分种姓群落之高低贵贱——使其有高高在上的聪明的管理阶级，有专门被设计出

来热爱仆役工作的缺心眼的苦工；此外，还有苏摩，一种无副作用的、予人及时福乐的药物。

哪一个模式能胜出呢？我们都不无好奇。冷战期间，《一九八四》似乎胜出了。但是等到了1989年，柏林墙倒下之后，各路权威专家纷纷宣告这正是历史的最终答案。到处是欢欣购物的场面，每个角落里都弥散着类苏摩的气息。然而，真相却是，放荡遭到了艾滋病的重击。但从整体来看，我们似乎难免陷入无足轻重的、吃吃傻笑的、药物加强后的“花钱—噢—罗摩”[1]的模式——看来是《美丽新世界》胜出了。

然而，随着2001年纽约双子塔被袭倒塌，这样的画面改变了。思想犯罪和踩在人脸上的靴子终究无法被轻描淡写地抹去。“爱之部”又回到我们当中。且早已不再局限在那铁幕之后的土地上。新的情况似乎是：西方社会发展出西方自己的，特色版本的“爱之部”。

而另一方面，“美丽新世界”也未曾远离我们。大型购物中心在大地上寸寸推进，鳞次栉比。从更广泛意义上的基因工程人群来讲，许多真正的信徒一面叨叨着“根里富基因”和“根里穷基因”——赫胥黎笔下的“阿尔法”种姓和“埃普利森”种姓——一面忙着为基因加强制订计划，推动“美丽新世界”向前发展，成为可以长生不老的、更加美好的世界。

1. 原文为Spend-O-Rama，“O-Rama”大意指许多人一起从事某项活动。——编注这样两种未来——一个强硬、一个温柔——有没有可能共存一处？果真如此，又会是怎样一番情形？

看来如今，我们确应重温《美丽新世界》，检验它对“如今每个人都很幸福、快乐”的全面计划型社会的各种正面颂和反面讽。看看我们到底得到了怎样的幸福？需要多大的代价？

*　*　*

我第一次读《美丽新世界》是在1950年初，年仅十四。它给我留下了极其深刻的印象。尽管，以我当时的年纪并不能够透彻地理解书的全部内容，并且既不知道灯笼裤是什么，也不清楚女式紧身衣是什么，甚至对于拉链在初次问世之际，因为使得衣服便于脱卸而被视为魔鬼的诱惑、为卫道士弃如敝帚的历史也一无所知。但是我却能在脑海中活灵活现地想象出“拉链灯笼女式紧身衣”（zippicamiknicks）的样子，——这可能是对赫胥黎的高超的写作技法最好的颂扬——贴身内衣，正面是一拉到底的拉链，可轻轻松松地脱了去：

> 嗤的一声！浑圆的粉红就分开了，像一只被利落地切成两半的苹果。手臂上下轻轻一抖，接着先抬一下右脚，后是左脚，那拉链灯笼女式紧身衣，软成一堆，像是被谁抽了气，摊在地板上，一动不动。

而我自己生在“弹力女童束身衣”时代——想要脱下或穿上这束身衣，不经过一番漫长而艰巨的努力几乎是不可能的。因此，于我而言“拉链灯笼女式紧身衣”真是一件令人陶醉的东西。

那位脱掉“拉链灯笼女式紧身衣”的姑娘叫兰妮娜·克朗，一位蓝眼睛的美人，将纯真无邪与风流撩人奇异地融于一身的“充气胎”——她的男性爱慕者就是如此称呼她的。兰妮娜不明白为什么不应该看上谁就和谁相好，时机对了应该就没问题啊。要知道，这可是礼貌恭良又利己利人的行为。而让她褪净衣衫，极力诱惑的男人“约翰”，正是那个“野蛮人”——生长在远离文明区的野蛮区，飨食莎翁的贞妇/娼妓论、尊奉祖尼教、喜欢自鞭、笃信宗教与爱情，为了配得上自己心爱的人饱受煎熬。约翰一直将兰妮娜奉若女神，直到兰妮娜在他面前毫不在乎地，用几近毫无廉耻的方式脱下那件“拉链灯笼女式紧身衣”。

从未见过两个相互渴望的男女间差别有如天渊，而正是这差别里蕴藏了赫胥黎的故事。

* * *

至于《美丽新世界》到底是一个完美的乌托邦世界，还是它的肮脏不堪的反面——反乌托邦，全赖你如何看待：这个世界里的居民是美丽的、安全的、远离一切疾病和烦恼的，虽然依我们的惯性思维方式这实在美好得难以置信。“乌托邦”一词，间或意味着“不存在的地方”，源自希腊语“O Topia”，而在其他的时候它的涵义则取自“eu”，正如“eugenics”（优生学）一词，意味着“健康的地方”或者“美好的地方”。托马斯·摩尔爵士在他的十六世纪小说《乌托邦》中使用的也许一直都是双关语：乌托邦是一个美好的但不存在的地方。

作为一种文学构想，《美丽新世界》可以列出一张长长的文学宗族清单：柏拉图的《理想国》，《圣经》中的《启示录》，神秘的“亚特兰蒂斯”算得上这类文学的曾曾曾祖辈了。时间上稍近一些的则有托马斯·摩尔爵士的《乌托邦》，乔纳森·斯威夫特的《格列佛游记》中彻底理性的慧骃国，会说话的马的国度，以及赫伯特·乔治·威尔斯的《时间机器》。在这最后一部中，有无脑却美貌，整日在阳光下嬉耍的“上层一族”，以及负责地下机构运行的丑陋的“下层一族”——他们专在晚上出没，吃掉那些社交花蝴蝶。

这些小说都对社会现状不满，但也不认为人类的前景晦暗无望。虽说乌托邦近乎疯狂，但是就他们所秉持的观点而言——人类是可完善的，或者说至少可以在很大程度上得到提升——则更近似于理想化的传奇故事。一战为文学中的传奇现实主义乌托邦梦画上了句号，而与此同时，几个现实的乌托邦计划正欲携带它们灾难性的结果一展宏图。统治了俄国的，占据了德国的，最初都是以乌托邦的幻象出现的。

然而，据绝大多数的乌托邦文学所揭示的结果，人类的可改善性最终都在异议的巨石上撞得粉身碎骨。怎么处置那些持不同观点的人，或者那些与计划格格不入的人？让老鼠钻进他们的眼睛吧——《一九八四》里面就是这么设计的——只要你不爱“老大哥”。（当然，《美丽新世界》里也自有一套温柔的惩罚手段：对于那些不遵纪守法的人，将他们驱逐到冰岛就好了。就让他们这帮“志同道合”的家伙在岛上终日探讨人类的终结，还不会烦扰到“正常”人——真可以说有点大学的味道。）

自柏拉图的《理想国》以降，无论乌托邦或反乌托邦都将种种现实社会所涉及的基本问题囊括其中。因为所有形态的社会都必须回答同样的问题：人应该住在哪里，应该吃什么，应该怎么穿，怎么对待性和孩子的抚养，谁来掌权，谁来做具体的工作，文明和自然间应该建立起怎样一种关系，经济怎样起作用。乌托邦传奇小说，例如莫里斯的《乌有乡消息》，赫德逊的《水晶时代》，展示的是一幅幅前拉斐尔派的景象——居民都穿着飘逸的长袍，在自然风光的环抱里安家，听起来就像安装着巨型彩绘玻璃、陈列着许多艺术品和手工艺品的英国乡村庄园一样。小说告诉我们，只要放弃工业化，返璞归真，解决人口过量问题，我们的未来将一片光明。

而赫胥黎在三十年代初创作《美丽新世界》时，用他本人的话说，他还是一位“愉悦的、皮浪怀疑主义（Pyrrhonist）的唯美主义者”，是聪明、年轻、自命不凡、整日混迹于布鲁姆斯伯里团体，喜欢攻击维多利亚和爱德华时代的一切的许许多多的年轻人中的一员。因此，《美丽新世界》舍弃了飘逸的长袍、手工艺品和“抱树”行动。它的建筑是未来派的——灯火璀璨的高塔，闪耀着柔和的粉红色光的玻璃——在它的城市的风光之中，没有一件是天然的。处处显示工业化特色：材料是纤维胶、醋酸纤维和仿真皮，悦耳的声音是人造出来的，公寓房居所里有能流淌出香水的水龙头，出门乘的是私人直升机，婴儿不再从母亲体内诞生，而是长在孵化器中，装着他们的瓶子顺着流水线而动，按照“蜂房”的需求分成不同的型号和批次，吃的是“外分泌物”而不是母乳。“母亲”，这个在维多利亚时代受到无比尊崇的词，在这个美丽的“新世界”里成为一种令人震惊的污秽，而媾和，曾是维多利亚时代令人恶心的词，反变成依礼行事。

“今天下午，他从背后拍了我。”兰妮娜说。

“你看，明白了吧，”芳妮洋洋得意，“这就表明了他是哪一类人。土得掉渣。”

《美丽新世界》中许多异乎寻常的笑话就这样开启了种种观念颠覆——虽说它们带给我们的震惊不似初次听闻者那么强烈，但仍旧让人觉得不无揶揄。维多利亚时代的节俭变成了花钱的义务，维多利亚时代“至死方休”的专一爱情让位给了“人人属于我，我属于人人”，维多利亚时代虔诚的宗教信仰演变成了对“人造神”的崇拜——“我们的福特”，以美国汽车沙皇亨利·福特的名字命名的，一位生产流水线之神——通过公共狂欢而实现的崇拜。甚至连圣歌“我们的福特”——“狂欢之礼”——也是对我们耳熟能详的摇篮曲的颠覆。在摇篮曲中，亲吻会让姑娘们哭泣，而在“新世界”中，只有你拒绝亲吻姑娘——就像“野蛮人”那样——她们才会流泪。

“性”永远占据着乌托邦和反乌托邦世界里的中心舞台：谁来做什么，用哪一套生殖器做，跟谁做一直是人文学科的诸事之要。因为“性”和“生殖”被截然分开，妇女不再需要生儿育女——它成了让女人们厌恶唾弃的事情——而“性”成了一种享受。赤身裸体的小屁孩在灌木丛中演练“色情”游戏，以便尽早能对此艺驾轻就熟。部分女人是不会生养的，也即“雄化牝犊”。虽说有点小胡子，但是这些女人都是非常理想的姑娘。还有一些姑娘则求助于“马尔萨斯”措施——一种生育控制形式。详细说来便是：倘若有女子产生了想生育的念头，便可接受一种名为“怀孕替代品”的荷尔蒙治疗，戴上一根香甜、小巧、时尚达人用的、人工仿皮的、填满了避孕药的弹药带。可是如果“马尔萨斯”措施失效，还有可爱的粉红玻璃建成的“堕胎中心”。赫胥黎写《美丽新世界》之前，避孕药尚未问世，而避孕药的问世使得赫胥黎之“全民免费共享的性爱”的想象朝现实大大地迈进了好几步。（只是同性恋怎么办？“人人属于我，我属于人人”真的意味着所有人吗？关于这些问题，我们无法从书中找到答案。）

至于赫胥黎本人，他的一只脚依旧停留在十九世纪，他本应该做梦也想不出那些是非颠倒的道德观念，除非他本人已了解这种观念的危险性。在创作《美丽新世界》的那段时期，赫胥黎还沉浸在访美旅行所感受到的震惊之中，尤其被美国社会大众的消费主义以及它的群羊心理和粗鄙惊得不轻。

我用“做梦”一词，乃是经过深思熟虑的。因为《美丽新世界》，如果不计较细节的话，确实展示出一种“非经刻意控制的幻象”。一切都摆在明面上，没有丝毫的遮遮掩掩。就好比一位视力受损的作者对景象的描写可能给你的感受：最强烈的是视觉，颜色是一团一团的，浅色亮得明艳，深色暗得醉人。听觉紧随其后，尤其在描写集体仪式和狂欢之时。再次，是“多感觉艺术品”的感觉——在“多感觉艺术品”里，你可以亲身感受到那些屏幕上的诸多印象，比如《大猩猩的婚礼》《抹香鲸的爱情》乃是最有代表性的。气味描写则位于最末——香水味随风四散，抹得浑身都是。在“野蛮人”约翰和可爱的兰妮娜之间的邂逅中最辛酸的一回即是当约翰一脸崇拜地将他的脸埋进兰妮娜嗅起来无比圣洁的内衣中的时候，而兰妮娜却处于毫无知觉的沉睡之中，一半是因为她服用了大量的苏摩，另一半却是因为她实在受不了“新世界”尚未推行的“保留区”中令人作呕的，真实生活的气味。

许多乌托邦和反乌托邦都重视食物（可口的、难吃的，比如像斯威夫特的慧骃国里的麦片粥），但是在《美丽新世界》中，这些菜谱一样也没有。兰妮娜只要她那“一个月一次的沉睡”，而亨利就吃那个“绝好食物”，可是我们无法知道究竟是什么。（依我猜，有可能是牛肉，因为在其中有个养满牛的巨大谷仓，为人们提供“外分泌物”。）除却那些“即时云雨”用得上的团团块块，《美丽新世界》里的身体一个个都奇怪地失去了实体意义，这也正好强化了赫胥黎的观点：“在什么都不缺的世界，一切都变得没有意义。”

事实上，在《美丽新世界》中，意义被剥除了，尽可能地剥除了。除了技术书之外，其他所有的书都成了禁书，正如雷·布拉德伯利1953年的小说《华氏451》；博物馆的人通通被灭了，就像亨利·福特说过的，“历史就是扯淡”。至于上帝，不过是一位缺席者，好像根本不存在。——当然，除了约翰，这位长在“美丽新世界”的居民禁入的祖尼“保留区”的“野蛮人”，心中还怀着对宗教深深的敬畏。在古老的“保留区”，古老的生命持续着，并因各种强烈的“意义”而充实。约翰是书中唯一拥有真实身体的人，但他却是通过疼痛而非快乐进行感知的。约翰这个被带入这个世界的“试验对象”如是评价这个到处飘着香水味的新世界：“这里的一切都毫不值得。”

穆斯塔法·蒙德——这个世界的十大控制者之一，柏拉图称之为“保护者”的直系后裔——提供的“舒适”不能满足约翰。他渴望回到自己的旧世界——肮脏的、有疾病的、意志自由的、有恐惧、有痛苦、有血、有汗、有泪以及一切。他相信自己有灵魂，和二十世纪早期的文学作品中宣称拥有灵魂的人一样——比如萨默塞特·毛姆1921年的故事《汤普森小姐》中的传教士，就因为和娼妓有了一段“罪恶”之后，把自己吊死了——约翰也被逼为了这种信仰付出代价。

在1946年版的《美丽新世界》的前言中，也就是在恐怖的二战结束，希特勒推行的“最后的解决方案”失败之后，赫胥黎自我批评说自己不应在1932年的乌托邦/反乌托邦的世界中只给出两种选择——要么是乌托邦里疯了的生活，要么是“在印度村庄里的原始人生活，虽然在某些方面过得比较像人，但是在其他方面完全是奇怪的，不正常的”。（然而，事实上，赫胥黎也为大家提供了第三种选择——格格不入的学问人在冰岛上的生活，只是可怜的约翰不被允许去那里。不过，即便到了那里，约翰也不会喜欢，因为那里没有当众鞭笞。）到了1946年，赫胥黎又想出了另一种乌托邦，在新的乌托邦里，“心智正常”成为可能。借助这种乌托邦，赫胥黎传递了一种“神志清醒、理智地”追求人类的“终极目的”，与内在的“道或逻格斯、超越神性或婆罗门”合为一体的“高级功利主义”。难怪赫胥黎最终深陷“麦司卡林”迷幻之中，写下《众妙之门》，并刺激了整整一代（二十世纪六十年代）吸毒鬼和音乐家在被药剂蚀变了大脑的化学物质中寻找上帝。看来，赫胥黎对于苏摩的兴趣绝不是凭空冒出来的。

而此时，沿着尘世蹒跚而行的我们，还能读书的我们，就这样被留给了《美丽新世界》。而这样一个世界又是如何在七十五年之后立稳脚跟的呢？在真实生活中，我们离那些了无生趣的消费人群，空虚无聊的、寻欢逐乐的人，遵章办事的墨守成规的人又有多远？

第一个问题的答案，要我来说，就是这世界它好端端地立着呢，一如我第一次读到这个故事那般，充满生气，新鲜，当然也莫名地让人震惊。

至于第二个问题的答案，亲爱的读者，还是留给你们自己吧。《美丽新世界》就像一面镜子，仔细看着它：你看到的，向你回眸微笑的人是兰妮娜·克朗还是约翰？如果你确系人类，也许在某种程度上，你会同时看见他们二人。因为我们，一直以来，都既想拥有兰妮娜的生活又想拥有约翰的生活。我们既希望自己能像住在奥林匹斯山的无忧无虑的众神一样，拥有永恒的美貌、享受性爱，还能以他人的痛苦为飧，但同时，我们又想做饱受苦痛的"其他人"，因为我们相信，与约翰生活在一起，生活的意义将远超感官游戏，即时的满足感并不足以带来慰藉。

正是赫胥黎运天赋之笔将我们自身的模棱两可呈于我们自己的眼前来审视。一面成日与动物为伍，一面承受着"将来完成时”的折磨。只怕那一只名叫罗浮的流浪狗也无法想象出一个狗性的光芒得到彻底绽放，身上干净得长不出虱子的未来是什么样子。但是，亏得人类举世无双、结构精妙的语言，人类在自己的脑子中居然能为自己想象出一个加强版的、彻底解放的未来，尽管，人类自己对那些堂皇的建筑也疑窦丛生。但也正是人的双面能力催生了像《美丽新世界》这样的推测未来的大作。

借用《暴风雨》（它正是赫胥黎这部小说的名字的出处）的一句话：“我们都是用梦的材料做成的。”或许赫胥黎还应该加上另一句：“其中也有噩梦。”

疯子科学家的疯狂：乔纳森·斯威夫特的大科学院

二十世纪五十年代，我还是一名大学生，B级片随处可见。这些电影制作成本不高，情节设计耸人听闻。想要躲避学习任务的话，你可以选择那些便宜的，能够双片连放的电影的午后场看看这种电影。异种入侵、改变思想的药剂、频繁出岔子的实验是这一类电影最大的特征。

疯子科学家永远是这类双片连放电影的主角。只要看到一群穿着白大褂，摆弄着试管的人，我们这些观众，立刻就明白——而且从孩童时代起就明白——他们当中至少会有一位将露出狡诈、妄自尊大、企图把整个世界握于股掌的真面目。而那些被送去做实验的，金发碧眼的实验对象会等到一位去拯救他们的男主角。当然，这必须在疯子科学家开始胡言乱语、满嘴疯话、暴露本性之后。偶尔地，这些科学家也有可能是一群孤胆英雄，与流行疾病做斗争，与企图通过将科学家碾成齑粉来对抗真相的迷信暴民公然对抗。不过，更多的时候，还是寻常所见的疯子形象。如果他们不疯不魔，那么就是被蒙蔽了。总之，良好的本意注定脱离他们的掌控，引发人间浩劫，制造社会骚乱，生产出成堆的污秽之物，直到这些东西或被击毙或被炸毁，电影便告终结。

那么，这些疯科学家的形象起源何处？科学家——想象出来的那种——怎变得令人如此失望或疯狂？

其实，事情也并非一直如此。从前，无论是戏剧还是小说中都没有科学家，因为彼时根本就没有科学，或者说我们今天所认知的科学。有的只是会巫术的炼金术士或者对黑魔法一知半解的人——有的时候他们也完全是一回事。那个时候，他们还没有被描绘成疯子，而只是江湖骗子，靠点石成金的牛皮来欺骗轻信者；或者，是与魔鬼立约的邪恶之人——就像浮士德一样——希望能以灵魂来交换世间的财富、知识和权力。这些聪明反被聪明误的角色也许与柏拉图笔下的亚特兰蒂斯或者是巴别塔的建造者一脉相承——都是一群野心勃勃的家伙，逾越了那道人本该谨守的界限——当然，这通常是神为人划下的界限，最后，因为放肆而被自己的野心毁灭了。在某种程度上，正是这些炼金术士和浮士德式的魔法师构成了疯子科学家的先祖。然而他们却不是真的受人蒙蔽，而是胆大妄为，邪恶无良。

从古老的形象到现代廉价电影里多得数不清的狂热的科学家形象，二者之间出现了一个大跨度的空白。可以肯定，其间一定有某个联系的环节被我们遗漏了，就像才发现的“行走的海豹”——按达尔文的主张，它是水中的海豹和陆上奔跑的犬科动物间过渡的中间环节。因此，关于被遗漏的能联系上疯子科学家的中间环节，我想提一个名字：乔纳森·斯威夫特，这个名字与英国皇家学会共同构成那一环。因为没有皇家学会，就没有《格列佛游记》，或者没有一本写了那么多科学家的小说；没有《格列佛游记》就不会有后来的小说和电影里的那些疯子科学家。以下是我的看法。

* * *

我还是小孩的时候就已经读了《格列佛游记》。当时的我对于B级片里的科学家一无所知。读这本书也没有人指点。换个角度讲，也即没有人告诉我不应该读这本书。并且，我所读的绝不是儿童版的《格列佛游记》——对那些可爱的小矮人、好玩的巨人、口吐人言的马不惜笔墨，而对涉及奶嘴、撒尿的内容都托巧遁词，对粪便更是不予理睬。同时，那些删节版也都剔去了第三卷中的大部分内容——勒皮他（Laputa）浮行岛，有五百个科学实验进行的拉格多大科学院，以及拉格奈格上“长生不死”的“斯特鲁德布鲁格”人，理由是：这一切对于年轻的小脑瓜来说都太难理解了。所幸，我所读的版本未经任何删节，我也没有跳过其中任何内容，即使第三卷的内容也一字不落地拜读了。总而言之，没有一丝遗漏的地方。

我当时只认为这本书棒极了。但完全没有意识到《格列佛游记》是一部讽刺小说，也没有意识到它的文字充满了幽默的嬉笑怒骂。比如“Gulliver”（格列佛）这个名字几乎与gullible（轻信的）一模一样，实是希望读者能够警醒惕厉。我真的相信书首的两封信证明了格列佛是诚实可信的——格列佛向侄子辛普森抱怨游记第一版横遭篡改的亲笔信，以及辛普森的回信。当然对于辛普森（Sympson）的名字十分接近simpleton（傻子）这一点，我也是很久以后才意识到。我非常理解为什么有人会认定斯威夫特先生与格列佛间有千丝万缕的联系，因为我以为，斯威夫特不可能全凭想象编出这样一本故事书。用十八世纪的评论说，这部书十分有“说服力”——尽管故事本身荒诞离奇，却讲述得一本正经，步步引诱，使得读者信以为真——而我，显然，也未能出其外。

因此，我第一次阅读时就按字面意思理解，它怎么写我就怎么信。例如对于格列佛对准利立浦特皇宫撒尿救火的情节，我丝毫没有体味到这是对皇亲贵戚的自负，皇室的不公及粗鄙可笑的隐而不露的狠狠一击。相反，因为平素我常常要求自己以护林人的争分夺秒的方式熄灭篝火，我甚至觉得格列佛表现出值得赞叹的机敏的应变能力。

矮人或巨人确实让我想起童话故事。而第三部分——浮行岛和科学院——于我而言，并没有那么牵强。因为那年头（二十世纪四十年代）正是科幻小说的黄金时代，或者说是突眼怪的时代，所以宇宙飞船在我眼中很正常。当然，所有这些观点都是在获悉令人沮丧的消息——火星上并没有生物之前，也是在我阅读威尔斯的《星球大战》之前的想法。在《星球大战》中，凡是造了宇宙飞船并来到地球的智能生物都比人类聪明千百万倍，在他们的眼中，我们不过是一群行走的肉块。因此，我想一旦我长大成人，百分百会穿越太空，遇见许多外星人，也就是人们现在所想象的大眼、秃顶、大头的家伙。

既然如此，为什么勒皮他浮行岛就不能存在呢？依我看，用磁力让东西保持悬浮的办法多少有些笨重——难道斯威夫特没有听说过喷气推进么？但是那种让岛屿一直悬浮在你讨厌的国度的上空，把它笼罩在阴影之下，连作物都无法生长的主意真绝妙。至于，从空中降下石雨，读来更觉回味无穷：因为刚刚体会过战争的孩子对于空中打击之优势实在是再熟悉不过了，对于炸弹自然也十分了解。

我不明白为什么浮行岛上的居民一定要把食物切割成乐器的样子吃。但是，对于那些“拍手”时不时地用充气槌拍打他们一下，把他们从冥思苦想中拽出来的做法，倒是完全不存在理解障碍。彼时，我的父亲在多伦多大学动物学系任教。因此，我自小便接触了各式科学家，有幸亲眼看见他们专心工作的状态，知道他们工作时的样子，比如，当年，多伦多大学动物学系主任就把还冒着烟的烟管放进口袋，结果把自己点着了，糗名远扬。像他这样的人，必然能让“拍手”发挥最大作用。

待我读到拉格多大科学院部分，我觉得亲切极了。因为二十世纪四十年代对于孩子们来说，不仅是突眼怪的黄金时代，而且是孩子们拥有的危险化学试验器具最多的鼎盛时期——当然，现在已被禁止了。毫无疑问这是明智之举。我的哥哥就有过这么一套试验器具。“把水变成血，震惊你的小伙伴。”是一句宣传词，我的哥哥一听到它，立即动手做起来。当然，他借助了一样必不可少的晶体，叫作——我记得是——高锰酸钾。当年，还有其他许多吓小伙伴一跳的方法，除了投毒之外，我和哥哥几乎把它们玩了个遍。我和哥哥肯定不是唯一会趁母亲到桥牌俱乐部聚会的时机制出硫化氢气体的孩子（这个想法来自宣传词：弄出臭鸡蛋味，震惊你的小伙伴）。通过这些试验，我们对科学方法也算了解了一点皮毛：同样的原理，同样的方法理应生成同样的结果。我们就一直这样玩，直到高锰酸钾被用得干干净净。

我们做的试验远不止这些，我也不打算将我们的科学冒险一一详录，因为它们总有些附带伤害——比如：一不小心把装着蝌蚪的瓦罐直放在太阳之下，结果它们都被晒死了，毛毛虫也变成黏糊糊的一堆了——但是，在此，我想花点时间来简单介绍一下我的霉菌实验：把不同食材塞进一个坛子——很普通的家用储存罐——里来观察霉菌的形成过程。最终的结果自不必说，肯定是五颜六色、毛茸茸一片。我提及这个实验无非想说明，为什么我不认为那位想通过在狗身上做“肛门充气试验”治愈人的急性腹痛的、洋洋自得的大科学院“计划员”有什么可大惊小怪的。唯一遗憾的是，那条狗的肚皮胀爆了，但这也只能说明方法有误，而不是理念本身有什么瑕疵；我当时就是这样认为的。

事实上，当年第一次做结肠镜检查，在我真的感到自己快如书中所描述的一样被撑炸的时候，这段文字的记忆痕迹首次被激活了。我想说，你的想法是正确，斯威夫特先生，只是实际操作失当。也许，在你看来这个情节就是一个讽刺而已。然而，倘若你知道在你看来十分搞笑的"膨胀的狗的肛门的咆哮"二百五十年之后真的发生在地球上，并且帮助医生将一个微型照相机送进人的肠道，并将肠道的状况看个究竟，你又会做何感想呢?

《格列佛游记》中的拉格多大科学院一章中的大多数实验的情况都是如此。最初，斯威夫特把它们当作笑话构思出来。可后来，其中多数都受到认真对待，虽说也经历了不少曲折，最终成为现实。比如格列佛遇见的第一位"计划员"。在斯威夫特笔下，他将毕生资产都耗在了"疯子教授追逐月光"式的理想上了。此人梦想能从黄瓜中提取阳光，这样等到阳光不足的季节——冬季，就可以将它们装瓶使用。这样的想法，一定连斯威夫特自己都觉得十分好笑。但是，以我当年的眼光，一名儿童读者的眼光，觉得一点也不出奇。因为每天早晨，我都要听从安排，吞下一大勺鳕鱼肝油——饱含维生素 D 的东西，又即"阳光维生素"。所以，这位"计划员"只是用错了材料——黄瓜，而不是鳕鱼。

这些“计划员”所做的实验中有些并不那么让我感兴趣，尽管它们成就了斯威夫特“富有预见性”的赫赫声名。比如，研究院里那位一直想要教会其他人通过触觉分辨颜色的盲人，依照斯威夫特的本意乃是针对“假冒天才”的讽刺的范例。可如今，科学界真的开始一项名为“大脑港”（BrainPort）的实验——让盲人通过舌头来“看”的实验。还有一种机械装置，上面有许多操纵杆，一旦转动起来，就会放出像“方块字”一样的射线。并可按无数种次序变化排列，文章也因此而成。这种装置简直堪比无数带着打字机的、闻名天下的“乌合猴众”——现在也被一些人看作是对电脑的预测。

然而，预测未来，推出便捷的新装置新发明并不是斯威夫特的初衷。他的“计划员”——之所以这样称呼，是因为他们完全生活在自己的项目计划之中——是实验科学家与企业家的结合体。在《格列佛游记》中，这些人好似人类的愚蠢和邪恶长线上的珍珠，于小人国及小人国里喧噪又小气的利立浦特人和第四卷中残忍、下流、难闻、丑陋、险恶，无一不表现出赤裸裸的霍布斯主义本性的“野胡”之间承上启下。

不过，斯威夫特笔下的“计划员”并不邪恶，也不是真的精神错乱。他们的出发点都是好的：希望自己的发明能提高人类的生活水平。我们所要做的只是为他们提供更多的钱和时间，并放手让他们去干，然后一切很快就能好起来。自打有了应用科学，这样的说法，我们听了无数遍。有时候结局很美好，至少在一段时间之内不错——科学确实降低了人的死亡率；汽车确实让旅行更迅捷；空调确实让夏天变凉爽；绿色革命确实提高了食物的供应量。但是，依照“用科学方法得到的提升必会产生一些人类不想要的结果”之定律，产生负面结果的情况也十分常见：农业发展跟不上人口爆炸，结果上亿的人生活在贫穷和痛苦之中；空调导致全球气候变暖；汽车许我们出行随心，但代价是远程通勤、道路阻塞和污染加剧，最终，它输送的只是一种奴役状态。事实上，斯威夫特确实比我们有远见：“计划员”许诺给我们一个如诗如画的未来：一人才干抵十人，新鲜水果四季享（正如自动化技术与超市的效果那样），而“唯一的麻烦就是，所有这些计划都远未能达到完美无瑕的地步。与此同时，全国上下土地荒芜，房屋残破，人们依旧忍饥挨冻”。在“计划员”的努力之下，“乌托邦馅饼”真的出现在眼前，可惜，它始终悬在半空。

正如我所言，这些“计划员”的本意都不坏，但他们太鼠目寸光了——就像前不久一位当代科学家，当有人问他为什么要从抓痕中生成脊髓灰质炎病毒时，他答道：因为脊髓灰质炎病毒很简单，下一次他将制成一种更复杂的病毒。一个在大多数人听来是“为什么要做这样有潜在风险的事”——一个关于终极目的的问题，在他听来却是一个仅仅关于方法的问题。斯威夫特笔下的“计划员”在理解人类的愿望和恐惧时表现出同样的混乱。他们犯下的最大的错误不是违反道德，而是违反了常识（common sense），也即斯威夫特简称的“sense”。他们无意伤害谁，可即便他们拒绝承认自己的实验产生了事与愿违的结果，依旧罪责难逃。

在大多数斯威夫特的读者眼中拉格多大科学院是针对英国皇家学会的讽刺。然而，即使在斯威夫特生活的年代，它也是个令人敬畏的、受人尊重的机构。1604年，英国经验主义者已经开始频频碰面，并把自己的小圈子命名为查尔斯二世领导下的“皇家学会”，直到1663年被称为“伦敦提升自然知识皇家学会”。“自然”一词则意味着知识间的区别：一类是可见可测，建立在“科学方法”的基础上，即通过观察—假设—推论—实验的综合应用之后得出的知识；另一类则是“神性的”，不可见、不可量，来自更高规则的知识。

这两种分属不同的规则体系的知识间本不该相互矛盾，但是它们却常常不一致。二者常被用来解决同一问题，可结果总是相反。在针对疾病暴发的问题时，矛盾尤甚：患者和家属常常既求助于祷告也服用泻药，但是谁能说清楚哪一个更有效？然而，在“皇家学会”成立的头五十年里，“自然知识”确实赢得了更多的立足之地，“皇家学会”的行事风格也倾向于为诸多实验、事实收集和证明做同行监督的组织。

斯威夫特着手创作《格列佛游记》的时间大约在1721年。有意思的是，那一年正好遇上致命的天花疫病暴发，天花在伦敦和马萨诸塞州波士顿地区迅速蔓延。按以往的经验，天花会有更多的感染者，而这一次，却见证了一场关于疫苗接种的激烈争论。“神学”知识有许多不同的观点：究竟应认为疫苗接种是上帝赐予我们的礼物，还是应当认为天花是缘于神对人间的造访，对不端行为的惩罚，人为干涉是对上帝之大不敬？但最后的实际结果是科学知识，而不是神学观念赢得越来越多的信任。

在伦敦，疫苗接种得到了玛丽·沃特利·蒙塔古女士（Lady Mary Wortley Montagu）的大力支持。蒙塔古先生当时正担任驻土耳其大使，蒙塔古夫人伴随在丈夫身旁，获悉了这一治疗方法。在波士顿，有些出人意料，大力倡导者是科顿·马德——一位对塞勒姆巫术和“看不见的世界里的奇妙”十分着迷的人——他从一位在非洲接种了天花疫苗的黑奴口中听说了此事。虽然他们二人最初被诋毁，但最终都成功地证明了疫苗疗法行之有效。他们二人还与医生密切合作——马德的合作医生是扎布迪尔·博伊斯顿。1726年，博伊斯顿医生向皇家学会宣读了自己实践兼研究结果的论文。而玛丽女士的合作医生则是约翰·阿巴斯诺特。

也许你会认为斯威夫特应该反对疫苗接种，毕竟，在实际操作中，疫苗是令人厌恶的，违反直觉的。接种疫苗就好比将溃烂的患者身上的脓注入健康人的组织中。这听起来就像拉格多大科学院的爆炸狗实验和其他蠢人做的实验。然而，事实上，斯威夫特也接种了这些疫苗，他是阿巴斯诺特——马蒂努斯·斯克里布勒斯俱乐部成员之一（1714）——的旧友。该俱乐部一直致力于对滥用知识的行为冷嘲热讽。与“计划员”所做的可笑的实验——斯威夫特从阿巴斯诺特的内行的言谈中获得灵感并创作出的可笑的实验——不同，疫苗接种在实际中似乎真的起了作用，而且在大多数情况下都有效。

然而，像疫苗接种这样的实验并不是《格列佛游记》第三章的用意之所在。它所关注的是实验的报应，以及“计划员”强迫症般的本质：无论有多少条狗被撑炸，他们只专注于实验，并认定等到下一次再为狗充气时，就可以完成预定目标了。虽然看似依照科学方法实验，但是结果始终违逆本愿。他们的逻辑是：既然自己的推理告诉自己实验可行，那么所行的道路必定是正确的，因此也必理所当然地可以无视那些就发生在眼前的事实经验。虽然他们还没有表现出二十世纪中期的小说中真正的科学疯子的全部特征，但是他们绝对是疯子科学家发展道路上决定性的一步，而拉格多大科学院正是后来的B级片中那群疯狂的“白大褂”的文学突变体之先驱。

* * *

当然，在拉格多大科学院与B级片之间还有许多其他形态的疯子，其中最著名者当属玛丽·雪莱创作的“弗兰肯斯坦”

博士，它也是人造怪物的名字——痴狂的、对周遭的一切都盲然无视的，用尸体创造出“完美人”并借此证明自己的理论的科学家的绝好典型。第一位因他的无视和执着而受害的人恰是他的未婚妻。就在新婚之夜，她死在弗兰肯斯坦造出的怪物手中，因为怪物要报复弗兰肯斯坦，报复他拒绝爱并承认这个由他亲手创造出的生命体。紧随其后的便是霍桑笔下各种疯狂的实验者：拉巴契尼博士，为了让女儿百毒不侵，每天都会喂小姑娘吃微量的毒药，即使对于其他人来说，她已成为一剂毒药而不得不与爱和生活绝缘。在《胎记》中也有一位“科学人”，一心痴迷于去除妻子身上那块血色的掌形胎记。为了用科学方法将这胎记除去——这样他的妻子就可以完美无缺了——他将妻子带到自己的秘密实验室，让她服下一种可以隔断精神与肉体的联系的药物，结果却害死了她。

这两个人就像弗兰肯斯坦一样，将知识和能量的展示看得比自己本该疼爱和珍惜的人的安危和幸福更加重要。从这个角度讲，他们自私、冷血，同拉格多大科学院里那些无论造成多少破坏，多大伤害也要坚持自己的理论的“计划员”是同一类人。他们，也像弗兰肯斯坦博士一样，逾越了那条上帝为人类划下的界限，非要搅进那些“最好留给上帝处理的”或者说“与他们无关的”事情当中。

拉格多大科学院的“计划员”既滑稽可笑，又有破坏性，但是十九世纪中叶，这支疯子科学家的队伍一分为二了。可笑的一支在杰瑞·刘易斯饰演的喜剧角色“疯子教授”中登峰造极；另一支则向更加哀痛的方向发展。甚至在像浮士德一般的炼金术士的故事中，也潜藏了喜剧因子——站在台上的浮士德就是一位伟大的恶作剧者——但是在《弗兰肯斯坦》这样更阴郁的虚构故事中，喜剧这一支完全没有用武之地。

现代社会里的“疯子教授”所代表的隐喻之源头可回溯到托马斯·休斯那本异常受欢迎的小说《汤姆求学记》(1857)。书中描写了一个名叫马丁的男孩。他的绰号是“疯子”，宁肯做化学实验、研究生物也不愿分析拉丁语的句子——对于这个爱好，作者其实是持肯定态度的。因为对于“疯子”的成长岁月，作者如是看待：

> 如果我们懂得如何善用男孩子的能量，马丁就有可能获得作为一名自然科学哲人接受教育、发展才干的机会。他对于鸟、兽、昆虫抱有极大的热情。对于它们，马丁比拉格比公学中的任何一个人都知道得多，并且，从比较狭隘的意义上讲，他可算是一位实验化学家，还亲手为自己造了一台电器。它会给马丁带去极大的欢乐与荣耀，其方式是给予那些鲁莽的、胆敢闯入马丁工作室的小男孩少许电击。而这种冒险一向伴随着兴奋。因为，除了可能发生蛇掉在头上、盘在腿上，或者老鼠钻进裤子口袋找吃食等意外，还要不时面对散得满屋子都是的各种难闻的动物或

者化学剂的气味。甚至还有可能在马丁的实验引发的爆炸中受伤，那些普通男孩子闻所未闻的爆炸和气味乃是试验最奇妙的结果。

除了恣意潇洒的语言风格，拉格多还表现出十分显著的喜剧色彩：会爆炸的化学实验，各种恶臭熏天的玩意，乱七八糟的景象，动物的粪便以及强迫症。

而疯子科学家悲剧又邪恶的进化之路一直延伸进了 R. L. 史蒂文森的小说《化身博士》(1886)。在《化身博士》中，杰基尔博士——忙于各种新的神秘实验的科学家、禁线逾越者家族中的新成员——偶然发现或者说可能从霍桑那里继承了另一类可以割断维系人的灵魂与肉身的纽带的药物。但是这一次，药物没有把人杀死，至少没有让服药人立即死去。它只是溶解他的血肉，继而改变身体和灵魂的原貌，并将它们重组形成两个"自我"——两个拥有共同记忆的"自我"，但除了房门钥匙外再也不分享别的东西了。杰基尔的药物诱生的第二个"自我"，海德，体格强健、心地邪恶，还有许多显著的"天赋"。因为这也是一个"后达尔文进化论"的寓言，所以海德自然也是"多毛者"。

后来，杰基尔被自己所依赖的科学手段抛弃了。无论进行多少次药物混合，服用的效果总是一成不变，不好也不坏，完全没有起色。然而，最初得到的化学药品终究被用尽了，新配的又不起作用。融解灵与肉的界限的元素也随之消失了。杰基尔教授将注定永远被囚禁在他的毛发浓密的、低额头的、凶残的双生自我之中。虽然在杰基尔之前，也有许多“罪恶双生”的故事，但是“化身博士”——以我的了解——是第一个因“科学的”化学媒体而产生的“替身”。对于其他替身故事，此类嬗变已经成为十分普遍的喜剧和电影手法了。(例如：浩克——矜持寡言的物理学家布鲁斯·班纳的暴躁、狂怒的另一个自我——因班纳博士暴露在爆炸产生的伽马射线之下而生的绿色的庞然大物。)

接下来，于这一脉中蹒跚而来的是H. G. 威尔斯于1896年创作的莫洛博士——住在莫洛岛上，忙着用残忍的活体解剖实验，将动物切切割割变成人。而最终结果却是可怕并致命的。莫洛之所行完全谈不上良好的动机，只剩下陷入迷途的“计划员”的特质：为“研究热情”而热情研究是他全部的精神状态，而这仅仅是为了满足莫洛本人探究生理学的秘密的好奇心。像弗兰肯斯坦一样，他扮演上帝的角色——创造新生命——结果只得到怪物。与紧随他步伐的众多邪恶的科学家一样，他“完全不负责任，彻彻底底地冷漠。好奇、疯狂又没有待解决的目标的研究成了他的动力”。

自莫洛以后，疯子科学家的形象几乎是一步跃入黄金时代。到了二十世纪中叶，无论是小说还是影视作品中，疯子科学家的形象俯拾皆是。只要稍一露面，人们即刻能识别出来。

而它的最低谷，很可能是在那部既可以叫作《不会死的大脑》又可以叫作《大脑不死》的B级片里。在这部电影里的科学家甚至比通常见到的更加堕落败坏。电影讨论的那颗脑袋是他的女友的脑袋，因为一场车祸与身体分离了。这种事本会让大多数男人痛哭流涕，但是这个疯子当时正忙于利用从医院盗取的身体部位造出一个弗兰肯斯坦似的怪物。像平常一样，因为对怪物的衣服尺寸估计不足——不明白为什么怪物的袖子总比手臂短一截——他不得不把姑娘的脑袋裹在大衣里，惊惶地穿过田野。等到这颗脑袋终于放在玻璃罩之下，脖子上也接好电线，弗兰肯斯坦新娘式的头发吱吱作响的时候，这颗头颅立即生出报复的念头，而科学家还在脱衣舞夜总会流连，为它寻找可以完美匹配的身体。

* * *

《格列佛游记》的第三卷中还有一个元素需要予以特别关注，因为它总是同炼金术士、疯子科学家的故事形影不离——“永生”。在拉格奈格岛上，也就是斯威夫特在以大写的“L”开头的三个岛屿上的旅途中的最后一个岛屿。在这个岛上，格列佛遇见了“长生不死一族”——从生下来额头上就有一个红色的圆点的孩子，这一标记表明他们将永远不会死掉。一开始，格列佛很想见见这些“斯特鲁德布鲁格”，并在脑海中为他们勾画出这样一副形象：得上帝眷顾，是智慧与知识的宝库。但是，格列佛很快发现，与想象相反，他们是一群被诅咒的人，同他们的神话祖先提托诺斯以及库迈女巫一样，都无法既长生不死同时又青春永驻。他们仅仅是一直活着，越活越老，变得“固执、暴躁、贪婪、忧郁、徒劳无益——一切自然的感情全都谈不上了”。没有一个人会嫉妒他们，相反，饱受鄙夷与怨恨。他们盼望自己能死去，但是却无法实现。

长生不死一直都是人类的欲望。然而获得“长生”的途径却千差万别：有与生俱来的，像拉格奈格岛上的斯特鲁德布鲁格人；有经上帝赐予的；有服用长生不老药的；有穿越神秘火焰的，像亨利·赖德·哈格德的小说《她》一样；也有喝吸血鬼之血的。但是无论怎样一定都附带了阴暗的后果。

拉格奈格是第三卷中值得关注的最后一站。通过与斯特鲁德布鲁格的相遇，他渐渐接近斯威夫特的小说的灵魂深处：人是什么？而在书的第四卷，他直捣中心：格列佛的最后一段行程将他带到一座住着理智的、正直的、会说话的马匹之国——慧骃国，让他能直面叫人吃惊的关于人的本质的达尔文主义的观点。他在岛上遇见的、污秽的、像猿猴一样的、叫作“野胡”的家伙在慧骃的眼中只是一种动物。让格列佛极度沮丧的是：他最终不得不承认：撇开表面差异，比如服饰和语言，他不过是一名“野胡”而已。

正如斯威夫特的朋友，亚历山大·保罗在《格列佛游记》

出版后不久的评论："研究人类的最适当的方法就是研究人。"于我们这个时代，这研究不但适当，而且比以往任何时候都迫切。斯威夫特笔下的"计划员"搞砸了的实验，我们迅猛增长的成功的科学发明和发现都源于同样的驱动力：人类的好奇心以及欲望和恐惧。因为我们逐渐有能力将想象出的一切付诸现实，理解我们的内心动力变得至关重要。疯子科学家乃是——如果用奥斯卡·王尔德的口吻改写——我们于镜子里倒映出的"卡列班"。我们真的只是非常聪明的"野胡"吗？果真如此，会因我们的发明毁了自己和其他大部分东西吗？

在斯威夫特的年代，"科学家"渐具雏形。如今，已经完全自成一体。但是，我们依旧对它心怀恐惧。部分地，因为我们害怕科学家们似莫洛般的冷漠，冷得那么真实，对莫洛之辈而言，科学没有情感与道德，连冰冷的吐司炉也比它温暖。科学只是一种工具——实现梦想、抵御恐惧——但是，同其他任何工具一样，它们可用在好的方面，也可用在坏的方面。正如你可以用斧子建一栋房子，也可以用它来杀死你的邻居。

人类的工具发明者总能制造出各种工具，来帮助我们获得自己想要的东西。而我们想要的东西，几千年来就没有变过。也许是因为，就我们所知的所能找到的理由来说，人类的模式从来没有改变过。我们永远想要塞满黄金的手袋，青春之泉，一张只要一声吩咐就能自动提供美食的桌子，最好还有隐形的奴仆可以收拾残羹剩餐。我们想要"七联盟靴子"，这样可以飞快地旅行；还有“黑暗之帽”，让我们在窥探别人时不被发现。我们既想要那永不消失的武器，又想要能保我们永世安泰的城堡；既想要激情和冒险，又想要定规和安全；既想要数不清的性感迷人的伴侣，又想要他们用全部的爱回报我们，并对我们绝对忠诚；我们既希望孩子们伶俐可爱、头脑灵活，又希望他们对我们表现出应有的恭敬顺从；我们希望仙音萦绕，奇香拂面，美景入怀；我们既不想太热，也不想太冷；我们想跳舞，想与动物说话，想被别人羡慕，想长生不死，想要做神。

但是，没有完。我们还想要智慧、正义和希望，想成为一个好人。因此，我们为自己讲那些让我们小心自己的欲望的阴影的“警世故事”。斯威夫特的拉格多大科学院和“计划员”，以及他的后世子孙——疯子科学家就隐藏在那些阴影里。

* * *

上周，我偶遇一项混合了艺术与科学实验的“计划”。它在一个玻璃泡内悬着，电线连着它——也许你会想这应该是出自某部五十年代的B级片的镜头——但其实它只是十八世纪小人国的一件不可思议的外套。这件衣服由“无受害者皮革”制成——由动物细胞培养出来的动物皮革制成。这皮革之所以是“无受害者皮革”，因为它从来不属于某个活生生的动物的皮肤。但是，这一小件外套到底是有生命的吧？然而，我们说的“有生命”究竟是什么意思呢？网上关于这个问题的热烈讨论越来越多。

若在斯威夫特笔下的拉格多大科学院举行关于这个主题的辩论肯定最适合不过，因为这是一个既聪明又恼人的主题，是笑话又不是笑话。它迫使我们检视自己关于生物的生命本质的先入之见。毕竟，同撑爆狗、从黄瓜中提取阳光一样，“无受害者皮革”只是一件复杂的发明。如果“人何以为人”是《格列佛游记》的核心问题，那么写成这样一部书的能力本身就是答案的一部分。我们的所行并不是全部的我们，还包括我们的思想。也许借助想象出疯子科学家，并允许他们在小说虚构的界限之内做最糟糕的实验的方法，我们表达的是对现实中的科学家能保持清醒的期待。

献章五篇

前　言

我不仅仅是讨论科幻小说，我写的就是科幻小说。在“差劲的制图学”一章中，我谈过对乌托邦—反乌托邦体裁长篇小说的三次尝试，但就像在灌木丛生的树林中到处撒落的面包屑，我的作品中无处不流露着对各类科幻小说的小小的敬意。

这里选择其中五篇：《人体冷冻术》写的是围绕头脑深冻主题的餐桌闲话，这一主题不仅在比尔·麦吉本的《知足》一书书评中有出现，我的《羚羊与秧鸡》中也有涉及，诡异的是，二者竟还是同一时间出版的。《冷血动物》讲述一群体型庞大的昆虫外星人造访地球的故事；《归国》中，这群昆虫外星人正由另一群外星人带领到处参观，而这群外星人正是我们人类。《死亡星球上发现的时间胶囊》一文的主题是经典科幻小说迷们非常熟悉的时间胶囊。最后，《Aa'A 星球上的桃子女人》节选自《盲刺客》，讲的是浪漫的男主人公为回应爱人对幸福结局的渴望而口头编造的故事。

还有许多其他科幻小说，像《X 星球上的蜥蜴人》《大海绵的袭击》《为世界领袖的歌唱赛》《大脚野人》《男人》《两个机器人》……但有些面包屑还是该永远留在森林里。

人体冷冻术：一场讨论会

A：我到六十五岁时，就会让人把我的头砍下速冻起来。他们已经有了这项技术，还成立了公司……等他们研究出如何只用一个细胞就克隆出我的余下身体时，他们就会将我的头解冻再安回身体上。我想，那时环境和技术都已臻成熟，一切都会更加顺当。

D：要再来点灰皮诺红酒吗？加个橄榄呢？

A：谢谢！有些人把整个身体都冷冻，但现在我能付得起的只有头。

C：啊！市场的作用。

B：我想你是认为你的思想能经得起冷冻，记忆会完好保存吧？

A：我是这么认为的。信息能存储起来，未来的某天可以提取回来……

B：思想，还是大脑？有些人认为二者不同。例如，你的大脑可能是一种灰色的冰激凌冷冻甜食（Tastee-Freez），而你的思想……

C：冻斑呢？见过冷冻眼睛吗？它们的颜色是……

D：那你的新身体也会是六十五岁吗？

E：这个智利黑鲈真美味！

B：我们不能再吃鲈鱼了，他们都快把鲈鱼杀光了，他们实际上正在开采整个海洋，他们要建一个大型水下高尔夫球场。

D：我知道，知道，我忘了，不过既然已经煮好了，我们还是吃了吧。

B：我刚刚在想新身体更可能会是二十三岁。

C：所以你是要把这个爬满皱纹的老脸放在一个健壮的身体上吗？这可不太好吧。

D：我可不想和这样的东西一起睡觉。

A：亲爱的，那时你都不在了。不管怎样，他们会给我做整形手术，我会看起来很好，但我还得保留自己积累的智慧。

E：你就是在做梦！整件事实在是太可笑了。

A：新的科学思想在普通大众看来总是可笑的。

E：我可不是普通大众。不管怎样，你如何知道他们不会拿走你的钱呢，那时你的头已经进了冰箱几年，他们再宣布破产，拔下冰箱插头，把你的头扔进垃圾堆，他们就会那么做！

A：不必这么凶巴巴的。我对整个冷冻过程都有信心。

C：我还想到了更坏的情况，他们会将你的头解冻，用钩子挂到一个显示屏上，播放你最痛苦的记忆当作娱乐，你的整个一生就像个玩杂耍的小丑。

E：或者会有场自然灾害——一次地震，一场龙卷风——电网刮倒了——你的头就腐烂了……能不能把那些奴隶工人喷洒了毒药且人工催熟的葡萄递过来，当然，我知道我不应该买这些葡萄的，不过我已经洗过了，所以不用担心。

A：我想到这一点了，他们会有太阳能电池板，电线能通到防震地洞……

B：还是面对现实吧！污染、消失的臭氧层、转基因生物肆虐、冰川融化，海水淹没所有滨海平原，瘟疫彻底摧毁文明……只有少数人幸存，却沦为一群游荡残忍的食腐动物。他们一接触太阳光线就会命丧黄泉，因此夜间出行，而且所有大型陆地哺乳动物已经灭绝，他们吃老鼠、蟋蟀、根，并且相互蚕食。

A：这部分我会睡过去的，不记得了吗？

B：等下……他们发现了地下洞穴。已经没有了守卫，折叶也锈得从门上掉了下来。流浪者们闯了进来，撬开冰箱，他们看见了什么呢？

D：吃剩的干酪，半根芹菜，过了保质期的酸奶一样的东西……我们喝咖啡吧，这可是避光生长的咖啡，所以不要那样看着我。哦，是的，他们还发现了你去年夏天抓的梭鱼，亲爱的，它把整个冰箱都熏臭了，你对此到底有什么计划？

B：别无聊了。就是关于他头的事。他们打开冰箱，看到了……

C：我想我知道是什么了。

B：他们看到了蛋白质！他们说，拿来煮锅。他们说，美味佳肴的时刻到了！

A：你真是个可怜、恶心，又心理扭曲的人。

B：我只是个现实的人。

C：我也是。

冷血动物

姐妹们，你们光焰十足，千人千面，繁育子孙，我向你们致以来自蛾星的问候。

终于，我们成功地与这里的生物建立了往来，他们过群居生活，会相互交流，能创造技术，几乎与我们相似，不过具体看来，他们才只进化到初级水平。

我们第一次见到这些“血液生物”时——之所以称他们血液生物，是因为在他们身体里发现有鲜红的液体，在他们的诗歌、战争和宗教仪式中你都会发现这种液体似乎对他们非常重要——我们原以为他们不会说话，因为我们观察的那些人根本就没有发音器官。他们没有能够发出声响的翅膀套——事实上，他们没有翅膀；他们没有啄食的上颚；他们也不知道化学方法，因为他们没有触须。“嗅觉”对他们来说也是可有可无，因为他们头前只长了一个扁平麻木的附肢。但过了一段时间，我们发现他们发出的那些不清晰的吱吱声和嘟哝声事实上就是一种语言，尤其当他们痛苦时发出的声音。在明白了这一点后，我们的交流取得了快速的进步。

我们还很快弄明白，这个我们以数量最多最显著的物种命名的蛾星，他们称之为地球，因为他们奇怪地认为他们的先祖是由地上的泥土捏成的，他们的许多好听却荒诞的民间故事都是这么说的。

为了与他们建立共同语言，我们问他们在什么季节会与男性结合再吃了男性。想象一下，当我们发现跟我们交谈的就是男性时我们有多尴尬！（真的很难说出地球上男性跟女性的区别，因为他们的男人不像我们星球上的那么小，而是要大很多。地球上的人缺乏自然美，他们没有图案绚丽的甲壳，精致轻薄的翅膀，明亮发光的眼睛，此类等等——他们企图模仿我们，给身体穿上各种五颜六色的布料，这些布料能够掩盖他们的生殖器官。）

我们为之前的失礼道歉，又询问他们的性行为。当我们发现原来他们是男性而非生孩子的女性居社会的主导地位时，你们想象一下我们有多恶心！姐妹们，接下来还有更加反常的事，他们的领袖竟然大多都是男性，这就能解释为什么他们要相对野蛮了。还有一个必须提一下的奇怪现象，尽管男性经常以各种方式杀掉女性，他们却不会在女性生过孩子后吃掉她们。这是浪费蛋白质啊，不过他们本来就是浪费的人类。

我们又连忙转移了这个令人不快的话题。

然后我们问他们什么时候化蛹。就像“衣服”那件事一样，衣服就是我们刚刚提到的布料，我们发现他们又在笨拙地模仿我们。在他们生命中的某个不可知的时刻，他们会自己待在人造石头或木茧或蛹里。他们的想法是，某一天他们会以另一种状态从中重生，他们用自己长着翅膀的雕像来象征这种状态。不过我们并没有看到有任何人实际重生过。

此刻还有一件事值得一提，除了许多种蛾虫外，蛾星上还有成千上万的物种长得与我们的远祖相像。似乎我们之前的某次殖民尝试有了成果，只是年代太久远，记录遗失了。不过，蛾星上的这些物种，虽然数量多，也很灵巧，但体型却小，社会组织简单，而且与他们的交流都不是很顺利，或者说到目前为止都不是很顺利。血液生物对他们很敌视，除了恶毒地使用叫作“苍蝇拍”的手工工具，还用许多毒喷雾、陷阱等等对付他们。看到体型巨大丧心病狂的冷血动物使用这样的工具折磨残杀无助弱小，就痛苦不已，但是因为有外交规则，我们不能干涉。(还好血液生物听不懂我们的语言，不知道我们在说他们什么。)

尽管有那么多对付他们的工具，我们的远亲们还是成功地坚持了下来。他们吃庄稼牲畜，甚至血液生物的肉；他们住在血液生物家里，咬噬他们的衣物，隐藏在他们地板的裂缝中健壮成长。在血液生物最终做到过度繁衍(似乎他们正有意如此)，或者说成功消灭彼此时，那么请放心，我们种族已经在数量和适应能力上远远超越他们，我们一定能取得本该属于我们的统治权。

这个目标不会明天就能实现，但最终会实现的。我的姐妹们，如你们所知，我们一直以来都很有耐心。

归　国

1

我该从哪开始说呢？毕竟你们从没去过那儿，或者说即使去过，你们可能也没理解所见到的或认为所见到的事物的重要意义。虽说窗户就是窗户，但有向窗外看和向窗里看的区别。你们瞥到的地球人，或消失在窗帘后，或隐匿在灌木丛中，或掉进大街的井盖下，他们都很腼腆，他们可能只是你们在镜中的影像。我的国家擅长这种假象。

2

拿我自己做个典型例子来说，我靠两条腿直立行走，另外还有两只胳膊，胳膊下共长有十根手指，就是说，每条胳膊有五根手指。在我的头顶，不是面部，长着像海藻一样奇怪的东西，有些人认为它是一种毛皮，有些人却觉得它是修剪过的羽毛，或许是从像蜥蜴鳞片那样的东西进化而来的，这些毛没有实际功能，可能只是装饰作用。

我的眼睛长在头部，此外，头部还有两个方便空气（一种我们徜徉于其中的无形气流）进出的小孔，一个大洞，洞里有称作牙齿的骨状突起，我用牙齿咬碎吸收周围的某些东西，将其转化为我自身的一部分，这个过程叫作“吃”。我吃的东西有根、浆果、坚果、水果、叶子以及各种动物和鱼的肌肉组织，有时我也会吃它们的大脑和腺体，我一般不吃昆虫、蛆、眼睛或猪嘴，虽然其他国家的人会吃得津津有味。

3

我们中有些人身体上长有尖长无骨的向外垂悬物，就在肚脐下面，身体的正中前方位置，而有些人却没有。拥有这个东西到底是优点还是缺点，争论至今仍无结论。如果身体没有长这个东西，而是在相同位置长个可以孕育新生命的小袋或内凹小穴，那么公开向陌生人提到这个部位就会很不礼貌。我之所以跟你们说，是因为访客们经常因为提到这个而失礼。

在我们有些较私人的聚会，人们也会礼貌地忽略没有小袋或尖长物这一问题，就像忽略畸形足或失明问题一样。但有时，我们两类人会一起共舞，或使用镜子和水一起幻想，个中之人总是能沉醉其中，而观察者却会觉得荒唐可笑，我注意到你们也有相似的习俗。

人们最近投入大量精力和时间讨论这种事态。尖长物人说小袋人根本就不是人，说她们更像狗或马铃薯，小袋人骂尖长物人沉溺于幻想戳、插、探、直入等性爱动作，任何端口有洞可以射的长物体都能让他们兴奋。

我自己是个小袋人，很庆幸我不必担心翻越带刺的篱笆或困在拉链中。

我们的身体情况就介绍这么多了。

4

至于我们国家，我就先从落日说起，落日又长又红、鲜亮、辉煌又令人悲伤。像支交响乐，你可能会这么说，这恰恰与其他国家很快落下而无趣的落日相反，他们的落日比灯的开关还无聊。我们自豪我们国家有这样的落日。“来这里看落日吧。”我们这么跟别人说，然后所有人就冲到门外或窗前去看落日。

我们国家面积大，人口少，所以我们害怕空旷的空间，也需要空旷的空间。我们国家大部分面积都是水域，所以我们对水中影像、突然消逝、一件物体溶解到另一物体中很感兴趣。不过，还有许多地方是岩石，所以我们信仰“命运”。

夏季时，我们会在骄阳下到处闲荡，几乎不穿衣服，还把皮肤涂上油脂，希望能够把皮肤晒得黝红。但冬季时，太阳低垂，光照微弱，即使是正午，我们最爱的水也变得白硬硬的，冰冷刺骨，覆盖整个大地，然后我们就把自己全身裹起来，没精打采，大部分时间都藏在裂缝里，我们嘴冻得发抖，也不说话了。

冬季来临之前，树的叶子会变得或血红，或亮黄，比冗长的丛林绿更加鲜亮更有异域风情。我们觉得这种季节的变化非常美妙。“过来看叶子吧。”我们一边说着，一边跳进行驶的车中，上下颠簸着穿过了鲜艳的树林，眼睛贴在玻璃上向外张望着。

我们生活在一个实时变化的国家。

任何红色的东西都使我们震撼。

5

有时，我们静静躺着，一动不动，如果还有空气从呼吸孔进进出出，这是在睡觉，如果没有，那就是死去了。如果一个人终于实现了死亡，我们会举办野餐会，伴以音乐、鲜花和食物。受到此等待遇的人，如果不是因爆炸或长时间溺水原因无法留有全尸，就会被好好打扮，穿上漂亮的衣服，葬到地下挖的大坑里，不然就是大火焚烧。

这些习俗很难向异星人解释。有些访客，特别是年轻点的，从没听说过还有死亡这回事，非常困惑。他们认为死亡只是我们的各种错觉之一，是我们的魔镜把戏。他们无法理解，既然有如此多的食物和美妙的音乐，为何人们还是如此忧愁。

但你们会明白的，你们中的某些人也会面临死亡，我能从你们的眼睛中看出。

6

我能从你们的眼睛中看出来。如果不是这个原因，我很早前就不会再用这种双方都难懂的半拉子语言试着与你们交流了，说这种语言很耗嗓子，还灌得满嘴沙子；如果不是这个原因，我早已离开了，回去了。这个原因就是对死亡的了解，死亡是我们的共同遭遇，是我们重合的地方，死亡是我们的共同点。让我们在死亡的路上携手共进。

说到现在，你们一定已经猜出来了：我来自另一个星球。但我绝不会跟你们说："带我去见你们的领袖。"即使我不习惯你们的方式，但我永远都不会犯这样的错误。我们中也有这样的人，他们由钝齿、纸片、发光的小金属盘、彩色布片组成，我不需要在你们的星球再见到这些人。

相反，我会说："带我去看看你们的树，去吃你们的早餐，看你们的日落、你们的噩梦、你们的鞋子、你们的各种名词。抓住我的手，带我去见你们的死神。"

这些才是值得的，这些才是我来的原因。

死亡星球上发现的时间胶囊

1. 第一个时代，我们创造了神。我们用木材雕刻出神，这么说，那时还有叫木头的东西，我们用闪闪发光的金属锻制神，在神殿墙壁上绘画神。神分男神和女神，神也有各种不同的分类。有时神很残忍，喝我们的血，但他们也给予我们雨露、阳光、顺风、好收成、能繁衍的动物、许许多多的孩子。那时，天空还飞翔着无数的鸟儿，海里畅游着无数的鱼儿。

神的头上或长有角，或月亮，或海豹鳍，或鹰喙。我们称他们为全知，我们叫他们光昼使者。我们知道我们不是孤儿，我们闻着泥土的气息，在泥土中翻滚玩耍，大地的乳汁顺着我们的下巴淌下。

2. 第二个时代，我们创造了钱，这种钱也是由闪亮的金属制成。钱有两面，一面是国王或其他重要人物的头像，另一面是其他事物，其他能让我们感觉安心的事物：一只鸟、一条鱼、一只毛皮动物。这些事物都能使我们想到之前的神。钱体积小，我们每天都会随身带上点钱，且尽可能贴身放着。这种钱我们不能吃，不能穿，也不能起火取暖，但它就是可以像变魔术一样变成这些东西。钱很神秘，我们敬畏钱。说是如果你有足够的钱，你都能飞起来。

3. 第三个时代，钱变成了一个神。钱无所不能，钱无法掌控，钱开口说话了。钱开始了自我创造，钱成就了盛宴和欢歌，也带来了饥荒和哀悼。钱还创造了贪婪与饥饿，贪婪与饥饿正是钱的两面。有了钱，一幢幢玻璃大楼拔地而起，一幢幢大楼被推倒，一幢幢又再次建起。钱开始吞噬，吞噬掉整个森林、农地、孩子的生命，钱吞噬掉军队、船只和城市，无人能阻挡。有了钱就有了尊严和优雅。

4. 第四个时代，我们创造了荒漠。荒漠多种多样，但有一个共同点：寸草不生。荒漠有水泥的、毒药的、炕土的，因为渴望更多金钱，因为没钱时的绝望，我们创造了这些荒漠。战争、瘟疫、饥荒频繁，但我们却从未停止辛勤地创造荒漠。终于，所有井水都中了毒，所有河流都污浊一片，所有海洋都成了死海，连能种植粮食的土地都没有了。

一些有智慧的人开始思考荒漠问题。日落时沙滩上的石头会非常美丽，他们说。荒漠整洁，因为荒漠里没有杂草，没有爬行动物。如果你在荒漠中待得够久，你就能理解“绝对”，数字 0 是神圣的。

5. 从遥远星际来到我们这个干涸的湖岸，这个石冢边，这个黄铜圆柱前的你们，会看到我在人类的最后一天写的最后的话语：

为我们祈祷吧，我们也曾以为我们能够飞起来。

Aa'A 星球上的桃子女人

——节选自《盲刺客》

夜晚，光滑的地板，歌舞升平。诱人的欢闹，她无法抗拒。气泡闪光灯到处闪耀：你永远不知道灯光会射向哪，或你的照片（头微微后仰，露出牙齿）何时会出现在墙纸上。

早晨，她的脚酸疼。

下午，她戴上太阳镜，躺进折叠椅，回忆过去的点点滴滴。她不愿游泳、投环、打羽毛球，以及做其他各种毫无意义的游戏。那些娱乐活动只是打发时间，她有自己的消磨方式。

狗拽着后院木板一圈圈地转着，拉着它们的是一些上流人，她假装正在看书。

有些人在图书馆里写信。对她来说，写信毫无意义。即使她把信寄出去了，他居无定所可能永远都收不到，倒是可能会被其他人收下。

寂静无风时，海浪也做着自己该做的事，风平浪静。海风，人们说——哦，吹吹海风很好。深吸口气，放松，一切随风而去吧。

……

为什么跟我说这些悲伤的故事？几个月前，她这么问。他们躺着，裹着她的大衣，按他的要求，大衣有毛皮的那面朝上。冷风从破窗吹进来，街上的汽车叮叮当当地驶过。等一下，她说，有个纽扣硌着我后背了。

我知道的就是这种故事，都是悲伤的故事。不过，逻辑上，我们可以得出这样的结论：每个故事都是悲伤的，因为最终每个人都会死去。出生、结合、死亡，无一例外，可能除了结合那部分，有些男人甚至一辈子都没有过结合的经历，可怜虫！

但中间也会有美好的生活，她说，就是介于生与死之间——不是吗？不过我猜，如果你相信有天堂，那也可能算是幸福的故事，我的意思是，虽然结局是死亡。会有飞翔的天使对你歌唱，你可以安眠，其他等等。

是啊！还希望死后升天堂？谢谢，算了吧！

虽然如此，但也会有幸福的生活，她说。或许比你曾经投入的有更多的幸福。你没有投入多少。

你是说，我们结婚，居住在一个小平房，生两个孩子，是指这个吗？

你真是可恶。

好吧，他说。你想要个幸福的故事。我能看出你没有听到幸福的故事是不会罢休的。那么现在开始吧。

*　*　*

那还是后来著名百年战争（或Xenorian战争）的第九十九年。Xenor星球，位于宇宙的另一个空间，星球上居住着智力超常却异常残忍的一类物种，叫蜥蜴人，但他们不是这么称呼自己的。他们高七英尺，有鳞，肤灰。他们瞳孔是竖直的，像猫眼或蛇眼。他们皮肤坚硬，所以一般不用穿衣服，但会穿赤金短裤，赤金是一种具有延展性的红色金属，地球上还尚未发现。短裤能保护他们的要害部位，这些部位巨大无比，有鳞，但也很脆弱。

感谢上帝，他们也有脆弱的部位，她大笑道。

我就知道你喜欢这样的故事。不过他们计划抓捕大批地球女人，繁衍出高级物种，半人半X星蜥蜴人，以更好地适应宇宙中其他可居住星球的生活，能够适应陌生的大气，吃各种食物，抵抗未知疾病，等等，同时也会遗传X星人的力气和天外智慧。这种超级物种会侵略太空各地，征服太空，所到之处，吃尽星球上的定居者，因为蜥蜴人需要扩张的空间，需要新的蛋白质源。

1967年，X星蜥蜴人的太空舰队对地球发起首次进攻，大城市遭受重创，死亡数百万人，人类高度恐慌。蜥蜴人殖民了欧亚大陆及南美洲的部分地区，强占年轻女人做惨无人道的繁殖实验，吃掉他们爱吃的某些男性身体部位，再将尸体埋入巨坑，他们尤其爱吃大脑和心脏，其次是肾脏，稍加烘烤的。

但地球上的隐秘装备发射了火箭炮，切断了X星人的供给线，蜥蜴人没有了Z射线死亡枪的重要成分，整个地球团结一致，奋力反击，不仅有作战部队，还有用稀有的虹膜蛙毒制成的气体云，尤林斯的纳克偌德人曾在箭头上蘸这种蛙毒。地球的科学家们发现这种气体云对打击X星人非常有效。因此，此时，地球人与蜥蜴人势均力敌。

另外，如果能用足够热的导弹精准地击中他们，他们的短裤也会燃烧起来。那时，能使用远程磷弹枪射中目标，就是地球的英雄了，不过遭受的报复也很严重，如果遇到前所未闻的电击，就会痛不欲生。蜥蜴人讨厌私处一下子烧起来，这也可以理解。

一晃，又到了2066年，外星蜥蜴人已被打回到另一个星际，地球的战斗机飞行员们正乘着两人座快速小飞船追踪蜥蜴人。他们的终极目标是消灭所有蜥蜴人，也许再留下几个供观赏，关进专门加固的动物园，就是窗玻璃也别想攻破。但是，蜥蜴人却誓死方休。他们还有一支星际舰队，尚可调动，而且袖中还藏着几张王牌。

他们还有袖子？我以为他们上半身全裸呢。

圣徒犹大，别这么挑剔，你知道我的意思。

威尔和博伊德是一对老兄弟，也是哈利舰老兵，服役已有三年，身经百战，也满身伤痕。其实这个役期够长了，但他们作战多以失败告终。指挥官对他们的评价是，有勇无谋，不过到目前为止，他们每次鲁莽的行为，一次次大胆的突袭，都侥幸死里逃生。

但随着故事的发展，一艘外星人舰艇包围了他们，他们中了枪，走路一瘸一拐。Z射线射穿了他们的燃料箱，切断了他们的地球控制，融化了舰艇的方向盘，还让博伊德头皮破了个大伤口，而威尔身体某部位正在流血，浸染了航天服。

看来我们是受到惩罚了，博伊德说。妈的，下流坯子，还满身的图案。这个东西会随时坏掉的，我只是希望我们能有时间再炸掉几百个满身是鳞的王八蛋。

是的，同意。那么，干杯，老朋友，威尔说。看来你还是被撞上了——红泥。你的脚趾还在滴呢。哈哈！

哈哈！博伊德说着，痛苦地扮着鬼脸。开个玩笑，你总是能开低级玩笑。

威尔还没来得及回答，飞船就失去了控制，飞速旋转。他们是被一个重力场吸住了，是哪个星球呢？他们不知道自己身处何方。他们的人造重力系统出了故障，两个人也昏了过去。

醒来时，他们竟不敢相信自己的眼睛。他们已经不在舰艇上了，紧身金属航天服也不见了，他们正穿着闪闪发光的宽松绿袍，躺在柔软的金色沙发上，上面是个藤蔓覆盖的凉亭。他们的伤口已经痊愈了，之前袭击中威尔被炸掉的左手第三个手指也长回来了。他们觉得满是健康和幸福。

满是，她嘀咕。喔唷，喔唷。

是的，我们就是时不时地喜欢听好听的话，他说，嘴角吐字的模样就像电影中的绑匪，使得此刻的停顿充满格调。

我是这么想象的。

故事继续。我真的没明白，博伊德说。你认为我们死了？

如果我们死了，我会接受死亡，威尔说。没关系，真没关系！

我要说。

就在这时，威尔低低地吹了声口哨。两个女人正向他们走来，这是他们见过的最漂亮的女人，她们的头发是裂开的柳条筐的颜色。她们身着紫蓝色长袍，长袍有很多小小的褶，走起路来沙沙作响。威尔联想到在A级杂货店里水果周围摆放的小纸裙。她们光着胳膊，也光着脚，头上戴着精美的红色网巾，有点奇怪。她们的皮肤水润多汁，呈金粉色，走起路来波浪起伏，好像之前蘸了糖浆。

欢迎你们，地球人，走在前面的女人说。

是的，你们好，第二个女人说。我们一直就在等你们来。我们通过星际电视摄像机追踪到你们的到来。

我们现在是在哪？威尔说。

你们是在Aa'A星球上，第一个女人说，声音听起来就像饱餐后的叹息，还有睡梦中的婴儿翻身时的小小喘息，但也像是临死前的最后一口气。

我们是如何来到这里的？威尔问道。博伊德此时话都说不出来了，一直扫视着眼前丰满成熟的乳沟。真想用牙咬上一口，他心里想着。

你们从天上掉了下来，还有飞艇，第一个女人说。不过飞艇已经毁了，你们只得跟我们一起待在这里了。

这倒没什么，威尔说。

你们会得到很好的照顾，这是你们应得的，你们在保护地球抵御 X 星人时，也是在保护我们。

羞怯端庄要求我们避开接下来要发生的事。

必须吗？

我马上就会证明。不过，需要提到的是，博伊德和威尔是 Aa'A 星球上仅有的两个男人，因此这些女人当然都是处女。但她们会读心，能预先知道威尔和博伊德渴望的是什么，因此这两位朋友最龌龊的臆想很快就被意识到了。

事后，他们吃了一顿美味的花蜜大餐，女人们跟他们说，花蜜能延缓衰老，避开死亡；然后又去了美丽的花园散步，花园里的花真是令人难以想象；再后来，他们被带去一个大房间，房间里都是烟斗，他们可以选择自己想要的任何一个。

烟斗？你用来吸烟的那个东西？

还有拖鞋，接下来也发给了他们。

我猜我去过那类房间。

你确实去过，他咧嘴笑着说。

一切都越来越好。一个女孩很性感，另一个女孩严肃认真，会谈论艺术、文学、哲学，更别提神学了。女孩们似乎随时知道他们需要什么，会根据博伊德和威尔的情绪喜好随时调整自己。

生活过得非常和谐。随着完美的日子一天天过去，两个男人对Aa'A星球有了越来越多的了解。首先，Aa'A星球上不吃肉，且没有食肉动物，不过有很多蝴蝶和唱歌的鸟儿。我要不要补充说下，Aa'A星球上崇拜的神竟然是个大南瓜？

其次，这里没有像我们一样的生育。这些女人都是树上长出来的，树梢的地方就长着她们的头顶，成熟时就由前人采摘下来。第三，这里也没有死亡。等时间到了，每个桃子女人（就用博伊德和威尔称呼她们的词）会对自身分子做简单分解，再通过桃树重新组合，结成新鲜的女人。所以最新长成的女人，不管是本质上还是形式上，都与第一个女人一模一样。

你怎么知道什么时候时间到了呢？即该分解自身的分子了呢？

首先，她们熟透时，光滑的皮肤会出现软软的细纹。其次，由果蝇可看出。

果蝇？

成群的果蝇会绕着她们的红网巾盘旋。

这就是你认为的幸福故事？

等下，还没结束呢。

*　*　*

过了一段时间，这样的生活状态，虽然精彩，却渐渐让博伊德和威尔觉得无聊。首先，女人们不断地向他们确认，保证他们幸福开心，这会让一个大男人觉得烦人乏味。其次，这些女孩什么都能做得出来。她们毫无羞耻之心，或者说不知廉耻，反正都一样。她们会在恰好的时候展示最淫荡的一面，用荡妇一词形容她们都不够。有时她们也会害羞一下，假装正经，极尽奉承，又显得端庄适度，她们甚至也会哭泣和尖叫——这种事也会发生。

起初，威尔和博伊德觉得激动兴奋，但不久就渐渐恼怒了。

你打她们时，没有血流出来，只有汁液。你再使劲打时，她们就变成了甜甜的软塌塌的果浆，很快又会变成另一个桃子女人。她们似乎不会感觉到痛，威尔和博伊德开始好奇她们是否也能感受到快乐，是不是所有的狂喜只是一场做作的表演。

我们提出怀疑时，女孩们只是微笑逃避。你永远都没法弄清真相。

你知道我此刻想要什么吗？有一天威尔说道。

肯定跟我想要的一样，我敢打赌，博伊德说。

一块烤牛排，大块的，半熟，还往下滴血的那种。一大包法式炸薯条，还有一杯冰啤。

我也是。还要与X星上那些全身长鳞的王八蛋们在太空轰轰烈烈地恶战一场。

一点儿不错。

他们决定一探究竟。尽管桃子女人告诉过他们，Aa’A 星球上到处都一样，他们只会看到更多的树，更多的凉亭，更多的鸟儿和蝴蝶，更多的甘美女人，他们还是决定向西出发。经过了漫长的时间，一路上也没遇到危险，他们最终遇到了一面无形的墙。墙很光滑，就像玻璃，但是软软的，当你使劲推时，还会往后缩，松手时又弹回来。墙很高，他们根本够不着，也爬不上去，它就像一个巨大的透明气泡。

我想我们被困在一个巨大的透明物体中了，博伊德说。

他们坐在墙脚下，一股深深的绝望感袭来。

这个地方既和平又富裕，威尔说。它是夜晚柔软的床，是甜蜜的梦，是阳光明媚的早餐桌上的郁金香，是妻子在煮咖啡，是你曾经梦想得到的所有爱。它是外面的男人们，战斗在另一个星际的男人们想要的一切，是其他男人不顾性命所追求的一切。我说得对吗?

你说得很好，博伊德说。

但这一切都太好了，反而不太真实，威尔说。这一定是个陷阱。甚至可能是 X 星人邪恶的思想控制手段，阻止我们参加战争。这是天堂，但我们无法出去，任何无法走出去的就是地狱。

但这不是地狱，是天堂。一个桃子女人说，她正从旁边的桃树枝转为人形。你们哪都去不了。放轻松，好好享受，你们会习惯的。

这就是故事的结局了。

就这样？她说。你要把这两个男人永远困在那里？

我说了你想要的故事。你想要幸福，我可以把他们留在那，也可以让他们出去，看你想要怎样的结局。

那么，就让他们出去吧。

出去就是死亡，不记得了？

哦，我明白了。她往自己那边侧了侧，把毛皮大衣往上拉了拉，滑下胳膊抱住了他。不过你对桃子女人的理解错了，她们不是你想的那样。

怎么错的？

你就是错了。

附　录

玛格丽特·阿特伍德给贾德森独立校区的公开信

首先，我要感谢那些不遗余力封杀我的《使女的故事》的人。知道文字在当今社会仍能受到严肃对待是一件振奋人心的事情。

放下这一感想不谈，我想对所有支持使用我的书作为大学先修课程的同学、家长和老师表示祝贺。他们多年来同仇敌忾，协力对抗训斥、禁书令和焚书令，拥护公开讨论和言论自由——这一点，以我看来，依旧很美国式，尽管现在也承受了压力。

此外，我还想就反对意见做些评论。有反对者说，《使女的故事》冒犯了基督徒，这让我颇感惊讶：为什么有些基督徒立即在这面镜子里看到自己的样子？要知道这本书中没有一处内容可被标识为基督教政权。书中引用了《圣经》上的几段话，但也不是来自《新约》。事实上，《使女的故事》中的政权正忙不迭地用布尔什维克消灭孟什维克的方法消灭修女、浸信会教徒以及贵格会教派。唯一谈论基督教的人正是女主角本人。你们可以在书上第三十章结尾处看到这位女主角的主祷文。

至于“对性太过直言不讳”的指责，实情是，《使女的故事》对性的兴趣远不及《圣经》。先不说雅歌，《圣经》中有大量关于“性”的描写——强奸、乱伦、色诱，或与某人的父亲的情人在屋顶野合等等。而使得《圣经》成为必不可少的书的一个原因便是拒绝为上述各种行为盖上一片花边桌布。

我的书中关于性的观点可以这样表达：各种极权主义总试图用这样或那样的方法控制性和生育。有许多极权主义禁止不同种族或不同阶级间通婚。还有一些试图限制孩子的出生。另一些却相反，试图逼迫生育。对于奴隶主来说强奸自己的奴隶本是一件平常事。原因很简单，可以生产出更多奴隶。种种限制和控制形式，不一而足。

而书中的另一个观点则是人有选择爱人的自由，即使它曾遭到某些政权或文化的限制，人们也必获得这一自由。极权主义统治下，这观点既勇敢又危险。我给你的可是《罗密欧与朱丽叶》。并且，当婚姻本身变为笑话，要求只在婚姻的范围内谈论性便十分愚蠢了。

最后两点思考：首先，我没有在书中写任何人类史上完全没有发生过的事情。它不是一幅赏心悦目的图片，但它是我们的写照，或者说是关于我们的一部分的写照。其次，假设你看见有人朝着地上的一个巨坑走去，提醒他难道不是友好的做法吗？

最后，我祝贺你们，并祝你们好运。你们的体贴和勇气为后人树立了一个值得学习的榜样。

你亲爱的

玛格丽特·阿特伍德

二十世纪三十年代的《诡丽幻谭》封面

……你可以拥有一群死了三千年的裸体女人，双唇红润，身材柔美性感，长发如蔚蓝的波浪，眼睛像爬满蛇的蛇窝……我还额外奉送献祭的处女，她们穿戴金属胸甲、银脚踝链和薄如蝉翼的衣服。还有一群贪婪饥饿的狼，特别受欢迎……画在封面上——这些狼会围着一个家伙打滚，只能用枪托把它们砸散。

这是我2000年的小说《盲刺客》里的一段话，讲述者是埃里克斯·托马斯，一位二十世纪三十年代通俗杂志小说的撰稿人。小说中，他说这话时可不是在搞创作，而是为了在公园里泡妞。托马斯泡妞以讲故事开场。能了解某些事情总是件好事，无论你扮演的是什么角色。如果你是情场高手，便须能讲一两个好故事，但若你是猎艳的对象，就要决定是显出第一次听到这个故事的样子，还是相反。

小说里的埃里克斯·托马斯将他那群魅惑的荡妇及其装饰从《诡丽幻谭》的封面上移除了，《诡丽幻谭》是他非常想在上面发表文章的杂志。在三四十年代，《诡丽幻谭》发表的全是怪异的故事：幻想、恐怖、突眼怪一类的科幻。《诡丽幻谭》的封面色彩华丽，是玛格利特·布伦戴奇深情创作的蜡笔画，那时她刚从时装设计师和插图画家转行，是那个年代唯一的女性通俗杂志封面艺术家。

布伦戴奇专注绘画堕落的或遭威胁的年轻女性，她们要么完全裸体，要么衣服鲜艳暴露，还穿着金属胸衣，戴着透明的面纱和既美观又实用的脚链，还常常饰以鞭子和镣铐。长有尖牙的各种大型动物也是反复出现的画面：布伦戴奇画笔下的女人不仅与狼有着模糊不清的关系，与那些魅力超凡的食肉动物的关系也难以解释。有时，这些女人似乎受到了危险朋友们的惊吓，但她们可能还是会大步迈向前，领头的正是女性至上主义者。

布伦戴奇绘画的封面从三十年代一直流行到四十年代初，成为我创作埃里克斯·托马斯完美的灵感源泉，所以埃里克斯那些老掉牙的台词的出处就一清二楚了。不过，如今回头再看这些陈词滥调，我也疑惑，我自己是从哪看到这些的呢？布伦戴奇的多产时期，我还没出生，不过我似乎非常熟悉她的作品主题。孩子对图画的吸收接受能力之强好似海绵吸水。至于水从何处来，则无须计较。从呱呱坠地到大约七岁，这段不识日昃月满的懵懂岁月里，孩子们就这样一直生活在神话王国里。

二十世纪四十年代，是我的漫画十年。漫画中的有些故事乃是我们孩子众所周知的。孩子与狼群交朋友甚至由狼群抚养长大都是理所当然的事情；狼群还会在孩子遇到危险时冲去帮助他们。我就曾想象自己有这样的狼群朋友，因此没有受到四十年代阿尔·卡普的连环漫画《丽丽·阿贝纳》(*L'il Abner*)里的狼女的惊吓。狼女是我见过的第一个布伦戴奇式的食肉美女形象。她须发雪白，眉毛高挑，很可能会吃人。她衣着暴露，跟卡普笔下那群古怪迷人的女孩一样（如绝色美人斯图芬·琼斯，阿帕斯纳塔·冯·卡莱马克思，和满身泥巴喜爱小猪的曼比姆·迈克斯维恩），她就是人们过去常常说的“天生丽质”。Hubba hubba，过去人们会这么说，这个词的起源不详，很可能是 hübsche 的变体，hübsche 是一个德语单词，表示“美丽”的意思。

书籍和书籍里的人物，绘画和绘画里的元素，所有这些都有家族和先祖，就像人一样。那狼女是怎么产生的呢？可能是布伦戴奇发表在《诡丽幻谭》杂志上的狼女孩们，我敢打赌，卡普一定是看过并做了借鉴。这些狼女们的祖父是吉卜林的《丛林故事》中那个由狼养大的男孩吗？这些张牙舞爪的小可爱是不是又源于十九世纪末的高雅艺术呢（因为那时候的高雅艺术热衷于描绘蛇蝎美人与动物交配的场景，从而表现出这些蛇蝎美人内心兽性的一面)？或者还可追溯到有关人变成狼的民间传说故事，甚至更加久远，能追溯到人类认为动物可随心所欲化为人形的年代？

狼人的故事经久不衰，这一定是基于某种原因，而这个原因可能近乎一种愿望。玛格利特·布伦戴奇是不是画过与狼一起奔跑的女人（这其实就是早期版女性自由的象征），而这一点连她自己都没有察觉？《德古拉》的作者布莱姆·斯托克塑造了长着长长犬牙的性感女人，但他既非第一人，也非最后一人。（值得注意的是，狼女并没有男性伴侣，所以我们强烈质疑的一点是，那些害相思病的野心家们是死在狼女的手上或爪上，就像害死他们的某个满身毛毛的图兰朵或雌蜘蛛。）

还有穿着两边对称的金属胸衣——用细巧的链子拴在身体上的闪闪发光的金属胸衣——的女人在布伦戴奇的作品里到处都是。理查德·沃林斯凯曾制作过一部纪录片，名为《穿黄铜胸衣的女孩：一段口述的科幻小说史1920—1950》，这个标题承认了这样一点，即这类衣物的称呼在二十世纪初的科学和幻想小说中是普遍存在的，但如其他所有的图片作品一样，这种衣服类的物品也有其视觉先例。

这种坚硬又柔软的正面衣料所承载的信息是多方面的。其中一部分来源于东方主义。在转至《诡丽幻谭》之前，玛格利特·布伦戴奇曾为另外一刊通俗杂志《东方故事》绘画封面。通过她描绘的异国少女，布伦戴奇揭开了十九世纪维多利亚时代东方绘画的神秘面纱，有些描绘妻妾成群和女奴市场的场景，而有些是因为受到《一千零一夜》的启发而纯粹幻想出的。这种装饰珠宝的紧身金属胸衣毫无实用性，而它的反复出现只会激发奴役和/或其他形式的邪恶行为。《野蛮人柯南》的作者罗伯特·E.霍华德，经常在《诡丽幻谭》上发表文章，他热衷于描写奴隶女孩和堕落行为，同时也会借鉴布伦戴奇的着装描写。在《盲刺客》中，我对埃里克斯·托马斯的那些长着像窝满蛇的深坑的眼睛的女人的描写，是以心地单纯的柯南与那些他抢劫过的腐朽衰退的城市里的神秘的风情女子的偶遇为基础的。

二十世纪四五十年代的胸衣广告暗示了双罩体系的第二部分：不渗透性。Maidenform 只是众多的胸衣品牌之一，他们的胸衣白得耀眼，上面还缝着表示盔甲的同心圆。他们的广告将裸体状态与公共活动相结合——“我梦到我是个穿着 Maidenform 胸衣的私家侦探”；“我梦到我是个穿着 Maidenform 胸衣的女编辑”——将胸衣表现得更像是一种安全和纯洁的保障，而性感诱惑的成分倒少了。手持矛盾、头戴头盔的雅典娜女神可能是个远房亲戚。

瓦尔基里还是个更近的亲戚，她是北欧神话中的半贞洁女神，专门收集阵亡的英雄战士，并将他们带到奥丁的宴会大厅。理查德·瓦格纳在他的音乐剧《指环》中将瓦尔基里女神们带到了歌剧的舞台，但对于一个二十世纪四五十年代的观众来说，他们更加熟悉一个瓦格纳女高音应该是什么样子的：巨大的金属胸衣或紧身外套，长长的辫子，插上维京奇幻翅膀的翼盔。果然，1957 年的动画片《歌剧是什么？》(*What's Opera, Doc?*) 中还出现了兔八哥，它就像瓦尔基里女神布琳希德一样穿着异性服装，戴着粉色翼盔，胸前还卡着两个小小的铜杯。

神奇女侠，这个漫画书女主角 1941 年首次登场，她没有全金属夹克，不过她身前倒是戴着很多足以表明血统的闪闪发光的物品。她与贞洁女神也有些关系，确切地说，应该是贞洁月亮女神阿尔忒弥斯。所有的女超人，不管是善良的还是邪恶的，通常都是未婚的：虽然神奇足球妈妈可能在现实生活中很了不起，但却并不十分适合她的形象。

金属胸衣能够同时表达两种隐含意义：脆弱，尤其在金属胸衣与一双充满惊恐的大眼睛联系到一起时；力量和坚决的抵抗，“胸甲”（通俗杂志中的称法）更充实时，穿戴者看起来会更加坚定。布伦戴奇有时会将这两层含义放在一起尝试：一个小女孩，穿着黄铜胸衣，大眼睛充满了惊恐，她害怕但坚定地踮着脚尖往前走，脚链颤动着，只为了打开牢笼枷锁，将某个帅小伙从笼中解救出来。

一个时代的通俗艺术往往会抄袭前一个时代的高雅艺术，而高雅艺术又常常借鉴同一时期的许多最通俗的元素。《查泰莱夫人》色情之战的争论点在于，你每天在卫生间墙上看到的那几个乱涂乱画的单词是否有权利被写入所谓的“文学”中。二十世纪三十年代的《诡丽幻谭》的封面，只是文化模因自我传播的例子之一，一部分受环境的影响，一部分受我们主观认知的影响。因此，也就有了从瓦格纳的超严肃瓦尔基里到布伦戴奇的不明其意的黄铜胸衣，到Maidenform的人造内衣，再到兔八哥的滑稽模仿，最终到麦当娜在表演中对整个传统的机智诙谐的引用的传承。此外还有从神话传说中的狼女人，到布伦戴奇的狼女孩，到阿尔·卡普在其《丽丽·阿贝纳》一书中大放光彩的狼女的发展，到作为儿童读者的我，最终到我的创造：埃里克斯·托马斯。

埃里克斯把通俗杂志《诡丽幻谭》用作性爱前戏。他知道《诡丽幻谭》是低俗杂志，他引诱的女孩也知道，但这就是诱惑之所在，于她或者于他皆是如此。说到为她编造的那些处于性危险中的堕落女人和少女，埃里克斯说："我想我没法骗你去接受她们。""妖冶俗丽不是你的风格。"

"你永远不会知道，"女孩回答，"我可能喜欢她们。"

她确实喜欢。

致　谢

感谢以下这些人，是他们将艾尔曼演讲举办得令人如此愉快：

理查德·艾尔曼现代文学演讲的负责人约瑟夫·史基贝尔；芭芭拉·弗利尔·史基贝尔；多伦多大学近东和中东文明副教授莎伦·哈特·格林；巴伊兰大学英语教授迈克尔·克莱默；普林斯顿大学英语教授埃丝特·肖尔。埃默里大学的行政工作人员：埃默里大学校长詹姆斯·瓦格纳；负责教务事务的教务长和执行副校长厄尔·刘易斯；埃默里大学的副校长兼书记罗丝玛丽·麦基；埃默里文理学院院长罗宾·福尔曼。艾丽西娅·弗兰克，汤姆·詹金斯，贝基·赫林，尼古拉斯·瑟贝，莱文·阿斯伯格，以及所有做出贡献的埃默里大学的教职员。

还要感谢我的代理人菲比·拉莫和维维恩·舒斯特；我的编辑，加拿大麦克莱兰 & 斯图尔特出版社的艾伦·萨里格曼；美国南·塔利斯/道布尔戴出版社的南·塔利斯；英国维拉戈出版社的勒尼·古丁斯。此外还有：杰丝·阿特伍德·吉普森，她是我的早期读者，提出了很多宝贵的意见；我的文字编辑希瑟·桑斯特；托马斯·费舍尔珍藏图书馆的约翰·休史密斯和詹尼弗·特夫斯；多伦多公共图书馆的朱迪思·梅里尔作品集；哈佛大学的怀德纳图书馆。感谢所有为我早期文章提供出版的出版商，感谢多年来那些一起共事的报纸和杂志编辑。最后，感谢我的职员萨拉·韦伯斯特、安妮·乔德斯玛、劳拉·斯坦伯格和佩妮·卡瓦诺。感谢所有本书中提到的作者，在这六年多里，我从他们的作品中获得了极大的乐趣。

许可致谢

感谢以下出版社，感谢他们同意我重新出版之前发表的文章：

第一部分的三个章节，是基于佐治亚州亚特兰大的埃默里大学发表的理查德·艾尔曼现代文学系列讲座（2010年10月24—26日）。

《玛吉·皮厄斯的〈时间边缘的女人〉》：原题《过时的敏感》（An Unfashionable Sensibility），发表于《国家杂志》（*The Nation*）（1976年12月4日），第601—602页；玛格丽特·阿特伍德，《第二种语言：散文评论精选1960—1982》（*Second Words: Selected Critical Prose 1960—1982*），多伦多：安纳西出版社，第272—278页。经出版商同意重版。

《H.赖德·哈格德的〈她〉》：玛格丽特·阿特伍德，《移动的目标：有目的的写作，1982—2004》（*Moving Targets: Writing with Intent, 1982—2004*），多伦多：安纳西出版社，2004，第234—241页；玛格丽特·阿特伍德，《好奇的追寻》（*Curious Pursuits*），伦敦：维拉戈出版社，2005，第249—256页；玛格丽特·阿特伍德，《有目的的写作：论文　书评　散文，1983—2005》（*Writing with Intent: Essays,*

Reviews, *Personal Prose 1983—2005*)，纽约：卡罗尔和格拉夫出版社，2005，第198—294页。经出版商同意重版。

《女男王王国的女王：厄休拉·K.勒奎恩的〈世界诞生日和其他故事〉》:《纽约书评》，第49卷14期，2002年9月26日；玛格丽特·阿特伍德，《好奇的追寻》，伦敦：维拉戈出版社，2005，第297—308页；玛格丽特·阿特伍德，《有目的的写作：论文　书评　散文，1983—2005》，纽约：卡罗尔和格拉夫出版社，2005，第243—253页。经出版商同意重版。

《反对冰激凌：比尔·麦吉本的〈知足：在机械化时代保持人性〉》:《纽约书评》，2003年6月12日；玛格丽特·阿特伍德，《移动的目标：有目的的写作，1982—2004》，多伦多：安纳西出版社，2004，第339—350页；玛格丽特·阿特伍德，《有目的的写作：论文　书评　散文，1983—2005》，纽约：卡罗尔和格拉夫出版社，2005，第294—304页。经出版商同意重版。

《乔治·奥威尔：我与他的一点缘分》是我于2003年6月13日在BBC广播3频道的一次演讲。再版题目是《奥威尔和我》，刊登在2003年6月16日的《卫报》上；玛格丽特·阿特伍德，《移动的目标：有目的的写作，1982—2004》，多伦多：安纳西出版社，2004，第331—338页；玛格丽特·阿特伍德，《好奇的追寻》，伦敦：维拉戈出版社，2005，第333—340页；玛格丽特·阿特伍德，《有目的的写作：论文　书评　散文，1983—2005》，纽约：卡罗尔和格拉夫出版社，2005，第

287—293 页。经出版商同意重版。

《十个角度看 H. G. 威尔斯的〈莫洛博士岛〉》：玛格丽特·阿特伍德，《好奇的追寻》，伦敦：维拉戈出版社，2005，第 383—396 页；玛格丽特·阿特伍德，《有目的的写作：论文　书评　散文，1983—2005》，纽约：卡罗尔和格拉夫出版社，2005，第 386—398 页。经出版商同意重印。

《石黑一雄的〈莫失莫忘〉》：文章首刊名为《美丽新世界：石黑一雄的小说让人不寒而栗》，刊登于《石板》(*Slate*) 杂志（杂志网站：www.slate.com），2005 年 4 月 1 日。经杂志社同意重印。

《最后一战之后：布赖尔的〈阿瓦隆签证〉》：《纽约书评》，第 48 卷第 6 期，2005 年 4 月 7 日。

《阿道司·赫胥黎的〈美丽新世界〉》：重刊名为《如今每人都高兴》，《卫报》，2009 年 11 月 17 日。

《疯子科学家的疯狂：乔纳森·斯威夫特的大科学学院》：收录于《审视：科学故事和皇家故事》，编者：比尔·布赖森，伦敦：哈珀出版社，2010，第 37—48 页。

《人体冷冻术：一场讨论会》：最初发表于《当野性跳跃而来：与自然的偶遇》，编者：大卫·铃木，温哥华：玄武石出版社，2002，第 143—147 页。

《冷血动物》：选自玛格丽特·阿特伍德《好骨头》，多伦多：酷驰出版社，1992，第 65—70 页。伦敦：维拉戈出版社，

1993，第 65—70 页。多伦多：新加拿大图书馆 / 麦克莱兰 & 斯图尔特出版社，1997，第 53—56 页。由玛格丽特 · 阿特伍德发表于《好骨头和无知的谋杀》，多伦多：麦克莱兰 & 斯图尔特出版社，1994，第 79—83 页。纽约：南 · 塔利斯 / 道布尔戴出版社，1994，第 79—83 页。由玛格丽特 · 阿特伍德发表于《骨头与谋杀》，伦敦：维拉戈出版社，1995，第 85—90 页。经出版商同意重版。

《归国》：选自玛格丽特 · 阿特伍德的《好骨头》，多伦多：酷驰出版社，1992，第 121—128 页。伦敦：维拉戈出版社，1993，第 121—128 页。多伦多：新加拿大图书馆 / 麦克莱兰 & 斯图尔特出版社，1997，第 91—96 页。由玛格丽特 · 阿特伍德发表于《好骨头和无知的谋杀》，多伦多：麦克莱兰 & 斯图尔特出版社，1994，第 132—138 页。纽约：南 · 塔利斯 / 道布尔戴出版社，1994，第 132—138 页。由玛格丽特 · 阿特伍德发表于《骨头与谋杀》，伦敦：维拉戈出版社，1995，第 141—147 页。经出版商同意重版。

《死亡星球上发现的时间胶囊》：2009 年 9 月 26 日发表于《卫报》。

《Aa'A 星球上的桃子女人》：选自玛格丽特 · 阿特伍德的《盲刺客》，多伦多：麦克莱兰 & 斯图尔特出版社，2000，第 349—356 页。伦敦：布鲁姆斯伯里出版社，2000，第 349—356 页。纽约：道布尔戴出版社，2000，第 349—356 页。经出版商同意重版。

《玛格丽特·阿特伍德给贾德森独立校区的公开信》：最初于2006年4月12日发表于《圣安东尼奥新闻快报》。

《二十世纪三十年代的〈诡丽幻谭〉封面》：最初于2011年9月发表于《花花公子》。

MARGARET ATWOOD
In Other Worlds: SF and the Human Imagination

图字:09-2021-785号

图书在版编目(CIP)数据

在其他的世界/(加)玛格丽特·阿特伍德(Margaret Atwood)著;蔡希苑,吴厚平译. —上海:上海译文出版社,2023.5
(玛格丽特·阿特伍德作品系列)
书名原文:In Other Worlds: SF and the Human Imagination
ISBN 978-7-5327-9058-6

Ⅰ.①在… Ⅱ.①玛… ②蔡… ③吴… Ⅲ.①随笔-作品集-加拿大-现代 Ⅳ.①I711.65

中国国家版本馆CIP数据核字(2023)第070779号

在其他的世界
[加]玛格丽特·阿特伍德 著 蔡希苑 吴厚平 译
责任编辑/顾真 装帧设计/尚燕平

上海译文出版社有限公司出版、发行
网址:www.yiwen.com.cn
201101 上海市闵行区号景路159弄B座
苏州市越洋印刷有限公司印刷

开本850×1168 1/32 印张9.25 插页5 字数142,000
2023年7月第1版 2023年7月第1次印刷
印数:0,001—6,000册

ISBN 978-7-5327-9058-6/I·5630
定价:78.00元